E U 向上吧，

女 QUEEN

宁遇 著

青岛出版社
QINGDAO PUBLISHING HOUSE

图书在版编目（CIP）数据

向上吧，女王 / 宁遇著.--青岛：青岛出版社，
2019.7
ISBN 978-7-5552-8209-9

Ⅰ．①向… Ⅱ．①宁… Ⅲ．①长篇小说－中国－当代
Ⅳ．①I247.5

中国版本图书馆CIP数据核字(2019)第071746号

书　　　名	向上吧，女王
著　　　者	宁　遇
出版发行	青岛出版社
社　　　址	青岛市海尔路182号（266061）
本社网址	http://www.qdpub.com
邮购电话	010-85787680-8015　13335059110
	0532-85814750（传真）　0532-68068026
责任编辑	郭东明
责任校对	贾松波
特约编辑	孙小淋
装帧设计	李红艳
照　　　排	梁　霞
印　　　刷	三河市鹏远艺兴印务有限公司
出版日期	2019年7月第1版　　2019年7月第1次印刷
开　　　本	32开（880mm×1230mm）
印　　　张	8
字　　　数	200千
书　　　号	ISBN 978-7-5552-8209-9
定　　　价	39.80元

编校印装质量、盗版监督服务电话　4006532017　0532-68068638

建议陈列类别：畅销·现代言情

目 录

第一章　我自己选择的生活

1

已是晚上十点，夏安还在翻箱倒柜地找衣服，床上乱七八糟地放了一堆五颜六色的裙子。

陈森加班回来看见的便是这样狼藉的画面，裙子占了大半个床，看起来熟睡的女儿陈楚楚倒像是被这堆裙子挤到了床边上，有些可怜兮兮的意味，而他老婆像只鸵鸟一样一头扎在衣柜里，撅着屁股，薄软的睡裙下是她圆润的臀部线条。

"干吗呢？"他把裙子都给推到一边。

"回来了？吃饭没？"夏安气喘吁吁地把自己从衣柜里拔出来，脸颊微微泛着红，情绪有些低落。

"没吃几口。"他加班到这个点，哪里能好好吃饭？叫的外卖又难吃，他吃了两口就搁下了。

夏安更去了厨房，给他煮面条。

厨房里有她们母女俩吃剩的排骨，夏安煮面、打蛋、烫青菜，行云流水般，不一会儿，一碗香喷喷的排骨面便端到了他面前。

陈森端着碗搅和着面，夏安便开始默默收拾衣服，床上那些裙子被一件件随便一卷，扔进衣柜，全然不是她平时细致的做事风格。

面条很香，陈森搅拌着，热气腾腾的白汽混着骨汤的香味一个劲儿地穿过呼吸道往胃里钻，他忍不住先咬了一口鸡蛋，溏心儿蛋，蛋黄流进嘴里，温热。

他喜欢吃溏心儿蛋，夏安如今已能把鸡蛋煎得恰到好处。

"你到底怎么了？看起来不开心。"空空的胃得到了满足，他关注到老婆的表情。

夏安把最后一卷衣服塞进衣柜，沮丧地一屁股坐到床上："我没有衣服穿！"

"没衣服穿？"陈森吃着面条，"难道你每天都光着？"

"你……"夏安气得身体一扭，用后脑勺对着他。

听见身后的陈森吃面条的声音，她便觉得有些委屈。

她嫁给陈森五年了，孩子四岁。这五年里，她每年买衣服的次数寥寥可数，就算买，也大多是买的便于做家事、带孩子的衣服，柜子里仅存的那几件连衣裙还是大学时买的，早过时了，至于高跟鞋，自从怀上孩子起，她就再也没穿过了。

她自己有时候也开玩笑地对陈森说，她现在正一步一步往不修边幅的黄脸婆发展，他会不会有一天嫌弃她。

陈森倒是说得好，这才是居家过日子，平平淡淡的生活，谁成天浓妆艳抹？

她自己其实也认可了陈森说的话，现在孩子还小，她忙里忙外的，打扮给谁看呀？而且，大城市生活压力这么大，家里就陈森一个人上班赚钱，她也得省着点儿花。

可是，她明天要参加同学聚会，难不成也要穿得随随便便？

过了一会儿，有人碰了碰她的胳膊肘："拿去，想买衣服就买！还生什么气？"

她低头一看，某人递给了她几张钱。

她瞬间笑了，一把接过来，却听见他继续说道："不该买的就少买，买一堆不满意的，回头又要买，这不是浪费钱嘛。"

2

"我哪里浪费钱了？"夏安立马尖声反驳起来。

陈森看了一眼女儿："你小声点儿，别吵醒女儿！"

"那你说，我哪里浪费钱了？我每天的开支都是计算好的，每个月都记了账，买了什么、花了多少全都在这儿，你自己算算，我哪里多花了？"夏安说着说着，眼泪就下来了，抽出账本，连同那几百块钱一起，全都扔给了陈森，自己跑客厅去了。

陈森对于夏安这么大的反应感到有些莫名其妙，他也不是真的会去核查她的账本，只是觉得加班到这个时候，回来还要为这些莫名其妙的小事吵架，有些累，于是也没理她，继续吃他的面条。

也怪不得夏安反应这么大，她平时最怕的就是陈森说她乱花钱。她毕业不久就为了爱情嫁人，然后迅速有了孩子，加之她当时的薪水也少得没法看，索性便辞了职，安安心心在家里待产、育儿，这一眨眼就过去了五年。

五年，这个家全靠陈森的薪水养着，他辛苦，她知道，所以每次开口找陈森要钱她心里都惴惴不安，只要陈森稍稍质疑一下她爱花钱，她就心惊肉跳。

陈森吃完面条，把碗放进厨房，一来一回经过客厅，看见她还保持着同一个姿势在沙发上抹泪。他有些头疼，但到底还是服了软，坐过去搂着她，把那几百块钱塞进她手里，亲了亲她的脸，安慰道："多大点儿事呀，老公说两句还不行了？你没有乱花钱这不更好？我也只是说说，有则改之无则加勉嘛！"

夏安不是一个胡搅蛮缠的人，陈森给了她台阶下，她也见好就收，只是埋在他胸口的脸还带着委屈："陈森，你摸着良心说，我自打嫁给你，放弃了自己的理想和专业，一心一意相夫教子，可有半点儿做得不好？"

陈森自然是连连否认。

夏安的脾气也发不下去了，说道："陈森，我告诉你，别说什么'老公说两句还不行'的话，别人说了啥我压根儿不会生气，只有你，只有我最亲的人说的话我才在意，因为我在乎你。"

婚姻中的男女，最恼人的事，就是女人气得哪怕要背过气儿了，男人却不明白女人为什么生气。

比如陈森，到现在也不明白夏安怎么就能气成这样。

而更无奈的是，过了恋爱期，在柴米油盐平淡生活里的男人，肾上腺激素也逐渐平静下来，对女人为什么生气渐渐失去了兴趣，自以为是地认为不过是女人矫情，应对的办法就是敷衍，把眼下这回敷衍过去，日子还是照过，不是吗？

然而，只有一次次再为类似的事情吵起来的时候，女人才会意识到，从前的问题从来就没有得到解决，又或者，她说的话，他从来就没有听进心里去。

陈森顺着老婆的话给她顺了一遍毛，总算是把她给安抚好了。

夏安趴在他的肩膀上，小心地问："那你这周日有没有时间呀？"

"周日？我跟几个哥们儿约了钓鱼。"

"哦……"夏安没有再说话。

"有事？"

"我……我们周日同学聚会，楚楚怎么办……"夏安小声嘟囔着，心里打着鼓。陈森一向不喜欢她去参加同学聚会，从前好几次她都找理由拒绝了，但这一次同学们都说她了，再不去似乎面子上过不去。

陈森听了果然不太高兴了："又是同学聚会，你们同学闲着没事怎么那么多聚会？关系好的同学平时都有联系，关系一般的去了有什么意义？有什么可去的！都结婚当妈的人了，还不安分！"

夏安皱着眉，一脸不乐意："我怎么不安分了！陈森，你说话能不能实事求是？我同学怎么就是闲着没事老聚会了？再说了，我哪一次去跟他们聚了呀？"

"好了好了，周末我没时间！早点儿睡吧！吵吵个没完！加班回来累个半死还不让人休息！"陈森也有些烦躁，也没那个耐心再去哄第二次了，说完，便进了书房，关上了门。

夏安追了几步，迎接她的是砰的一声关门声，紧闭的房门好像砸到了她脸上。

"陈森！你开门！你给我说清楚！"夏安心里憋了一口气，用力捶着门。

门没有开，却从里面传来他的一声呵斥："你够了！你不累我累！"

很快，里面响起游戏启动的声音。

夏安没有再敲门，只是觉得心里堵着的那一团气郁结难散。

累？

谁不累？

她默默走进厨房。

原本已经收拾得干干净净的厨房，流理台上多了一个脏碗。

一直都是这样，如果她不洗这个碗，那么明天早上甚至后天早上这个碗都还会在这里。

她打开水龙头，眼泪也如这开了龙头的水一样，哗哗地流个不停。

她何尝不委屈？

她还记得楚楚小时候睡眠日夜颠倒，一到晚上总是哭，一哭便停不下来。彼时她体谅他第二天要上班，怕影响他休息，便让他睡书房，自己一个人一手抱着女儿，一手冲牛奶。有一回她没拿稳奶瓶，被开水烫了手，杯子、奶瓶掉在地上哐当一声，他怒气冲冲地从书房里冲出来，抢过女儿自己抱着，吼道："什么都不做，全职在家里带女儿，却连女儿都带不好！有什么用？"

有什么用？

那时候她将烫伤的那只手藏在身后，单手收拾着地上的东西，眼泪大颗大颗地往下掉，他于是又吼了她一句："哭！除了哭还有什么用！"

是呀，她一个家庭主妇，除了做饭、拖地、带孩子，还有什么用呢？

有时候不经意的一句话，就像金刚石在玻璃上划过，轻轻的，就能留下伤痕，淡淡的，却永远也擦不掉了，在往后的很多个时刻，总有人来将之唤醒、加深，也终有一天，玻璃会碎裂吧……

2

周日上午，夏安送女儿去学舞蹈的时候陈森还在睡觉。

她把留给他的早餐热在蒸锅里保温，牵着女儿出了门。

"妈妈，等下你来接我去玩吗？"陈楚楚十分期待地看着妈妈，一双颇似妈妈的大眼忽闪忽闪的。

"是的。"夏安摸着女儿的手心，有点儿凉，又给她加了件备用的小背心。

陈楚楚笑得眯了眼："那我乖乖的。"

夏安也一笑，亲了亲女儿的小脸。不管怎样，女儿的笑容是她的阳光，会支撑她走向很远的路。

母女俩到舞蹈室的时候，里面的音乐已经响起，她帮女儿换了练功服，看着女儿走向队伍，和一群"小蝴蝶"一起做准备活动，她微微一笑，转身离开了。

趁着这个间隙，她和好友熊梓迦约好了去买套新衣服，再一起回来接楚楚，中午正好一起参加聚会。

熊梓迦，夏安的大学同学，同寝室室友，也是她最好的朋友，在时尚行业里摸爬滚打了七年，如今已是杂志《寇时尚》的主编，是一位独身女神。

夏安远远就看见了在商场咖啡座里正玩着手机等自己的熊梓迦。熊梓迦仪态优雅，服饰得体，夏安再走近了一看，发现她的妆容也十分精致。

夏安知道自己今天又要被唠叨了，想起熊梓迦每回见到自己时摇头兴叹的表情，她就暗暗觉得好笑。

"小熊！"她笑着打了声招呼。

熊梓迦一抬头，夏安果然看见她的眉头立马皱起来了，用审视的眼神上上下下打量着夏安。

女神果然连皱眉都是好看的！

夏安笑嘻嘻地迎上去，拉着她的手晃了晃："好了好了，我知道自己灰扑扑的，和你在一起丢你脸了，我这不是为了衬托你的美嘛。"

"一边去！少在这儿给我讨好卖乖！"熊梓迦一巴掌拍在她的手背上，一双美目里充满了对她的嫌弃，"不让我说？我偏要说！有你这么糟蹋自己的吗？从前你才是女神，我是绿叶！现在你再看看你自己，穿得这么随意也就算了，你的皮肤呀，居然爆皮了！你都不护肤的吗？我

6

给你买的面膜，你是不是还没开封？"

"开了！我发誓开了！"只不过，开封后她也就一时兴起用了……

熊梓迦一眼就看穿了她："开了？用了一次还是两次？"

"嘿嘿……知我者，小熊也。"夏安干脆搂着熊梓迦，在她肩膀上蹭了蹭。

夏安的身高在女人中算是偏高了，熊梓迦比她还高了大半个头，随着这几年阅历的积累，独当一面的熊梓迦的气场越来越强大了，再穿上高跟鞋，从身高上就很适合夏安这样无赖地撒娇。

熊梓迦被她逗笑了，可是，夏安背着的大包也撞到了熊梓迦身上，于是笑过之后，熊梓迦又嫌弃地推了推她的包："什么玩意儿呀！每次出来都是大包小包，怎么不拖个编织袋呀！"

夏安笑了："那可是国际名牌，我买不起。"

闺密的抱怨夏安怎么不懂？这几年每次跟熊梓迦出来逛街，她都带着楚楚。她作为一个宝妈，怎么可能不大包小包？现在还好些了，楚楚几个月的时候，那可是尿不湿、奶粉、水、替换衣裤，说大包小包还是客气话，熊梓迦第一回见这情景的时候，直接问她："你是逃难还是搬家？还是被陈森赶出家门了？"

那一次，她抱着呼呼大睡的孩子，面对着金光闪闪的熊梓迦，是有过短暂失落的，后来……

后来，她就习惯了吧？像此刻这样，可以抱着熊梓迦插科打诨，毫不在意。

"好了嘛，小熊，我今天就把自己交给你了，随你怎么折腾我，正好让你夙愿得偿！"她拉着熊梓迦往楼上走，时间不多，得抓紧。

熊梓迦穿着高跟鞋，被她拉得趔趄了几下，不由得笑着问道："你这么着急？是马上又要去接孩子吧？"

多年好友就是这样，见缝插针不放过任何一个机会打击她。

她也十分配合："是啦是啦！你最懂了，快走吧！"

熊梓迦哭笑不得："真是服了你了，你不是还要带着楚楚去聚会吧？你们家陈森就这么忙呀？又加班？"

"哎呀，他一个人工作，压力挺大的。"不管她和陈森之间发生了什么不愉快的事，夏安对外人都闭口不谈，不仅仅是因为她骨子里的骄傲，也是因为，这是她自己选择的生活，苦与乐，都只能自己承受。

"你呀！陈森就是你的天！成天在我面前秀恩爱！"熊梓迦没再说什么，不管她怎么开玩笑，不管她如何不赞同夏安选择的生活方式，只要朋友幸福，她也就开心了。

熊梓迦在时尚行业打拼多年，带着夏安试了最适合夏安的几个品牌的新款服装，最后夏安穿着一套秋裙在镜子前挪不动脚了。

"怎么样？喜欢吗？"熊梓迦一眼就看穿了她眼里的欢喜，把她的发圈取下来、马尾披散下来，随手一理。

夏安没说话。镜子里的她好看到她自己都觉得有些陌生了。

"应该再化个妆，然后去买双鞋。你的化妆品也都过期了吧？"熊梓迦很满意自己的眼光。

夏安笑笑，算是承认了。她的成套化妆品都是结婚的时候买的，后来这几年买了两支唇膏，也很少用。

趁导购不注意，她悄悄翻了下吊牌，一惊，立刻放下了，小声地对熊梓迦说："我觉得……我们还可以再看看，万一……有更好看的呢？"

她的小动作哪里瞒得过熊梓迦："就这套了，还得去选鞋，你不是赶时间吗，哪里还有时间来慢慢挑。"

说完，也不管夏安的反应，她直接叫导购开票买单。

夏安急了，用力拽熊梓迦的袖子，这套裙子的价格，快赶上他们家一个月的生活费了，她可不敢这么大手笔。

熊梓迦转过头来便看见了夏安憋红的脸，多年好友，怎不知她在想什么，熊梓迦叹了声："放开手，我要去结账了。"

说着她便把夏安的手给挣了下去，自顾自地跟着导购走了。

夏安愣在原地，反应过来是熊梓迦要买给自己，这怎么行？

她追上去："小熊……"

她才喊出名字，熊梓迦就回头瞪了她一眼："别在商场大呼小叫的，丢人呀！"

夏安一窘，余下的话就说不出口了。

夏安是穿着这套裙子去试鞋的，也没管鞋多少钱了，试好了立即就去买单，唯恐熊梓迦再抢着买，只是那价格，实在让她肉疼了一下。

末了，熊梓迦给她化了个妆，而后拉着她在镜子前赞叹："看见没有，这才是你！这才是当年让那些毛头小伙子方寸大乱的班花夏安！毛头小伙子也包括陈森！"

夏安听了不由得扑哧一笑。

"你别笑呀！我跟你说，当年陈森为什么一眼就看上你，第二次见面就开始追你？还不是因为你漂亮。别跟我说他爱的是你的内心，难不成他的眼睛是X光，一眼就扫到你的内里了？男人就是这么肤浅的视觉动物！"

夏安想到自己和陈森现在的相处，有些黯然："漂亮什么呀，再美也会审美疲劳。"

也许当年陈森被她吸引，的确是因为她的外貌，那时候他俩蜜里调油正恋爱的时候，她也曾撒着娇问他，为什么喜欢她，陈森一半认真一半玩笑地说，你漂亮呀。

时过境迁，她已忘了再问诸如此类的话，而陈森，大概也忘了她曾经的美丽，每天摆在她面前的，是奶粉、尿不湿的价格，是每个月的收支明细，是银行卡里增加的数字。

陈森说，这才是生活。

她似乎也渐渐接受了，生活就是用平凡代替浪漫，用现实代替幻想。

熊梓迦却笑了："怎么，陈森说你不美了？他敢！他忘了当初是怎么牛皮糖似的黏着你了。"

夏安不知该如何说，无奈地笑了笑："每天奶粉、尿布的，谁还记得美这回事呀！"

"所以我呀，就不赞成你把自己往黄脸婆的路上糟蹋！今天，就这一身儿，你回去问问陈森，他觉得美不美！"熊梓迦按着她的肩膀，让她好好看看镜子中的自己。

美？怎么不美？

这就好像一幅色彩已然淡去的旧画，重新描上颜色，骤然间熠熠生辉起来，连带着，画中人的心情都变得欣然雀跃了。

"美。"夏安看着镜子，自己喃喃地吐出一个字，如同在梦境中。

熊梓迦笑倒在她身上："看把你自恋的！好了，我的公主，该去接楚楚了。"

熊梓迦勾着夏安的腰边笑边出了商场。

她们接楚楚的时候，夏安彻底感觉到了不一样。

尚穿着练功服的楚楚朝她们飞奔过来，却喊着"干妈"，直接投进了熊梓迦的怀抱。

夏安正狐疑的时候，楚楚问了一句："干妈，我妈妈呢？她怎么不来接我？"

熊梓迦顿时哈哈大笑，把夏安拽到楚楚跟前："怎么，楚楚连妈妈都不认识了？"

楚楚那一双大眼睛顿时一亮，惊讶极了："妈！妈妈！你这是要去表演节目吗？"

夏安哭笑不得，还没来得及回答，熊梓迦就问上了："楚楚，妈妈这样打扮美不美？"

楚楚一个劲儿地点头。

"那以后妈妈都这么美好不好？"熊梓迦又问。

"好！"楚楚大声回答，开心地来牵夏安的手。

熊梓迦冲夏安扬眉："小孩子不说谎，谁不爱美？"

楚楚也跟着起哄："喜欢喜欢！楚楚喜欢妈妈这么美！"

夏安心情愉悦，捏了捏楚楚的鼻子，笑嗔："你知道什么，赶紧换衣服去了。"

3

熊梓迦没有说错，夏安真的是唯一带着孩子参加聚会的人。

当大家的视线集中在她们三人身上时，夏安最初还有些尴尬，下意

10

识地把装着楚楚练功服、舞蹈鞋的大包往身后藏了藏，此刻这个包里还装着她换下来的衣服和鞋子，更加鼓了……

但出乎她的意料，大家似乎并没有注意到她的包，更没有奚落她，反而很是热情地迎上来。

"夏安！你终于肯现身了！"

"夏安！你这样可不行呀，掉进陈森的幸福旋涡里把我们都给忘了。"

"夏安！这是你跟陈森的女儿？真漂亮！太可爱了！"

"夏安，你还跟从前一模一样呀！一点儿都没变！陈森把你爱护得太好了！"

……

一拥而上的热情的同学们，让夏安最初的不适消失殆尽，她很快便融入了久别重逢的气氛中。

一共二十多个人来聚会，酒店餐厅的包间里摆了两桌，角落的沙发上坐着一个男人，他没有和大伙儿一样热情地跟夏安寒暄。

男人的五官算不上特别好看，但即将三十岁，正是男人最好的年纪。青春尚在，眉宇间又有着少年人所没有的沉着与稳重，他就这样静静地坐在那里，静静地看着被人群环绕的夏安，手足舒展，眉目慵懒，一瞥之下，却有着说不出的赏心悦目。

"罗嘉楠，你小子今天奇奇怪怪的呀，来了这么久一句话也不说，缩在角落里想逃避买单呀？那可不行！夏安今天来了，怎么着也该你买单！"有个男人忽然起哄。

起哄的男人外号叫"红烧"，因为他当初在学校的时候每顿必吃食堂的红烧肉。

夏安对此印象深刻，当然，印象更深的是他胖乎乎不亚于红烧肉的饱满、油腻的身材，如今看来，离校几年他也没离开红烧肉，似乎比从前更肥腻了。

在场的大多数人都没听懂为什么夏安来了罗嘉楠就该买单，也没留意到这句话有什么不妥，只是跟着起哄。

夏安自己也没听懂，只是看着"红烧"肥腻的身材觉得好笑，而且也扑哧笑出了声。

罗嘉楠的眼神微微一缩，他笑着站了起来："我买就我买，点一桌红烧肉够不？"

大家都想起了"红烧"当年"唯红烧肉才是真女神"的至理名言，哈哈大笑起来。

夏安对罗嘉楠印象不深，只记得当初班里有这么个又瘦又高的男生，他长相一般，少言寡语，无论专业还是社团活动都不太出众，但现在看来，在他身上好像已经找不到从前那个单瘦男生的影子了，现在的他有点儿成功商人的气质。

罗嘉楠在说完一句话后，对夏安点了点头，神情淡淡地说道："你好，罗嘉楠。"

"你好。"夏安微微一笑，觉得罗嘉楠这态度也太疏冷了些，好像两个陌生人自我介绍。

"红烧"当即就笑了："罗嘉楠，你这是在进行商务会晤吗？还'你好，罗嘉楠'，谁不知道你是罗嘉楠呀？"

大家再次哄堂大笑。

罗嘉楠抿了抿唇，眼底似笑非笑，索性坐下了。

"算了，他就是个怪人，咱们不理他！""红烧"招呼着大家坐下，"夏安，咱们真是很久没见了，咱得好好聊聊，这些年你都干啥了呢？陈森就把你藏得那么深呀！还有小夏安，来来来，要吃什么，哥哥给你拿。"

"去你的！还'哥哥'呢，你好意思吗？"熊梓迦喷笑，只差把手里的茶杯砸向他了。

"就是，你得先喊我们一声姨，再自称哥哥！"

"红烧"自己都笑了，拿了好些东西给楚楚吃，还给她切了一大块巧克力蛋糕。

"谢谢叔叔，我叫陈楚楚，不叫小夏安。"楚楚很认真地解释，又把大伙儿逗笑了。

楚楚不知道大家为什么笑，怯怯的，躲进妈妈怀里开始吃巧克力蛋糕。

大家笑过之后，便七嘴八舌地开始说各自的境况。

"夏安，这几年你算是消失了，都在忙些什么呀？""红烧"问。

"我还能干啥呀，带娃呗！"夏安抱着楚楚的手紧了紧，其实心里惴惴的，一别数年，大家都经历了职场成长，同学们的事业看起来发展得都不错，是不是就她一个人混成了家庭主妇？

她却听有人说："还是夏安好，有陈淼宝贝似的养着，舒舒服服地在家享福，哪儿像我们，都快成金刚了！"

夏安忐忑的心缓了下来，偷眼看了看熊梓迦，不太肯定对方说的是不是真话。

"说得对！""红烧"立马附和，"像夏安这样的美女，就该放在家里好好珍藏，不像我们皮糙肉厚的，得在风里雨里打拼。"

说完，他还冲罗嘉楠挤眉弄眼。只是这话一出，立即遭到一众女同学的攻击："说谁皮糙肉厚呢！"

"'红烧'，我跟你说，你可算把人给得罪狠了！"

"红烧"连连讨饶，称："我皮糙肉厚！我！行了吧？来来来，夏安，这些年你都不知道我们这些人在瞎混些啥吧？这是我们罗总，现如今不得了，开了大型服装工厂，我这个皮糙肉厚的人就在给他当跑腿儿的。这位呢，是……"

夏安静静听着，当年学服装设计的这一群人，几年下来竟然都已经小有成就，每个人的头顶上大大小小都套了个金光闪闪的头衔，比如，独立服装设计师、时尚总监、造型师、时尚专栏作家、品牌公司总监……

鲜亮的身份标识，鲜亮的人生，让全身焕然一新的夏安莫名觉得自己再度灰暗无光，虽仍然与大家相谈甚欢，却有了几分强颜欢笑的落寞感。

她看着自己正前方的女子，如今的时尚总监林豆豆，当初不起眼儿的女孩，和她一起应聘进某公司当小助理，气场已经与当初判若两人了。

夏安怀里的楚楚正在吃巧克力蛋糕，不慎蛋糕掉在衣服上，楚楚用手一拨，衣服上蹭满了巧克力。

"妈妈……"楚楚的一双小手也黑乎乎的，小声叫着夏安。

"呀！"走神儿的夏安被拉了回来，"走，妈妈带你去洗手间。"

"我陪你去吧。"熊梓迦也站了起来。

洗手间里，夏安给楚楚擦着衣服，却有些恍惚了，耳边全是"红烧"给她介绍各人头衔时的声音，她情不自禁地叹了口气。

熊梓迦何等敏锐？

熊梓迦瞥了她一眼，悄无声息地从她手里把活儿接了过来，她一边给楚楚擦，一边轻声问："不开心了？"

夏安闷闷地道："也不是不开心，就是觉得有落差感。你看林豆豆，刚毕业的时候我和她一起进的W公司，一起抱怨薪水低，埋怨同事欺负新人，吐槽实习生工作辛苦。几年过去，她算是熬住了那份苦，得偿所愿。一样的起点呀，我现在怕是把专业都丢光了，只会做饭、带孩子了。"不，就连带孩子，陈森也常常说她带得不好。

"后悔了？"熊梓迦笑着看她一眼。

夏安摇摇头："后悔倒谈不上，这是我自己选择的生活，有得必有失吧。"

熊梓迦想了想："当初你为了陈森选择回归家庭，我就提了反对意见，到现在，我仍然坚持我的观点，女人可以要爱情，但爱情不是生活的全部，男人和孩子更不是生活的全部，女人总要给自己留一点儿独立成长的空间。生活不是一帆风顺的，总要经历风雨，一根攀附着大树的藤蔓在风雨中是没有战斗力的，更何况，你又怎么肯定你的大树永远屹立不倒呢？命运这东西，只有你自己站稳了脚跟才经得起它的玩笑。"

夏安依稀记得，当初她说要辞职当全职主妇时，熊梓迦的确这么说过，只不过，那时候她对自己和陈森的爱情太有信心了。

她动了动唇："那时候，我已经有楚楚了，总不能……"她顾虑到女儿还在身边，余下的话便说不出口了。

"我知道那时你有你的无奈，而且每个人的人生观不一样，我只是把我的观点说给你听，但选择，是你自己做，正如你自己说的，这是你选择的生活，有得必有失，你得到了你想要的婚姻生活，也有了我们可

14

爱的楚楚。"熊梓迦已经把楚楚的衣服擦干净了，笑着捏了捏楚楚圆乎乎的脸，"从你的角度来说，楚楚是你最重要的收获！"

夏安也笑了，蹲下身，用干手帕垫在楚楚被浸湿的衣服底下，以免凉到皮肤，仰头问："你呢？什么时候收获？"

"哈！"熊梓迦笑，"我是不婚主义者，这辈子不会结婚的，你就别跟我妈一样试图说服我了！不过我倒是还有一句话送你，你的选择我不会干涉，但我会支持你的每一个选择。你想做的事，只要你愿意开始，任何时候都不算晚。"

夏安听着，若有所思。

"走吧。"熊梓迦牵着楚楚的手，"楚楚，咱们吃好吃的去喽！你想吃什么，告诉干妈！"

楚楚却闷闷地嗯了一声，并没有显得有多高兴。

她们回到包间以后没多久便正式开餐了，觥筹交错，夏安忙着应酬的同时，还得兼顾着照顾楚楚吃饭，只是，楚楚似乎没有什么胃口。夏安以为她是蛋糕吃多了，便给她盛了一碗汤，好说歹说哄着她把汤喝了下去，楚楚喝完便恹恹的，说困了。

"可能是跳舞跳累了，我把她放到沙发上睡会儿。"夏安抱起楚楚跟同学们解释了一番。

熊梓迦还贴心地让服务员取了床毛毯来。

夏安安置好了楚楚，却一直不安心，不时地回头看看楚楚，怕她掉下来，怕她踢毛毯——当妈的人，不就是这样吗？

不多时，夏安便觉得不对劲了，睡着的楚楚发出了轻微的鼾声，据她的经验，一旦楚楚打鼾，肯定就是扁桃体发炎了。

她放下筷子奔过去一摸，果然，楚楚的脖子、耳后都十分烫手。

她立即把楚楚抱了起来，对熊梓迦说道："小熊，我得先走了，楚楚发烧了，我要送她去医院！"

"我陪你一起去！"熊梓迦忙着把夏安的大包小包都收拾起来。

两人匆匆忙忙告辞，并没有注意到餐桌上的另一个人也离开了。

当她俩疾步离开酒店，正准备叫车时，一辆黑色的车停在她们面前："上车吧，这个点车难叫，我送你们去。"

车里的人竟然是罗嘉楠。

大家都是同学，也无须在这个时候客气，熊梓迦利落地打开车门，夏安想了想，也随之上了车。

在车上的时候，夏安给陈森打了个电话，告诉他楚楚病了，让他马上来医院和她会合。

"怎么又病了？"陈森也很着急，"我马上来。"

陈森说"又"也不是事出无因，楚楚体质不好，每一次流感来袭就没有一次躲得过的，几乎每个月进一次医院，医药费对这个家庭来说都是一笔不小的开销。

因是中午，又是周末，夏安便给楚楚挂了儿科急诊的号，满满一诊室的人在等待叫号。

她给楚楚量了下体温，已经38.6℃了，夏安贴着楚楚滚烫的小脸，十分着急："怎么才一会儿就烧到这么高了，跳完舞都还不明显。"

熊梓迦只好安慰她，罗嘉楠却不知从哪儿弄来了一杯温水，递给她："有小毛巾的话，就给孩子做做物理降温吧。"

"谢谢。"夏安感激地看了他一眼，只见他满脸认真。

她顾不得想更多，抱着楚楚，回头去包里找小毛巾，怀里的楚楚忽然动了起来。

"怎么了，楚楚？"夏安着急地问道。

只见楚楚半梦半醒着，突然开始呕吐，刚喝下去的汤、吃下去的巧克力，化作颜色奇怪的浓稠的液体从她嘴里喷了出来，居然一大半都吐在了罗嘉楠的手上，以及他端着的一次性水杯里，空气中散发出食物发酵的气味，罗嘉楠的手以及整只袖子都已不堪入目。

"这……对不起，对不起……"夏安连忙道歉。

"没关系。"罗嘉楠若无其事地收回手，"还是赶紧给孩子收拾一下吧，我自己去洗洗就好。"

楚楚的胸前也是一片狼藉，她两眼泛红，还起了泪花。

夏安于是和熊梓迦开始给楚楚换衣服、喂水漱口。

这里也没有别的衣服，只好把楚楚的练功服给她穿上，再裹上夏安换下来的外套，罗嘉楠什么时候离开的她们也不知道，他再次回来时，居然打了一盆温水："给孩子洗洗脸和手。"

"谢谢……"夏安试了试水温，刚刚好，心里觉得罗嘉楠太细心了。

待她把楚楚擦洗干净后，罗嘉楠又端着水盆出去了，这一回也不知道他去了哪里，迟迟未归，而夏安，终于等来了陈森。

彼时，熊梓迦拿着楚楚的脏衣服去洗手间清理去了，抱着楚楚在排队等号的只有夏安。

陈森进来的时候，原本还是一副行色匆匆的焦急模样，一看到夏安身上的新裙子，脸色就阴沉下来，他走到夏安身边，把楚楚抱在怀里，一言不发。

楚楚感觉到换了怀抱，只睁了睁眼，一看是爸爸，又疲倦地睡了。

"去哪里了？"陈森说着摸了摸楚楚的额头，触手的滚烫让他皱了皱眉。

"去……同学聚会。"夏安知陈森甚深，感觉他这是生气了，心里便有些忐忑，末了又小声补充了一句，"上次……不是跟你说过吗？"

陈森的脸色顿时更加阴沉了。

正好这时叫到楚楚的号，陈森便阴着脸抱着楚楚进了诊室，夏安低着头跟在他身后，神情郁郁。

恰好熊梓迦回来了，一看这架势，拉着夏安轻声问："怎么？吵架了？"

夏安摇摇头，从她手里把洗过的衣服接过来："没事，谢谢你，陈森来了，你先走吧。"

熊梓迦和陈森的关系，一向都不太好。

熊梓迦爱玩，还是不婚主义者，活得张扬又肆意，这种人不是陈森喜欢的，他虽然并没有禁止夏安和她来往，但却不喜夏安受到她的影响，每每面对熊梓迦，他都是一副冷若冰霜的样子。

熊梓迦何等心高气傲，为了好友，不至于跟陈森闹翻，却也不会让自己处于别人的冷眼之下，所以，夏安这么说了，她也就没再坚持留下来。

"那我走了，需要我的话给我打电话。"熊梓迦不傻，这情形不是吵架了才怪，但是他们夫妻之间的事，她去掺和，等同于添乱，她能做的，只是在夏安需要她的时候，义无反顾地给予支持。

整个看病、取药的过程，陈森都没和夏安说一句话，全程冷脸。

女儿发烧，夏安本就心存愧疚，便跑上跑下拿药，最后跟在陈森后面出了医院。

陈森是开车来的，车停在医院停车场。

夏安身上挎着两个包，提着一兜药，穿着高跟鞋的她要小跑才能跟上陈森的脚步。

眼看走到车边了，陈森开门把楚楚放到车里，夏安加快脚步想跟着上车，却不慎踩在一颗小石子上。

脚一崴，她摔倒在地，脚踝处的刺痛，让她忍不住轻声尖叫，与此同时，手里的药、肩上的包都掉到了地上，要多狼狈就有多狼狈。

她咬着唇，朝陈森看过去，却见他的目光落在她的高跟鞋上。

她下意识地缩了缩脚，只是这双鞋，无处可藏。

"你说你是不是自找的？"

陈森快步走了过来，站在她面前，居高临下，即便夏安不抬头，也能感觉到陈森的怒气沉沉地压下来。

"我说了不让你去参加什么同学聚会你不听，为了同学聚会，女儿发烧也不管了。聚会能比女儿还重要？"陈森本来压抑着的怒火，在这一刻爆发了，劈头盖脸地冲着夏安发泄出来。

夏安脚疼，被陈森吼得脑子里嗡嗡直响，隐约记起多年前的校园里，她和陈森看完电影回来，她撒娇说走累了，陈森便背着她沿着月光下的小路，一直背到宿舍门口。她只记得，那一夜，月光很美，整个世界温暖而宁静。也许，正是那一夜的月光，或者后来很多个夜晚的月光，给了她孤注一掷的勇气，把自己的一生毫不犹豫地交给了陈森。

只是，月光始终不曾变过，她期待的岁月静好，为何不是她设想的那般呢？

　　她没有抬头看陈森，低着头，心里被一团又酸又涩的东西堵得难受，堵着一口气回道："女儿是我一个人的？为什么你可以去钓鱼，我就不可以出来聚会？"

　　"你还有理了？为什么？你是在家专职带孩子的，你问我为什么？我从早到晚累得爬不起来，好不容易有时间不加班去休闲一下，你还让我带小孩？"

　　陈森的怒火更大了，却也一下戳中了夏安心中最敏感的地方。

　　是，他是赚钱的那一个，他是金主，如今她吃饭、穿衣都要向他伸手，所以她没有资格跟他说三道四，只是，他可知道，她每天在家里也累得腰酸背疼，而她，可曾跟他道过一声累？

　　她没有再辩解，再吵下去除了彼此生气外不会有结果，他们之间的争吵，从来没有过输赢的结果，她是说服不了陈森的。

　　结婚这几年，她已经明白，说服一个人，本就是世上最难的事。

　　但还是会难受，此刻心里那团酸涩的气不断膨胀，已经堵得她喘不过气来，眼泪忍不住开始一颗颗往下掉。

　　陈森也生气了，气她不听他的话，气她只顾把自己收拾得花枝招展，却不顾女儿的健康，也气她虚荣，非穿这样不适用的衣服、鞋子，摔到了自己的脚。

　　可气归气，她总归是自己的老婆，是自己疼爱的人。

　　他把楚楚的药和她的大包小包都扔进车里后怒火还没消，看着她那双鞋，便将气撒在这罪魁祸首上，弯下腰，顺手脱下了她的鞋子，转身就扔进垃圾箱。

　　低头掉眼泪的夏安听见鞋子掉进垃圾箱的声音，心也跟着缩了一下，这么贵的鞋子……

　　陈森也没说话，只是将她抱了起来，却不知该如何是好。

　　夏安伤了脚，他要抱她进医院检查，但女儿睡着，将她一个人留在车里也不放心。

　　迟疑间，陈森身边响起一道声音："有什么我可以帮忙的吗？"

陈森转脸，看见一个男人，那人手里提着一个饭盒，穿着非但得体，还很有含金量。

这个男人，他不认识……

"我是夏安的同学，今天一起聚会的。"罗嘉楠自我介绍道。

陈森低头看了看怀里的夏安，此刻才发现她红着眼圈，眼角都是泪。

又哭……

都是当妈的人了，还总是这么爱哭！

可是，他的心里到底软了下来，郁结的那些怒火也消散了些。

夏安噘着的嘴稍稍收敛，毕竟委屈的样子不能让外人看见，点了点头："是同学，罗嘉楠。"

恰好这时，楚楚醒了过来，揉着眼睛，迷迷糊糊地叫妈妈。

陈森便问："楚楚，妈妈的脚受伤了，爸爸要带妈妈去看脚，你能自己走，陪妈妈一起去吗？"

楚楚点了点头，自己下车。

陈森便礼貌地拒绝了罗嘉楠："谢谢，罗先生，不麻烦你了。"

罗嘉楠笑笑，没再坚持，看着这一家三口再度往医院而去。被陈森横抱在怀里夏安，光裸的脚趾在阳光下泛着淡淡的光泽，脚踝白皙而纤细。楚楚则抓着陈森的裤子，迈动着两条细腿，急促地跟着爸爸的步伐。

罗嘉楠的内心有些失落。

他之前离开医院本就是给楚楚和夏安买午饭的，因为楚楚中午基本没吃什么，又生了病，喝点儿清淡的粥自是最好。买完回来，远远便看见夏安摔了一跤，自己也不知道为什么，就火急火燎地跑了过来，正好听见陈森对她发脾气。

传说中爱极了夏安的陈森，就是这么对她的？

不过，他又有什么立场管闲事？

他苦笑，低头看了看自己手里提着的饭盒，顺手扔进了垃圾箱。

第二章　生活这把杀猪刀

4

夏安的脚并没有骨折，只是扭到了，医生开了些药，夏安自己提着药，她还是由陈森抱着从医院出来。

经过垃圾箱时，夏安想起了躺在里面的新鞋，不自觉地多看了几眼，着实心痛。

"舍不得？多少钱买的？"陈森也觉得自己刚才的行为有些冲动了，但骨子里的大男子主义，是不会让他做出再捡回来的举动的。

夏安是真的舍不得，毕竟用了差不多一个月生活费买来的鞋子，但她哪里敢说实话，只能低声嘟囔："不贵，三百块钱，和衣服一起，花了一千都不到。"

陈森没说什么，径直把她放进车里，将楚楚也安置上车。

开车的时候，他又想起了刚才那个男人，问："你的同学我基本都认识，那个罗嘉楠我怎么一点儿印象也没有呀？"

"这个人原来在班里就不太起眼儿，也不爱说话，别说你，若不是这次聚会看见，我都想不起来，不过，他现在让人刮目相看了，自己当老板开厂了。"

夏安心里还残留着刚才陈森吼她的阴影，不太愿意搭理他，但还是回答了他的话，说话的时候也就是一副谈起一个毫不相关之人的语气。陈森多看了她一眼，便沉默了。

夏安也没有再说话。

他们回去后楚楚吃了药又睡了，两个小时后退了烧，夏安总算松了一口气，自己也躺下休息，回想着这一天下来陈森的态度，心里仍然绷得紧紧的，难受，可又能怎么样呢？

正当她迷迷糊糊的，快要睡着的时候，忽然听见一声喊："夏安！"陈森语气不太好。

她看了一眼睡着的女儿，依然睡得死死的，并没有被吵醒。她便下了床，一跳一跳地到了客厅，掩上门："干什么？轻点儿！别吵到女儿！"

她刚说完，就看见陈森提着她的包，手里还拿着一张发票，她的脑袋里轰然一响，完了，买鞋的发票……

陈森果然怒了，将包一扔，将发票伸到她面前："这时候你想起女儿了？你不听话在外面花天酒地的时候没想起女儿？你买这么贵的鞋还跟我撒谎的时候没想起女儿？"

夏安辩无可辩，心里发虚，只揪着他话里的四个字争论："我什么时候花天酒地了？你别胡说八道！说话有点儿依据行吗？"

"依据？"他把发票又往前伸了伸，"这是依据吗？发票还不够作为依据吗？衣服的发票呢？在哪儿？又花了几千？"

衣服不是她买的……

可是她不敢说，一旦说了，他必然会迁怒熊梓迦，又得说熊梓迦带着她不学好之类的话了。

一个是她最好的朋友，一个是她最亲的老公，她不愿意他们俩彼此看不对眼。

于是她选择了沉默。就这样吧，没准儿他发发火，事情就过去了，他们之间不是常常这样？哪一次的争吵解决了问题？彼此吵一架，怄个气，几天过去，也就忘了这回事了。也许没忘，但不得不忘，毕竟每天还要吃饭、过日子，楚楚还要接送。

22

然而，这一次，陈森居然不肯轻易罢休，将发票伸到她眼皮底下，咄咄逼人："怎么不说话了？说话呀！衣服多少钱？"

　　夏安倒吸一口凉气："还有什么可说的，事实就是我花了一大笔你辛辛苦苦赚的钱，你骂呗，又不是没挨过你的骂。我就是这么爱慕虚荣，就是这么不知勤俭，你娶我之前就知道我是怎样的人了，你当初又何必娶我？"

　　"你……"陈森被她一堵，火气更大了，"夏安，你可以呀，分明是你做错了事，还无理取闹？"

　　"我无理取闹？我做错了事？"夏安的眼泪忍不住往眼眶里涌，她想起的是自己怀孕之初，陈森在她耳边柔情蜜意地说道："这是我们的宝宝，是我们爱情的结晶，生下来，你不甭上班了，在家照顾孩子照顾我，我一定会给你们娘儿俩最好的生活，给你们想要的一切。"

　　夏安哭着，却笑了，笑里含着讽刺："陈森，这就是你给我的幸福生活，这就是你给我的所谓的我想要的一切。陈森，我今天是花钱了，那又怎么样？在嫁给你的五年里，我没有买过一件超过二百块的裙子，没有添过一双高跟鞋，我的化妆品还全是结婚前买的，早就过期了！"

　　"你这是在表达你的不满吗？"陈森的自尊心遭到挑衅，言语间也满是嘲讽，"不满我给你的生活？嫌弃我穷了？嫌弃我不能满足你购买这些奢侈品的欲望？"

　　他将发票扔在了她的脚下，狠狠一踩，恰如陈森这些话踩在她脸上一样疼。

　　穷？夏安盯着地面那张起了褶皱的发票冷笑，说得好像他追她的时候很富有似的。她夏安好歹也是班花，当初追她的人不乏"富二代"，如果她嫌弃他，怎么会在诸多追求者中独独钟情于他？

　　很多人问她，为什么是陈森？

　　是呀，为什么是陈森？

　　当初她面带着太阳花似的笑容坚定而肯定地说："必须是陈森！只能是陈森！"

　　不过匆匆数年，时光荏苒，模糊了她的记忆，当初这般坚定的缘由是什么？至于陈森，大概也忘了当年那个光彩夺目的夏安了吧。

地上那张发票在她的视线里渐渐变得模糊，夏安的泪珠一颗颗滴在发票上。

她的鼻子酸酸的，忽然很想赌这口气，硬着嗓音回他："陈森，你什么时候有钱过？你不是问裙子多少钱吗，那我告诉你，裙子不要钱，咱自己也买不起，是别人送的！"

空气里短暂的静默。

夏安抬头，看见陈森气得铁青的脸。

下一瞬，陈森钳住了她的下巴："所以，你现在找到能满足你的人了？你后悔当初的选择了？没事，还来得及！"

他说完，用力将她一推，转身大步走出了家门。

夏安被推倒在地上，脚上本来就疼，此时钻心地疼。

然而，比脚更疼的，是她的心。巨大的关门声，犹如那扇门狠狠砸在她的心上，她的心碎了、裂了，一切都崩溃了……

夏安站不起来，她趴在地上无声地哭泣，不知道为什么，一个同学聚会而已，就闹到了这步田地。

夫妻，本就是这世上最熟悉彼此的人，是漫漫人生路上最坚定的伙伴，可有时候，也能成为最有杀伤力的敌人。因为深知对方的弱点和痛处在哪里，一旦伤起人来，必定能一针见血、戳中对方最痛之处，而往往有时候所言却非心中所想，只是想伤害对方，只因对方伤害到了我，盛怒之下，我就要让他更痛……

夏安趴在地上，无论怎样也无法把现在的陈森和从前那个背着她在校园里走了一年又一年，只要她有个头疼脑热就心疼得不行的人联系在一起。

岁月这把杀猪刀，砍去的又何止是我们的棱角？

"妈妈……"

夏安正在哭泣，一道细小的声音响起。

她匆匆擦了把眼泪，抬头，看见女儿光着脚踩在地板上，小手还在揉眼睛，到底还是吵醒了女儿吗？

"楚楚，你怎么不穿鞋？！"她担心本就发烧的女儿会着凉，情急之下忘了脚疼，一使力就想站起来。

结果，她又重重地摔了下去，脚踝特别疼。

"妈妈！"楚楚哭着跑过来，用细小的胳膊挽住她，拼命想把妈妈扶起来，还哭着问，"妈妈，疼不疼？疼不疼？楚楚给你呼呼，呼呼就不疼了……"

夏安一把抱住楚楚，抚着她的背安抚："没事，别哭，妈妈不疼，妈妈没事的，别哭呀，你先去把鞋子穿上。"

楚楚却在她怀里拼命摇头："不，妈妈你起来，你先起来，楚楚扶你起来。"

"楚楚听话，妈妈自己起来，你先去穿鞋。"

"不要！不要！"楚楚更加大声地哭了起来，"妈妈脚疼起不来！楚楚扶你！"

夏安想着摔门而去的陈森，再听着女儿的哭喊，眼泪愈加如同泉涌，她强忍住，把女儿稍稍推开："妈妈真的可以！你忘了吗？你自己说的，妈妈是超人，超人怎么会倒下？你看，妈妈自己站起来。"

她轻轻地推开抽噎着的女儿，扶着茶几，缓缓站起，再一步一挪地走到沙发边，其间不小心伤脚使力，疼得她直皱眉，可却连嘶一声都不敢，唯恐吓着女儿。

终于在沙发上坐下，她张开双臂："来，楚楚，你看妈妈是不是很能干？跟你说了妈妈没事。"

楚楚奔过来，本想扑到她怀里，但又担心撞到她的痛处，只轻轻倚靠过来，直掉眼泪。

夏安将女儿抱起，一只手将女儿的两只小脚握住，还好，并不凉，再亲了亲她的额头，也不再发烧了，心里稍安："好了，楚楚，不哭了呀，妈妈一点儿都不疼了。"

楚楚却把头埋进她怀里，抽噎着："不，我知道妈妈疼。妈妈，爸爸坏，你脚疼他还打你，楚楚爱妈妈，楚楚要快点儿长大，保护妈妈，妈妈脚疼的时候，楚楚抱妈妈……"

夏安愣住，可是，却不愿楚楚对陈森有偏见，忙道："不是的，楚楚，爸爸并没有打妈妈……"

"我看见了！"楚楚抬起满是泪水的小脸，"我看见爸爸推你了！

25

还听见他凶你！楚楚不喜欢爸爸了！"

楚楚说完，自己也很难过，扑进夏安怀里再度大哭起来。

夏安心里愈加酸楚起来，孩子虽然小，但比谁都敏感，真想和楚楚抱头痛哭一场，可她再委屈，也不愿女儿因此受影响，只能再度强忍，一边拍着楚楚的背安抚，一边说："楚楚，你看错了，爸爸没有推我，他只是不小心，也没有凶我，我们只是争论了几句……"

楚楚没有再说话，只是在妈妈怀中扭动着身子继续哭。

她不知道楚楚是不是接受了这个解释，毕竟眼见为实，孩子亲眼看见的、亲耳听见的，她有自己的判断……

5

陈森摔门而去之后，一直没回来。

那天傍晚，夏安叫的外卖。

外卖送来的时候，楚楚按住她不让她动，她去开的门，去接的外卖。

夏安看着女儿小心翼翼地跑了两趟，才把晚饭从玄关捧到她面前，她的眼眶又泛红了。

曾几何时，她说她想吃东家的糖炒栗子、西家的麻辣烫，那时候外卖业务还没有这么发达，是谁刮风下雨、飘雪冻冰也会给她买回来？

到了如今，即便不再顾念瘸着脚的她会不会饿着，难道女儿他也不牵挂吗？

"妈妈……"

夏安飘远的思绪被女儿的声音拉回，眼前的小手递给她一双筷子。

"妈妈，拿着筷子，楚楚长大了，楚楚照顾你。"

听着女儿的稚嫩话语，鼻子忍不住再度泛酸，她接过筷子，忍泪微笑："谢谢楚楚，楚楚真乖。"

楚楚冲她一笑，笑容里还有着病中的苍白，而后便踢踢踏踏地跑去厨房拿了两只碗，小心地分了一碗饭给她，学着夏安平时的样子，在饭上铺了几样菜，再端给她："妈妈，吃，楚楚自己吃。"

夏安接过女儿递过来的温热的饭碗，她的眼泪再也忍不住了，却怕

26

女儿看见，连句"谢谢"都不敢说，装作埋头吃饭，赶紧低下头，饭粒子嚼在嘴里，哪里有味道！

却见楚楚自己搬了个小凳子过来，坐在她身边，捧着小碗开始吃，不时还抬头对她说："妈妈，你要吃什么告诉楚楚，楚楚帮你。"末了，她又挑起一根青菜，"妈妈，你看，楚楚乖，楚楚多吃蔬菜。"

夏安埋着头，把眼里的泪意忍下了，才抬头微微一笑，给女儿拂去唇边的饭粒："是，我们家楚楚是最乖的小朋友。"

这个晚上，夏安一直到深夜都没有睡着。

一方面因为担心楚楚，怕孩子半夜会再度发热；另一方面她始终听着门外的动静，但凡有电梯起落声，她便凝神细辨，辨别电梯是否会在这一层停下，是否在下一刻自家就会响起开门的声音。

然而，她的心提起又落下，反反复复，一次又一次，却始终没有一次有脚步声走到她的家门口。

是的，即便争吵至此，她仍盼着他回家，而不是这样一头扎至门外，留下她一个人面对一切。

只是，她失望了一次又一次，心，也累到不堪。

零点。

她不再抱希望。

她伸手摸了摸女儿的脖子，好像又开始热了，一量，体温再度飙升到了38.5℃。

她单脚跳着去给女儿拿药、倒水，再端着水杯跳回来，把睡得脸颊通红的女儿叫醒，扶起来，喂药。

女儿迷迷糊糊的，重新睡下去的时候，半睁着眼呓语了一句："妈妈，不哭，楚楚给你呼呼……"

楚楚话一说完，就又睡了过去。

夏安心里发酸，转身去浴室打水来给楚楚做物理降温。

她瘸着个腿，抱着一盆水，试着跳了一跳。

不行！水溅出来扑向她的脸，这一路颠着去，大概还没到卧室，这一盆水都颠完了。

27

无奈，她只能把盆放在脚下，慢慢地挪。她每跳一步，受伤悬着的那只脚就把水盆往前挪一点儿，再接着跳。

跳着跳着，她觉得自己这姿势可真滑稽，滑稽得好笑，可没能笑出来，倒是忍不住地哭了起来。

这样的时候，那个说要给她一辈子依靠的男人在哪里呢？

6

陈森是早上回来的。

夏安一夜没睡，此时正在厨房里给女儿准备早餐，房间里弥漫着白粥淡淡的清香。

陈森手里拎着一袋小笼包，往餐桌上一放，也没跟夏安打招呼，直接进了卧室。

楚楚还睡着，他伸手摸了摸她的额头，不烫。

他抬腕一看手表，已经到平时去幼儿园的时间了，但她还睡着，可见今天得请假了。

他于是去了浴室，洗漱。

镜子里出现他略微浮肿的脸，眼眶底下的青色眼圈分外明显。他经常加班，本就常有黑眼圈，经过昨天这一闹……

呵……

他昨天也不好过。

他就这么摔门出去，在哥们儿家蹲了一宿，两个人喝酒喝到半夜，他醉醺醺地问："浩子，我是不是特别没用？"

浩子说："你跟媳妇吵架了吧？"

他苦笑。

不跟媳妇吵架能大晚上跟你混？浩子知他，却也不知他。两个大男人，纵有衷肠，何以诉说？最终化成碰杯声，醉不醉都不归了。

后来，他也一夜没睡。

他打开水龙头，用冷水狠狠搓了把脸，而后洗漱、换衣服、提起了公文包。

经过厨房的时候，他的脚步顿了顿，最终还是没有停留，出门上班去了。

又是一道关门声，在夏安胸口一砸。

她慢条斯理地搅粥、关火、保温，才不急不忙地从厨房跳着出来。

陈森回来的时候她看见了。

经过厨房时，他向里瞥了一眼。

那一眼，正好被她的余光瞥见，一瞥之下，也看清了他一脸的浮肿和憔悴，便知他昨夜必然喝酒了，宿醉后的他就会这样。

她知道，他也不好过。这是必然的。

她扶着墙跳出厨房，看见餐桌上的小笼包，旁边的小袋里还装了些油辣椒，清早的空气里掺和进熟悉的、刺鼻的香。

包子倒是在她和女儿都爱吃的那一家买的。

不过，她也只是淡淡一眼扫过，就像刚才他的身影经过厨房时，她用余光一瞥。

她昨晚一个人照顾复烧的女儿时，心里念着怨着他为什么不回来，现在他真的回来了，也仅仅只是一瞥而已。

就像这包子，吃不着时念着想着的是它热乎乎的香味，而不是放冷后的那一团面疙瘩。

楚楚请了三天假。

这三天里，陈森都是半夜才归，回来也是自觉去书房睡觉，不曾跟她说过一句话，也不曾问过一句她的脚好了没有、能不能做家务了、是不是有饭吃。

他只是来睡觉的，睡一夜，第二天一早提着他的公文包去上班，连早餐都不在家吃。

好在她的脚一天好过一天，到第三天的时候，受伤的脚勉强能下地受点儿力了，楚楚也没有再反复发烧。

第四天的时候，她早早把楚楚叫起来，该上幼儿园了。

早餐仍是她煮的粥，还有些前一天叫的面包，以及几碟简易拌菜。

楚楚的胃口并不好，夏安哄着、劝着她吃。

陈森换好了衣服出来。

夏安以为他会跟前几天一样出门上班去,垂着眼皮没搭理他,心里早已经做好计划,现在的她还是可以踮着脚走几步的,一会儿她搭电梯下去,然后打个车送楚楚去幼儿园,再打车回来。虽然这么点儿距离她也要打车,但她没办法。

然而,出乎她的意料,陈森竟然在桌边坐了下来,摸摸女儿的头发:"快吃,吃完爸爸送你。"

夏安略惊讶。

更出乎意料的是,楚楚听了陈森的话,竟然真的大口吃起来了。

陈森也抓了个面包,两三口就吞下了一个。桌上没有他的碗,他就直接捧起装粥的大碗喝起来。

父女俩几乎同时放碗,而楚楚对于爸爸送自己这件事显得很期待,背上小书包,主动牵起了陈森的手:"爸爸走吧,妈妈再见!"

"宝贝儿再见,在幼儿园如果不舒服记得跟老师说。"夏安看着这个前几天还说爸爸坏,此刻就黏着爸爸的小人儿嘱咐道。

"走吧,楚楚。"陈森牵着女儿,"下午爸爸来接你。"

夏安再度一愣,陈森这句话其实是对她说的吗?她忽然有些明白,陈森彻夜不归之后的那个早上又匆匆赶回来是为了什么,其实,就是怕她腿脚不便来看看是不是需要他送楚楚去幼儿园的吧?

她的心,莫名地有那么一些软化了,可转眼看到桌上的一片狼藉,气又上来了,三天时间,他对她们娘儿俩不闻不问,也不怕她们饿死?

车里,跟爸爸一起去幼儿园的楚楚一副欲言又止的样子。

最后,陈森牵着她的手快走到班级门口了,她终于停下脚步,仰着一张酷似夏安的小脸,小心而又小大人似的说道:"爸爸,楚楚想和你谈一谈。"

陈森听了忍不住笑了:"有什么话晚上咱们回家说不行吗?"

楚楚摇摇头:"现在谈。"

陈森看了下手表:"好,那楚楚说。"

"爸爸以后不要欺负妈妈好吗?妈妈脚疼,站不起来,楚楚想扶妈妈,可楚楚太小了,没有力气。爸爸,妈妈哭,楚楚也想哭……"楚楚的眼睛里泛起了泪花。

陈森怔住，好一会儿才蹲下来，给女儿擦了擦泪，说："楚楚，爸爸没有欺负妈妈的意思，我们只是有些观点不一样，所以争了几句。"

"但是妈妈难过了，还摔倒了。爸爸，回家跟妈妈说对不起好不好？幼儿园里的小朋友打架，老师让他们说对不起，说了对不起，他们还是好朋友……"楚楚拉着陈森的手，轻轻地摇。

透过女儿的小脸，陈森仿佛看到了多年前的夏安，也总是喜欢这么仰着脸看他，拉着他的手撒娇，跟他说陈森这陈森那的。

他沉默了一会儿，点头："好。"

7

夜色已浓，居住于这个城市第二十八层的夏安轻轻把窗帘拉上，窗外群星般璀璨的灯光便被隔绝开来。

楚楚已经睡了，她关了灯，整个房间被静默的黑暗笼罩。

一时睡不着，她拿起手机刷着各种社交软件，看看八卦。

当家庭主妇这几年，陪伴她的除了女儿和没完没了的家务，就只有手机了。

她有个微博账号，几年来积累了小两万的粉丝，不时发些她和女儿的日常，以及她做菜的小视频，粉丝互动还不错，在粉丝的眼里，她就是个幸福的家庭小主妇，他们尤其喜欢她和女儿穿着亲子装的照片。

说起来，她好歹也是设计专业毕业的，在和女儿拍照的时候，刻意地给衣服做一些小小改动，增加一些亲子装的元素，照片的效果出乎意料的好。

她一登录上去，就看见了几条催更的评论，问她怎么好几天没发微博。

她没回复，暗暗叹息，幸福的家庭小主妇忧伤极了，哪里还能发微博？

正想着，一只手从身后伸过来，抢去了她的手机，耳边多了温热的呼吸："在看什么呢？不睡觉。"

她吓了一大跳，刚想回身，被子里就挤进来一个人，带着熟悉的热度压住了她，他呼吸里的热意也迅速传至她的脖颈。

她被这热气一熏，数日积攒的委屈便上来了，鼻子一酸，用力推

31

他。这算什么？对她招之则来呼之则去？碍他眼了便随手掀翻，生理需求来了又得随他摆布？

"你走开，你把我当什么？保姆？泄欲机器？"她的一只手还被他捏着，只单手推他，无力道。

"楚楚今天找我谈话了。"陈森捏着她的手不放，言语间似带着笑意。

夏安一怔。谈话？这么大人化的行为？

"楚楚让我跟你说对不起。"

她鼻尖一酸，眼眶立即热了，使劲推着他："你连楚楚都不如！"

"楚楚还说……"陈森顿了顿，"让我别欺负你。"

夏安想着他摔门而去之后，楚楚小小的人儿努力扶她起来并且还要给她呼呼的情形，眼泪便淌了下来。

"可是……"陈森的声音愈加低了下来，"我怎么能不欺负你？我想欺负你……"

夏安醒悟过来此"欺负"的意思时，陈森已经有所动作了，她顿时又羞又恼，挣扎间觉得陈森把什么东西套在她手腕上了，她感觉了一下，好像是一条手链。

她想起有一回逛街时她看中了一条手链，一直没舍得买，莫非是那一条？陈森开窍了？

她正疑惑着，却已经被陈森得逞了。

"别把楚楚吵醒了！"她徒劳地挣扎了一下，最后只能遂了他的愿。

生活总是重复着这样的节奏，夫妻之间斗鸡似的闹得一地鸡毛，往往在一场性事之后就化解了戾气，等待着的又是一地鸡毛。

事毕，夏安悄悄看了看手链，果然是她看中的那条。

她被陈森搂在怀里，背对着他，身体与身体之间契合得严丝合缝，他的手指还在拨弄她的肌肤，呼吸渐平。

女人总是矫情一些，尤其像夏安这样觉得自己受了天大的委屈之后。

她摘下手链，往后一甩，正好砸到陈森脸上。

陈森被砸蒙了，用手一摸，摸到手链："怎么了？你不是喜欢吗？"

男人这种时候通常都是愉悦的。在床上征服或者说收拾了一个女人，既得到了生理上的满足，心理上也享受到了对这个女人的掌控感。

所以，陈森被砸了，也只当是夫妻间的调情，夏安一贯喜欢玩这些。

夏安用冷冷淡淡的语气说道："不敢要，也要不起。"

"还生气呢？"陈森握着她纤细光滑的手腕，给她把手链戴上，"我挣的钱还不是全给你和楚楚花的？"

夏安还记得那天他怒气冲冲指责她的样子，此刻又说得这么好听了？她憋着那口气，闷声不语。

陈森见她这样，也猜到了她心中所想，继续解释："不是不让你花钱，你好好跟我说，我有不让你花的时候吗？干吗要撒谎？"

任凭陈森说什么，夏安都闭着眼睛装睡，后来，还真睡着了。也是，她最近连续几个晚上照顾楚楚太累了，加之跟陈森赌气精神绷得紧，现在总算松懈下来，是该好好睡睡了。

陈森说了半晌听不到回音，才发现怀里的人睡着了，他也渐渐睡去。

直到第二天早上，夏安做好早餐，陈森和女儿一如往常坐在餐桌边等早餐吃的时候，她才想起都没质问陈森的心为什么这么狠，也不挂念她和女儿这几天的吃喝问题。

她将碗往他面前一摔，瞪着眼睛问了。

已过了昨夜那场事，再瞪眼睛就没威力了，陈森笑了笑："我见你还能好好地在厨房煮粥呀，而且，不是还可以叫外卖吗？"

夏安无言以对。

这场风波到这里为止，算是正式过去了。

陈森牵着楚楚的手出门的时候，心情是平静的，而且还有一点点化干戈为玉帛后的欣喜，毕竟这几天算是真正闹大了，他也不好受，医院门口出现的那个叫罗嘉楠的男人，莫名让他不舒服，也许这是男人的直觉，但是他相信直觉。后来，他还特意问了熊梓迦，原来那套裙子是熊梓迦送给夏安的，并非罗嘉楠，他的心里踏实了不少。也正因为这样，他才有了昨天的讨好，如果裙子真是罗嘉楠送的，那后果……

他想了想，不可能。

第三章　心如死灰

8

生活回到正轨，同学聚会掀起的波澜渐渐消失，这个波澜，不但指夏安和陈森那一场矛盾，还包括夏安心里的落差，在平实的日子里，这种落差感终归被"晚餐做什么菜给老公和孩子吃"此般更实在的问题所覆盖。

熊梓迦打电话来的时候，夏安刚把家务做完。

"安安，有没有兴趣赚点儿零花钱？"

夏安太有兴趣了！只是她有些忐忑："我可以吗？我……我现在已经脱离你们五年了，我有点儿害怕……"

熊梓迦在那头笑了："是是是，你现在是家庭主妇，你的专业丢了四五年了，你除了做饭、带孩子，啥也不会了，可是你美呀！"

"小熊……别开玩笑了……"夏安被说得愈加忐忑了。

熊梓迦不再打趣她，笑道："你能做的！我们杂志打算做几期亲子主题的专栏，需要模特拍几组照片，你有兴趣的话可以找个时间带楚楚过来试镜。"

"好！"夏安毫不犹豫地答应了。

熊梓迦倒是被她的果断给惊到了："哟，幸福小女人，今天太阳从西边出来了？以前也不是没介绍活儿给你，让你写个专栏稿，你说没时间，让你试着画个稿儿，你说没灵感……"

夏安只能暗暗苦笑："小熊……现在孩子不是大了嘛，我在家闲着也是闲着。"

是的，小熊一直都在告诫她："可以要爱情，但不能只有爱情。人生总有那么一个时刻，面包比爱情更重要，女人，始终要有自己买面包吃的能力。"

电话挂断后，夏安还握着手机，发了好一会儿呆，直到热水壶传来水开的警报声，她才起身，抹了抹头发，关掉电源。

夏安没有想到，拍照那天罗嘉楠也在。

她到的时候，看见一个身形颀长的男人在跟摄影师说话，仅看背影，她觉得很陌生，但那体型，倒是很像男模。

"来了。"

熊梓迦笑着迎接她的时候，男人转过身来，夏安才看见，原来是罗嘉楠。

摄影棚的灯光很柔和，灯光里的罗嘉楠冲她微微一笑，轻轻颔首间，目色竟有几分与灯色一般柔软的温润。

夏安正觉奇怪，怎么他也在这里，他更自己解释道："我跟阿奇是兄弟。"

阿奇就是摄影师，全名陶奇，熊梓迦的高中同学，有自己的摄影工作室，却也是熊梓迦的御用摄影师，可是，夏安却不知道，原来陶奇跟罗嘉楠也熟悉。

夏安便笑了笑，跟阿奇打了个招呼，而楚楚早跟熊梓迦腻在一块儿了。

"干妈，妈妈说今天你要给我拍和你一样的照片，像明星一样？"已经开始爱臭美的楚楚对这件事情十分期待。

"是呀，今天干妈要把我们楚楚打扮成最美的小朋友！来，跟干妈过来。"熊梓迦牵着楚楚，并且安排造型师给夏安做造型。

摄影师阿奇一边调着光，一边指挥着罗嘉楠给布景调灯："那个灯，过去点儿，对，再过去点儿！太多了！回来点儿……"

反复多次后，罗嘉楠不干了："哎，我说，我可不是你的助理，你使唤谁呢？"

阿奇笑道："是你自己说你今天寂寞空虚无聊要我收工后陪你喝酒的，你不卖点儿苦力讨好我，能换来我牺牲色相陪你？"

罗嘉楠看了一眼化妆室的门，里面传来化妆师细细的声音："抬点儿头，眼睛闭上……再睁开我看看……好……再闭上……"

他眼前便浮现出一张白皙的小脸，尖尖的下巴，杏核似的眼睛闭上又睁开，睫毛又黑又长，一眨一眨的……

"哎哟，眨眼睛了，花了吧？"夏安在里面惊叹，声音婉转悦耳，如风起铃动。

罗嘉楠忽然就想起大学时有一段时间女生中流行戴小银铃，女孩从身边跑过的时候，叮叮当当一阵乱响，而他，居然能准确地从中判断出哪一串铃声是她的……

他僵着脸，将道具一扔："我还有事，先走了！"

罗嘉楠说完，便留给阿奇一个背影，大步流星地走了。

"哎！哎哎！"阿奇盯着他的背影愕然，"莫名其妙！"

熊梓迦牵着化好妆的楚楚出来时，没见到罗嘉楠也觉得奇怪："罗嘉楠呢？"

"谁知道呀，跟你一样难伺候，说变脸就变脸。"阿奇站在三脚架后面，拖长着声音，慢条斯理地说。

"短腿奇！你活腻了是吗？"熊梓迦吼道。

陶奇转过身来，耸耸肩，脸上的表情写着一句话：你看，我没说错吧？

熊梓迦毫不客气地将一个文件夹拍到他脸上："人家A4腰，你A4脸吗？脸大好挨巴掌是不是？滚！"

陶奇贱贱地看了她的腰一眼："A4腰？你有A4腰？你是把A4纸横着摆吧？胖熊！"说着，他还把文件夹横着往她腰前一放。

熊梓迦双眉一挑，已是山雨欲来风满楼，陶奇抱着文件夹撒腿就跑："我滚了！"

"滚错方向了！"熊梓迦气得脸都红了，"拍照！"

"马上回来！"远远地传来陶奇的声音，人早已不见了。

"有种别回来！"熊梓迦冲着他去的方向喊，也不知道他还能不能听见。

夏安看着这一出只能喷笑："我说女强人，熊总监，我也只见你在他面前还有着天真的一面了，居然斗嘴能斗到红脸。"

"他贱呀！还总叫我胖熊！"熊梓迦给楚楚整理着头发。

夏安看了她一眼："能怪人家吗？你还叫人家'短腿奇'呢！人家脸帅腿长气质佳，哪里腿短了？"

熊梓迦嘀咕："你没见过他高一的时候，全班最矮！谁知道怎么回事突然就噌噌往上蹿，到高三变成全班最高的男生了。"

"想知道为什么吗？"门外传来陶奇的声音。

这么快？看来果然不能背后说人。

熊梓迦和夏安没搭理陶奇，楚楚却很感兴趣地问道："叔叔，为什么呀？我也想长高。"陶奇抱了一堆道具来，将一顶帽子往楚楚头上一扣："我那时整天就在院子里站着晒太阳！"

这是什么答案？

"光合作用呀！晒着太阳，就像小树似的噌噌往上长。"陶奇一本正经地说道。

熊梓迦顿时哈哈大笑："短腿奇，你是植物呀？那你到底是根葱还是根蒜呀？"

"我是花儿！"阿奇忽然一本正经地回答。

熊梓迦更乐了："什么花儿呀？"

"太阳花！向着阳光开放！"

一贯嬉皮笑脸的阿奇，表情十分认真，认真得让熊梓迦和夏安都不习惯了。

楚楚却双眼发亮，好像发现了什么了不得的秘密："叔叔！真的吗？"

童声稚语化解了这短暂的尴尬，熊梓迦再次笑了，夏安也是哭笑不得，把楚楚搂进怀里："叔叔是骗你的。"

楚楚还是将信将疑，一脸崇拜地看着阿奇。

阿奇大笑，摸摸楚楚的头发："来，咱们拍照了！"

拍了差不多整整一天，午饭都是在工作室吃的，阿奇买了儿童爱吃的快餐，跟楚楚混在一处，像个大孩子。

一直到夜幕降临了，熊梓迦才和阿奇一起把夏安母女俩送回家，并且还送给夏安两张秀场的票，请她去看昔日同学的新作品发布会。

坐在副驾上的熊梓迦一直看着夏安母女进了单元楼才转头问阿奇："你今天是不是有事呀？奇奇怪怪的，要不要我陪你去喝两杯？"

"没有……"阿奇开车，"不过，看在我们多年兄弟情的分上，我可以勉为其难地陪陪你。"

"去！说好的姐妹情！"熊梓迦啐了他一口。

两人到常去的酒吧刚坐下，熊梓迦的手机响了。

手机就放在桌上，阿奇很容易就看到了，手机屏幕上显示的是熊梓迦现任男朋友的名字。

熊梓迦接了，电话那端的人约她出去，她看了一眼阿奇："我今晚没空。"

她将电话搁下后，阿奇表情懒懒地问道："怎么不去？"

"我有人陪着为什么要去？"熊梓迦回答得理所当然。

"这么说，咱俩的姐妹情比臭男人更重要？"阿奇凑过来问。

"什么时候不是？"熊梓迦一巴掌把他的脸推开，"我最讨厌这款威士忌的味道你又不是不知道，你偏要喝就算了，喝了还熏我一头一脸，不想活了你？"

阿奇却贱贱地凑了过来，对着她使劲哈气，熊梓迦都被气笑了："你再吹，信不信我脱下高跟鞋打破你的脸。"

"别呀！"阿奇坐了回去，一脸的不正经，"破相了我还怎么找媳妇结婚呀？我老妈可得急坏了，到时候逼着你嫁给我，我可就倒了八辈子血霉了。"

"去你的！"熊梓迦拍拍手机，"你可知道这半个通讯录的人都求着我嫁给他们？"

"那你还不嫁？"阿奇半眯着眼，抿了口酒，"你真不打算嫁？"

"我为什么要嫁人？"熊梓迦举杯和他的杯子碰了碰，"是酒不好喝，还是日子不好过？你说，钱，我有；车，我有；房子，我也有；至于你们说的爱情……"她再次指指手机："我从来就没停止过谈恋爱，如果不是因为你这个拖油瓶，没准儿我此刻已经在春宵一刻了。"

"你这叫谈恋爱？"阿奇显然对她那半个通讯录的恋爱对象持否定态度。

"怎么就不是了？"熊梓迦轻轻晃动着红酒杯，眸色深深，好像透过杯中的红色液体看到了另一个世界，"我这才是最纯粹的爱情你懂吗？我从不问对方房子多少平方米、年薪有多少！我除了问清楚对方有没有老婆，他家里七大姑八大姨是干什么的都与我无关！我和他们在一起的唯一理由是心动，分开的唯一理由是不喜欢了，而且我一次只谈一个，绝不劈腿，就这么简单又正直。"

"所以我才说，你那些都不是真正的爱情。真的爱一个人，你怎么会突然就不喜欢了？真的喜欢一个人，你会想要和他朝朝暮暮的。"阿奇盯着她的眼睛，漾动的酒液，好似在她眼里荡来荡去，摇曳出谜一般的旋涡，"你有没想过，好好跟一个人在一起，两个人之间除了钱、房子、车子，还可以相互照顾和陪伴。比如，你饿的时候，有人给你做饭；家里电器坏了、水电故障了有人给你修；买个大件的东西，有人帮你搬进家门；你病了，有人照顾你；特别是老了以后，行动不方便了……"

他边说，熊梓迦边看着他笑，等他说到这儿的时候，熊梓迦都笑得快趴下了，连连挥手："停停停，短腿奇，咱们这么多年姐妹，我怎么没发现你还有给我当妈的潜质呢，你这些说辞呀，简直跟我妈一模一样！"

阿奇动了动嘴唇，没有再说话。

熊梓迦继续说："要吃饭，满世界的美食，能饿着我？哪怕我现在想吃最地道的法国鹅肝，一张机票，睡一觉，第二天我就能吃到了，哪一个男人能比米其林厨师做菜更棒，还是我直接嫁个厨师？电器坏了，售后是吃干饭的？水电漏了，没交物业费吗？病了，特护不比男人更专业？再说了，科技这么发达，没准儿过几年机器人护理就可以代替人工服务了；还老了……短腿奇，我现在要风得风要雨得雨，日子过得跟仙女似的，就算老了也是老神仙一枚，谈个恋爱算是给生活来点儿锦上添花的乐趣，你让我找个男人，把自己的后半辈子跟一个原本和我八竿子打不着的人绑在一起，再为了一些无聊、糟心的柴米油盐事把自己的生活弄得一地鸡毛。如果这个男人自律还好，万一倒霉遇到个管不住自己裤子拉链的玩意儿，我要么活成怨妇，要么活成悍妇，就我这性格，肯定是后者了，那我最终还是要回到现在这个状态？那你说，我是吃饱撑的去绕一大圈？"

阿奇被她打击得一句话都说不出来，嗫嚅了半天，憋出一句："那……那……我给你做的饭，你还不是每次都吃光了。"

熊梓迦哈哈大笑，拍拍他的肩膀："下回我也做给你吃呗，只要你不怕被毒死！"

阿奇撇了撇嘴："还是算了吧……我宁可光合作用……"

熊梓迦本来准备喝一口酒的，听了他的话直接喷笑出来。

9

夏安回到家的时候，陈森已经回家了，桌上摊着外卖盒子，书房里传来游戏的声音。

"爸爸！"楚楚进门就喊。

"嗯。"陈森拿着手机，眼睛还盯着屏幕，边走边玩，"回来了？桌上给你们留了饭菜。"

"我们吃过了。"夏安一一打开外卖盒，将剩得多的菜用碗装好，放进冰箱。

她在餐厅和厨房间来回转的时候，陈森往沙发上一坐，还是在打游戏，心不在焉地问了句："今天带楚楚玩去了？"

"嗯。"她并没有跟陈森提过去拍照的事，此时却不想瞒他，于是说道，"熊梓迦她们杂志找人拍照，我就带楚楚去拍了几组。"

"嗯。"陈森依旧是心不在焉地回了一句，就没了下文。

夏安也就不再多说了，默默把餐桌收拾干净。

楚楚爬到陈森身边，听妈妈提起这个话题，一脸兴奋，一肚子的话要跟陈森说："爸爸，今天干妈把我打扮得可漂亮了……"

"嗯……"陈森的身子转了转，没让楚楚看到手机画面，"叫妈妈带你洗澡睡觉，小孩子不可以看游戏。"

"哦……"楚楚脸上闪过失望，却乖乖地从沙发上滑下，找夏安去了。

夏安清理完餐桌，牵着楚楚的手，驻足，远远地看了好一会儿陈森，他却一直在打游戏，夏安也没再说什么，牵着楚楚走了。

只是，当她熄了灯，陪着女儿睡在床上的时候，听着外面陈森刻意调小的游戏声，心里却久久不能平静。

今天工作了一天，有一笔小小的收入，很少，甚至还没到账，但是却是当主妇以来第一笔她自己赚来的钱。且不说这点儿钱带给了她怎样的陌生感，单单就这一整天在镁光灯下工作的状态，都让她觉得有什么东西自灵魂深处涌出来，此刻仍在她的血液里循环奔腾，令她浑身都有一种蓬勃的亢奋。

夏安翻来覆去睡不着，她的脑海里始终被白天的各种画面填充着，终于，她翻身下床，甚至顾不得穿鞋，光着脚跑到客厅，挨着沙发上的陈森坐下。

陈森还在打游戏，忙里偷闲凑过来蹭了蹭她的脸，眼睛一直没离开屏幕："等我打完这一把。"

夏安觉得他误会了，她这么过来，并没有"勾引"他的意思："陈森，我有话和你说。"

"什么？马上就好。"

夏安便耐着性子等着他，踡缩着缩进沙发，盯着陈森的侧脸和耳

47

朵，脑中细细回忆着大学里这般凝视他的感觉，那个时候，真是觉得他打游戏的样子都酷毙了。

陈森打完这局了，一回头，便和她痴痴的眼神撞了个正着。

他好心情地笑了，直接将她抱起来，往卧室走："这么乖？有求于我？"

看来他是真的想歪了，"陈森，别闹，我真的有话跟你说。"

"你说，我听着呢。"

多年夫妻，夏安如何不知道他这副样子，哪里是在认真听着？只怕这个话题马上又要混过去了，于是她赶紧推着他："陈森，我想出去工作。"

"怎么突然有了这个想法？你从前不是说，你这辈子最想做的工作就是把我和孩子照顾好吗？"陈森心思总算被她给拉了回来，并且马上警觉地问，"你今天到底去哪儿了？"

"不是跟你说去拍照了吗？我是想，楚楚现在渐渐大了，我白天在家闲着也没事，想出去工作，一来可以给家里增加点儿收入，二来，也想把丢掉的专业捡起来了。"夏安试着说服陈森。

陈森却说道："增加收入倒并不需要你，你能赚多少钱？我说过会让你们母女过上好日子，还不至于养不起你们，不过，如果你喜欢，我也不反对，你找到工作了？"

"还没呢……这不是先跟你商量嘛，你真的答应？"这么快就说服了他，倒是让夏安觉得惊喜了。

"嗯，你喜欢就行，别急，慢慢找，只是，别在外面受了气又跑回来跟我哭鼻子。"陈森笑着，已经凑上去，埋首在她脖颈间了。

"我才不会呢……"夏安欣喜之余，轻轻捶了捶他，难得撒娇的语气，让陈森颇为兴奋。

夏安自然没有拒绝，脑子里却慢慢发散开来，想着到底做什么比较好，她是学服装设计的，还是想做回自己的专业，忽然想到熊梓迦给自己的秀场票，拍了拍正在她身上忙碌的陈森："你下下个周末有没有时间呀？陪我去看个秀吧？"

陈森抓住她的手："你跟熊梓迦带楚楚去看就行了，我又不懂。"

夏安有些不悦："从前在学校的时候你不是常常陪我去看？"

陈森想说，今时不同往日，可他也知道这话是不能说的，只好敷衍："听话，你们自己去看，我们最近接了个项目，周末都要加班。"

夏安只好妥协了，或者说，她习惯了，自从生了楚楚以后，他们再没有一起看过一场电影，也鲜少一家人出去逛街，更别说看秀、旅行了。

买菜、煮饭、带娃、上班、加班、打游戏，早已经变成了他们各自生活的主旋律。

接下来的时间里，夏安搜索着招聘信息，投了好几份简历出去，却都石沉大海。

也是，现在就业竞争这么激烈，一个毕业七年却没什么工作经验的家庭主妇，又有多少竞争力？

她不是没想过去求助当年的同学，毕竟他们一个个都已经事业有成，但是，她也怕自己职场空白的简历给他们添麻烦，怕他们会在录不录用她这个问题上陷入两难。

陈森似乎对这个结果早有预料，见她连续多日捧着手机愁眉苦脸，终于在某日下班回来后问她："还没找到呢？"

"嗯……"她点点头，很是沮丧。

他便笑了："如果我是人事主管，我也不会录用你的。"

"陈森！你过分了呀！"她又气又恼，带着几分娇嗔。

陈森却很享受她这样的反应，这和平日里她为了家里鸡毛蒜皮的事跟他闹完全是两种味道，倒有些像从前谈恋爱他帮她修好了电脑骂她小笨笨时候的情形了。与其说他享受她撒娇的语气和神态，倒不如说，他享受的是他的男性尊严得到强烈满足的感觉。

所以他笑，这么晚夏安还没做饭也也没生气："你呀，还是乖乖上好'陈太太'这个班吧，做饭去，饿死了。"

夏安心里郁闷，可也只能扔下手机，起身去厨房给他做饭。

夏安生出找工作的念头，并非没有来由。

除了上次同学聚会点燃了她心里不安分的火种之外，还有一个原因，是最近妈妈群里开始讨论的学区房问题。

夏安心里一直有个遗憾，楚楚没能上满意的幼儿园，那时候，她给自己开脱的借口是女儿还小，幼儿园没有那么重要，等孩子上小学了，再给挑个好点儿的小学。

时光飞逝，转眼这个问题就摆到眼前来了。群里的妈妈们都在晒看房的信息，夏安被满屏"满五唯一""地铁""学区"刷得眼晕。

有人@她：楚楚妈妈，你那边看到好的房源了吗？

她的手指按在手机键盘上，顿了顿，发出去两个字：没有。

于是大家七嘴八舌地开始说：怎么还没去看呀？抓紧呀！据说房价年底还会再涨一轮，反正是要买的，不如早买！

她也知道房子迟早是要买的，她也知道迟买不如早买，可是拿什么买？钱呢？

她打开银行账号，陈森的薪水前两天才到账，三万块。

这个数字在老家可以过得十分惬意，但在这座城市，要支撑一家三口的生活、楚楚的教育费用，还想要存一笔钱，实在有些紧巴。

夏安看着余额，离房子的首付还差得太远……

她将明细打开，一页一页地翻着，自问，从结婚以来，除了她上次买的那双鞋，没有一次过度消费，问题的关键在于每个月总收入只有这么多，让她怎么变出巨额存款来？

每个月房贷八千块，楚楚幼儿园的学费加两个兴趣班得支出五千块，一家人吃饭四千块，这样就去掉差不多两万块了，加上其他生活开支、人情往来，一个月能存到七八千块已是极限，逢年节给双方家里寄点儿钱，那个月指不定就得花光，所以，五年下来，她从指缝里抠着存，加上陈森的奖金以及各种接私活儿，账户里的余额好不容易上七位数，前年还给陈森买了辆车，存款又少了一笔。

陈森回来的时候，就见夏安趴在餐桌上写写画画的，凑上前一看，全是数字。

"在干什么呢？楚楚呢？"他脱了外套，就着餐桌上摆放的碗筷，先吃了几口菜。

"在房间，老师说她中午没好好睡午觉，这会儿睡着呢。"她表情沮丧，起身去厨房给他盛饭。

陈森好奇地把她那张纸拿过来一看，列的竖式，一大串的数字，不懂她算的是啥。

夏安把饭递到他手里的时候，他顺便问了："你这是写的什么？"

夏安正发愁呢，一一算给他听，末了叹气："这还要存多少年才能存够首付呀！"

陈森莫名其妙地看着她："首付？什么首付？"

"房子呀。"夏安把她收集的楼盘信息给他看，"这些都是妈妈群里分享的学区房信息，你看看，我们家的存款即便买最小的户型，离首付也还差一大截呢。"

"又买房子？咱没房子住吗？"陈森的眉头皱了起来。

"可是咱这儿不是学区房呀，楚楚上学怎么办？"

"楚楚这才几岁，离上学还早着呢。"陈森明显已经开始有厌烦的情绪了。

"不早了，小孩成长起来，时间忽地一下就过去了，我觉得楚楚昨儿还是个奶娃娃呢，转眼不是上幼儿园了？别人家的妈妈都开始准备了！"

"别人家别人家，你老跟人家比能比到尽头吗？那别人家还住豪华别墅呢，你怎么不去比？"

夏安觉得陈森这火来得有些莫名其妙，还说她攀比，委屈的感觉一下就上来了："陈森，我什么时候攀比了？我什么时候要住豪华别墅了？我只是想要一套学区房，给楚楚更好的教育，这样也有错吗？"

"学区房、学区房、学区房！那结婚的时候你为什么不说要买学区房？咱们就一步到位，何必折腾两次？"陈森将筷子一摔，饭也不吃了。

夏安目光冷冷地看着他："那时候我们没去看吗？全市的楼盘我们都看遍了呀，不是咱们买不起吗？"那时候的房价其实还没现在这么离

45

谱，可他们也的确没钱，没打算折腾家里的老人，用陈森工作两年的工资结余，再找朋友借了点儿，凑了这套房子的首付。"当时，你爸你妈说，先买一套安家，以后条件好了，再换好点儿的……"

只是，后来谁也没想到，这房价就跟套在了火箭上似的噌噌往上飞。

"那你现在是怨谁？怪我买不起，还是怪我爸妈？"陈森的语气毫不掩饰地重了起来。

"我谁也没怪。"夏安觉得这个话题大概又谈不下去了，为什么每次都是这样，好好地说着话，就能越说分歧越大？"陈森，咱们讲讲理行不行？能好好说话吗？"

陈森沉默了一会儿："好，好好说话。夏安，咱们一定要买什么学区房吗？不买不行吗？"

"不买楚楚怎么上学？"夏安没想到陈森还有这个念头，她以为，为楚楚奋斗一套学区房是他俩的共识。

"那咱俩是怎么上学的？咱们上过名校？咱还是从十八线小城市普通学校考上来的，不一样活得好好的？"陈森反问她。

"陈森！那怎么一样？现在的教育环境跟我们那时完全不同了，而且正因为我们俩这一路走得不容易，所以，我才不希望楚楚跟我们走一样的路！作为父母，给孩子提供良好的成长环境，难道不是理所当然的吗？不然生孩子干吗？"

"世界上那么多孩子！难道人人都能进名校吗？普通学校还不是一样有那么多孩子在上学？这些孩子的父母就不是尽责的父母了？人家的孩子就不考大学了？条条大道通罗马！"

夏安只觉得头疼："别人是怎么当父母的我管不着！对，条条大道通罗马，但是有的人根本无心向罗马，你怎么总跟这些人比呢？为什么不跟生在罗马的人比呢？"

"那是因为……"陈森眼里涌起浓浓的疲累感，"和生在罗马的人比，我们策马扬鞭、加足马力，即便大义赴死，也比不过。"

多年的夫妻，夏安怎能察觉不到陈森的情绪。

她并不想跟陈森吵架，所以她绕到陈森身后，伸手轻轻给他按着太阳穴："陈森，我只是打个比方，并不是说非得跟那些生在罗马的人一样，我只是想尽我们的能力给闺女最好的条件。"

　　夏安的手很有力道，自嫁他这些年，照顾他也算很有一套了，衣食住行周到不说，也知他工作压力大，每每回来累了，总会给他按按捏捏的。他就算有再多的疲惫，被她这么一按，想到自己作为丈夫和父亲的责任，也会如同打了鸡血般，重新燃起斗志。

　　他闭上眼，感受着夏安指关节的力度陷入他的皮肤，压迫着他紧绷的神经，疲惫随着酸软的舒适感缓缓释放出去，下意识地嗯了一声，才反问她："可是，我们有这个能力吗？现在这套房子还在还贷款呢。"

　　"所以我想出去工作呀。"夏安以为他动摇了，愈加卖力地给他按着，"我们买个小户型，我找一份工作，用我的工资还第二套房子的贷款……"

　　"你确定你能找到工作？你确定你的薪水够还贷款？你投出去的简历有回复了？"陈森闭着眼，冷冷地把话甩出来。

　　夏安抿了抿唇，手上的动作也顿了顿，陈森的话戳到了她心里的痛点：没什么工作经验，大学毕业当了七年家庭主妇。在就业压力越来越大的今天，她没有任何优势，所以，她没有收到一个回复。

　　"我……我会努力的！"她想了想，又说道，"不管什么工作，我都先干着再说，不挑剔是否和专业相关，甚至，可以不挑剔薪水。"然后，生活上再节约点儿，努力还贷款。

　　"不挑剔？"陈森冷笑，"我可真怕你干不了几天又回来抱怨上司苛刻、变态，薪水不够你买两件衣服，同事不好相处，最后还是辞职了事。"

　　夏安瞬间气得脸都白了，没错，这些话她的确在初入职场的时候都跟陈森抱怨过，可是，那些并不是她辞职的理由，如果当初不是因为怀孕，她不会轻易辞职。

　　"陈森！咱们可得把话说清楚！当初我是因为什么辞职的？那时候怀孕，我说暂时不要，等我工作先稳定些再怀，是你坚持要生下来，是你说你负责养我们娘儿俩，现在成了我不上进的实证？"

陈森转过头，凝视着夏安的眼睛，他曾经深为迷恋的乌黑的瞳孔如今像两个巨大的旋涡，深得让他觉得永远触不到底，拼了命地把他往里面拖。

"陈森！我跟你说的是房子的事，是楚楚上学的事，你能不能不扯这些有的没的？你还是不是个男人了？"她只听过女人在吵架的时候扯东扯西，没想到男人也这样。

他移开眼，不敢也不想再看那双眼睛："好，咱不说这个，咱继续说房子，就算你能还贷款，那首付呢？首付够？"

"我们自己的钱当然不够，可是，我们各自回家找爸妈想点儿办法，再跟朋友借一些，先凑上来再说。房子一直在涨，今年年底还有一轮大涨，明年不知又要往上涨多少，这么涨下去，我们赚钱的速度永远也赶不上房子涨价的速度！先买，其实也就等于投资了……"

"够了！"陈森没等她说完就打断了她，"你有脸啃老我没有！咱们自从成家以来，这几年没给父母寄过几回钱也就算了，父母辛苦一辈子存的那几个养老钱，你还时时惦记，这种畜生不如的事我做不出来！"

夏安的脸刷一下雪白，气得浑身发抖："我畜生不如？陈森！你说我畜生不如？"说完，她泫然点着头，"没错，我的确畜生不如！我跟着你这些年，给你陈森做牛做马，还换不回你一句好话，我过的可不就是畜生不如的生活？！"

陈森看着她发白的脸、颤抖的唇，却没有收回自己说的话，冷冷地继续说道："是吗？给我做牛做马？这几年你什么事也不干，吃我的、穿我的、用我的，原来是给我做牛做马？夏安，你搞清楚，真正做牛做马的人是我！是谁深更半夜还在加班挣钱养你？是谁加班累得半死还接私活儿供你吃穿？你花出去的每一分钱、你住的每一个平方米的面积、这个家里添置的每一个碗、你吃进去的每一粒米、你穿的每一件衣服包括内裤、你买的几千块一双的鞋，哪一样不是我挣来给你的！做牛做马？畜生不如？"他冷笑，"你有什么资格说这两个词？你为这个家付出过什么？除了吃喝打扮、攀比虚荣，成天在家闲得屁事不做的人，有什么资格说这两个词？"

说完，他转身便往外走。

夏安气得几乎无法呼吸，指着陈森，一句话也说不出来，被人掐着喉咙一般，尖着嗓子嘶声喊出一句："陈森！你……"

她所有的委屈和话语都被这口气堵着，堵在心口的位置，上不来，也下不去，堵得她心尖都是疼的。眼看他又要这样一走了之，她忍无可忍，随手一挥，把桌上的碗挥到了地上，摔得四分五裂。

她只是想吸引他的注意，迫切地想要留住他，想要跟他说清楚，凭什么说她没有为这个家付出过什么？！

却见陈森转过头来，看着她，还是那样冷冷的眼神："这碗是我挣的钱买的，你没有资格摔它！"

"陈森……你给我站住！"夏安从来没有这么绝望过，尖着嗓子喊得声嘶力竭，"你不用走！我吃的是你的、住的是你的、穿的是你的、连内裤都是你挣的钱买的，是吗？好……好……我还给你！我把所有的都还给你！可以了吗？我走！可以了吗？"

她边说边开始脱衣服，她将套头卫衣脱下来，用力摔在地上，却听见重重的关门声砰地响起。

陈森只淡淡看了她一眼，还是走了，留给她的只有空旷的寂静。

又是这样！为什么每次都是这样？

大概，今晚他又不会回来了吧，只要一发生争吵，他就采取这样的冷暴力，把孩子、空旷的家，以及所有的问题都留给她。他去喝酒、约朋友，她则在他走后的冷暴力里苦苦等待，苦苦煎熬。

她木然地站在原地，努力思索着他们为什么又吵起来了，为什么陈森会说这样的话来伤她，可她想不明白自己到底哪里错了。

这一刻，夏安尝到了心如死灰的滋味。

原来，她为陈森、为这个家放弃了自己、付出了一切之后，在陈森眼里变成了一个"成天在家闲得屁事不做的人"，原来她所有的付出都毫无价值，甚至，比不上一个碗……

45

她呆呆的，连楚楚到了面前都不知道，也没有看见女儿蹲下身去捡破碗，直到再度听见瓷片掉落在地砖上的声音，她才低头一看，只见女儿蹲在地上，手指滴着血。

"楚楚！"她惊得一把握住女儿的手，而后立即去找创可贴。

楚楚伸着小手指，小嘴唇抿得紧紧的，眼泪已经在眼眶里打着转了，却强忍着不掉下来，直到夏安回来，给她把手指包扎好，才伸出另一只手，擦着夏安的脸颊，小大人似的说："妈妈，不哭……"

夏安自己摸了摸脸，摸到一手湿润，才恍然，不知什么时候，她已经泪流满面了……

她心里一酸，将楚楚抱进怀里。

楚楚细细的胳膊搂着她，奶声奶气地在她耳边说："妈妈，楚楚没用，等楚楚再长大一点儿就可以帮妈妈做很多事了。"

夏安紧咬着唇，整个下颌都在发抖，才忍着没在女儿面前哭出来，只是抱着女儿用力点头。

楚楚学着妈妈平时的样子，一下一下地抚着妈妈的背，嘴唇还在妈妈的脸颊上轻轻地亲："妈妈，我们先把衣服穿上，不感冒。"

夏安才反应过来，自己已经脱了衣服，仅穿着内衣。

她十分顺从地点点头，拾起衣服穿上，借着衣服套在头上的瞬间，用力擦了擦眼泪，而后，飞快穿上，抱起女儿，压着声音说："楚楚，妈妈给你盛饭吃。"

"楚楚自己吃……"

每每这种时候，楚楚总是特别懂事。小孩子那么敏锐，有什么感觉不到的？她再怎么伪装，也骗不了楚楚。

母女连心……

那一刻，她终于觉得自己一无所有，不，除了楚楚。

五年婚姻，大概，她也只有楚楚了……

10

酒吧。

陈森一杯一杯地往嘴里灌着酒。

浩子看不下去了，按住了酒瓶，不让他再倒。

"你给我！"陈森已经有了醉意，伸手去抢。

"别喝了！哥们儿！"浩子甩开他的手，拿远了酒瓶，"喝醉了可怎么回家呀？"

"家？"陈森醉醺醺地冷笑，"不回也罢……不要也罢……"

"不是……我说哥们儿，你到底怎么了？"

陈森趴在桌上，眯着眼，转着手中空空的酒杯，酒杯玻璃的杯壁里映出他迷离的眼，他仿佛又看见了夏安的眼睛，杏核似的，大大的双眼皮，又长又翘的睫毛一眨，俏皮又可爱。

他闭上眼，眼前却浮现出夏安深深的瞳仁，望着他，对他说："陈森，我跟着你做牛做马，过着畜生不如的生活……"

他深吸了一口气，将杯子一扔，哐当一声之后，他喉间哽咽。

良久，他梦呓似的声音响起："你说……夏安……好不好看？"

这个问题让浩子怎么答？说不好看，那不得罪人吗？说好看，评论自己兄弟的老婆好看又叫什么事？

不过，陈森似乎也不需要他回答，只需要一个听众而已，自顾自地接着往下说："夏安最好看的就是那双眼睛，我那时候被她那双眼睛迷得……只要她看我一眼，我就浑身热血沸腾找不着北，只觉得整个世界都明亮起来了。后来，终于把她追到手，还是喜欢那双眼睛，光盯着她的眼睛，我看多久都不会厌倦，只要她朝我撒个娇，那湿漉漉的眼睛这么带着哀求看着我，就算她要天上的月亮我也想架个梯子给她摘下来……"

"呵……呵呵……"陈森停了停，摸索着，酒瓶又被他摸了过来，直接对着瓶子喝。

浩子一时没来得及阻止，只能无语。

陈森一口气喝了小半瓶，嘴角滴着酒液，迷醉的眼里带着一抹自嘲："可是，我现在害怕看她那双眼睛了。我曾经迷恋的、幽深的瞳孔，像无底洞，像巨大的旋涡，把我吸进去，拖着我、卷着我，我在里

51

面用力挣扎，拼命求生，却也只能堪堪求得存活而已，而我，已耗尽了力气，可她，却什么都不知道，什么都不知道……今天，公司人事调整，我主管的部门空降一个经理，我被取代了，调去另一个部门，相当于……发配了吧……她不知道……这些年我在外面经历的一切，风雨飘摇也好，卑躬屈膝也好，艰难险阻也好，她都不知道。我从来都不让她知道，我只是想兑现我给她的承诺，好好照顾她、养着她，像养一株名贵的花儿一样，让她待在温室里，不见风雨，跟宝贝儿似的，只需对着阳光保持天真的笑……可是……可是……到底是我变了……还是……她变了……"

他的声音越来越小，越来越含糊，那个送她一枚树叶书签都能欢喜不已的女孩，那个舔一口酸奶都能满足得笑弯了眼的女孩，上哪儿去了？如今这个只会喋喋不休地抱怨和索取的女人又是谁？他看不清，也辨不明，最后，一头栽倒在桌子上，一醉不醒。

浩子看了一眼手表，凌晨两点了，没办法，只能扛着他回自己家。

凌晨两点了。

夏安直直地盯着墙上的钟，注定又是一个不眠夜。

"你花出去的每一分钱、你住的每一个平方米的面积、这个家里添置的每一个碗、你吃进去的每一粒米、你穿的每一件衣服包括内裤、你买的几千块一双的鞋，哪一样不是我挣来给你的！"

陈森的话还在她耳畔轰鸣，反反复复，回声不断。字字句句砸在她的心口，如巨石一般，砸得她的心满满的痛。

眼泪流了一层又一层，枕头也已湿透，她的心里仍然痛得想哭，却没有眼泪再流了。

她细细回忆了一遍自己这五年的婚姻，最初是有过欢愉的吧？似乎遥远得想不起来了，她能记起的只有不断争吵，不断和好，再继续争吵……

她曾对婚姻满心期待，也曾无数次在这样孤寂昏暗的夜里体味婚姻给她的失望和伤害，却从没有哪一刻，像此刻这样，觉得已经走到了世界的尽头……

她的手机震动了两下。

若是从前，她一定会跳起来去找手机，看看是不是陈森发来的消息，看看是不是陈森来道歉、来哄她了，虽然大多数时候她都是失望的。

可此时，她躺在那儿一动不动，昔日每每陈森摔门而去后揪心揪肺的惦念再也没有了，她只感觉到无力，连伸手去够手机的力气都没有了。

陈森又是一夜未归。

早上，整晚没合眼的夏安伸手去按手机闹钟，才看了一眼手机，原来昨晚发消息来的不是陈森，而是熊梓迦。

虽然她心中并没有期待，但却难免失望，嘴角浮起自嘲的笑：夏安，难道你还没死心吗？你并没有那么重要。

末了，她又想起熊梓迦凌晨两点还没睡，还给自己发消息。熊梓迦半夜没睡是在为工作、为前途拼命，而她呢，半夜在为男人流泪。

忽然，她就十分瞧不起这样的自己了。

熊梓迦发消息是告诉她上次拍的照片已经上传至微博，要她自己看一看，另外，酬劳也已经结给了她，请她查查账。

夏安把女儿送去幼儿园之后，才闲下来刷微博。《寇时尚》杂志官微放出了她和楚楚那天拍的亲子照，并且几家大V都转发了。

令她惊讶的是，她的微博粉丝数量一夜之间疯涨。

她翻看着不断增多的评论，全是夸她和楚楚的，就连她微博里以前发的照片，也多了很多人气，还有好些人在评论里问，她平时那些自己改造的亲子装是在哪里买的。

她一一回复，也告知求链接的网友，亲子装是她自己用成衣改造的。

于是，又多了一堆留言，说她的设计很可爱，希望她能把这些款式分享给大家。

忙碌了好一阵，她才把微博留言回复完，可粉丝的数量还在继续涨，留言也在持续增多，她不可能一直回复下去。关了微博，思绪里跳动着火花，于是立即给熊梓迦打电话。

熊梓迦那边明显在忙，夏安快言快语地直说目的："小熊，你觉得我拍照怎么样？从前在学校的时候我也修过模特课，你觉得我这个年纪出来做平面模特……还行吗？"

这话的意思，其实就是求熊梓迦帮忙了，之前她还端着，不想在求职这件事上让熊梓迦为难，但既然她的照片拍出来反响还不错，那是不是求小熊帮帮她，并不会丢小熊的脸？

小熊却说道："夏安你等等啊，我现在有点儿忙，你中午有时间吗？我们一起吃饭吧？吃饭时再说怎么样？"

"好！"

夏安果断答应下来，心中竟然升起一种陌生的斗志昂扬的感觉，像火苗，只要再添一根柴就能熊熊燃烧；像浪涛，只要再起一阵风，就能掀起惊天之势。

十一点的时候，她换上了上次熊梓迦送给她的裙子，坐下来细心地修了下眉毛，虽然化妆品都已经过了期，但她也挑了些能用的，化了个淡淡的妆。眼睛因为哭了大半夜肿成了核桃，她用心上眼妆给遮了遮，看起来还不错，五年没动手，化妆技术并没有退步太多，镜子前的她，也并非一个怨妇。

这是她结婚以来和熊梓迦约会第一次早到，以至于熊梓迦见到精心打扮后的她端坐在餐厅时大吃一惊："哎哟，这太阳当真打西边出来了？"

再一看，夏安今天背的是一个精致的小包，虽然不是什么品牌包，但跟她身上这套衣服很搭，更是惊讶："不得了！咱们的夏女神梅开二度呀！"

夏安瞪了她一眼："'梅开二度'是这么用的吗？"

"好好好，我错了！"熊梓迦笑，"那是……老树开花？"

夏安一脸"你才老，你全家都老"的表情。

熊梓迦仿佛会读心术，马上笑道："我全家就我一个！哦，不，还有我老爹老妈，不过，他们是真老了！"

夏安没有说话，纤白的手指握着水杯，指腹压在玻璃杯壁上，压扁了，泛着白，指尖粗糙的手指纹路清晰可见。

熊梓迦觉得这气氛不对，再一细看，夏安低垂的眼皮虽然覆盖了厚厚的眼影，但仍然被她看出了浮肿，眼底的遮瑕也没能完全遮住青色。

"这是怎么了？"她忍不住问。

夏安认为自己算是个坚韧的人，外柔内刚。婚姻生活里这几年磕磕绊绊，远不是她最初设想的幸福模样，可她始终坚持一个信念：这是她自己选择的生活，咬着牙也要坚持下去，绝不对外倒苦水。只是，钢铁亦有熔点，再坚韧的人，压力到了一个度，身体里那根弦也会绷断。

昨晚陈森的话还声声在耳，一夜凉透了的心，被熊梓迦这么一问，瞬间崩裂，酸楚的液体从内里流出来，她的整个胸腔都酸得发胀。

"怎么回事呀你？"熊梓迦再看不出不对劲，也就白当夏安这么多年朋友了，她伸手轻轻抚了抚夏安耳际的发，柔声低唤，"安安……"

夏安低着头，半晌说不出话来，被好友这么温柔安抚，渐渐忍不住肩膀轻轻抖动起来。

熊梓迦暗暗叹息，坐近了些，悄声安慰着她。

良久，夏安还不愿抬头，吸了吸鼻子，一开口，声音里带着明显的哭腔："小熊，你说，我辞职嫁给陈森当家庭主妇，是不是个错误？"

熊梓迦微怔，却没有正面回答，只问她："发生什么事了？"她如何回答？人生何来对错？只有选择。选择了，扛过去就是对，扛不下去，就是错。

夏安的脑子里一团乱麻，婚后种种，千头万绪，皆是数不尽的争吵，回忆里到底还剩下什么可以回味？

"小熊，我想离婚。"这两个字从她嘴里蹦出来以后，她自己都惊了，至少，在此刻之前，哪怕在昨晚最难过的时候，她都没有想过"离婚"二字，可说出来了，自己也震惊了，这浪慢慢平息下来后，便觉得，最差也不过如此了，于是又点点头，"是的，我想离婚。"

还有什么情况比现在更糟呢？她心里憋着一口气："离婚了，我自己带着孩子，找份工作，我就不信不能养活我和楚楚！"

熊梓迦慢慢有些明白过来了，试探着问："是和……陈森吵架了？"

夏安沉默，何止是吵架。

"陈森是不是说了什么过分的话？"

熊梓迦再次说中。

"他是不是……说你在家无所事事靠他养，钱全是他挣的？"熊梓迦驰骋职场这几年，最擅长的就是看人，依着夏安今天的反应，差不多就是这个状况了。

夏安却被她惊到了，一直埋着的头抬起来，睁大眼睛看着她："你怎么知道？"

熊梓迦笑了笑："不用这么看着我，这也是我当初劝你不要当全职主妇的原因。"

"所以，你那时候就预料到我有这么一天了吗？"夏安想起来，当初她要辞职生孩子的时候，熊梓迦的确这样对自己说过，说哪怕她为了孩子非要结婚，最好也不要因此就蜷缩在家里放弃自己。可那时，她脑袋里满满的只有对婚姻的期待，谁的话也听不进去。

熊梓迦叹道："我们高中的时候就学过'经济基础决定上层建筑'。这是真理，适用于任何领域，家庭也不例外。我们都说，人活在这天地间，要挺直脊梁做人，可一个人不能实现财务自由，连养活自己的能力都没有，这脊梁怎么能挺起来？人与人之间的关系，谁更有钱谁就有话语权，谁的腰杆就挺得更直，这叫底气。夏安你当年孤注一掷的底气是什么？"

夏安回忆了一下，有些说不出口。

熊梓迦却替她答了："是爱对吗？是陈森的爱。"

熊梓迦一语即中。夏安再度感觉自己抬不起头来。

"夏安，我明白你。可是，再深的爱，最后也会变成房子几万一平方米、柴米油盐这个月花了多少钱。当年你说，你嫁给陈森不害怕，因为哪怕最后只剩一碗粥了，陈森也一定会把大半碗分给你喝。我信！即便是现在，你们穷困潦倒，每天只能喝粥度日，你们仍会是一对相互取暖的小夫妻。这世上的婚姻大多是能共患难的，懂事的你不会有更多的要求，可现实是，你对生活的要求早已经不仅仅是一碗粥了，你想要更多，多到陈森承受不起，而你却没有为这样的要求付出过可以度量的价值，那么陈森就会质问你：你有什么资格来提要求？"

夏安顿觉万分委屈："你到底是谁的闺密？你怎么和陈森一样的说辞？什么叫我没有付出？我这五年里所做的一切没有价值？楚楚难道是自个儿一夜之间长大的？我从早到晚忙家务、带孩子，晚上陈森回来还要伺候他一个大老爷们。夜里他呼呼大睡了，我还要起夜给孩子喂奶。孩子不吃奶了，我晚上也得醒几次看她有没有踢被子。自从有了楚楚，我就没睡过一个囫囵觉，每天二十四小时跟陀螺一样，有时候累得坐在马桶上都能打盹儿，这其中的辛苦，你们都不知道！"

熊梓迦静静地等她说完，然后拍了拍她的手："我懂，我怎么不懂？我知道你在家里的辛苦一点儿也不亚于陈森，也知道你不沾阳春水的小手怎么一点点被家事磨粗，知道当年的校园女神怎么慢慢被蹉跎成黄脸婆，可是我知道有什么用？陈森不这么认为，世人也不这么看，他们要看的就是你为这个家创造的价值。你的付出没法用货币衡量，你在家里所做的一切能换来面包吗？能换来房子吗？不能！所以，别人都说你在家当全职太太享福！陈森必然也是这么认为的。"

可不是嘛，夏安一阵气苦："我就是去给别人当保姆，一个月还能赚一大笔工资呢，现在保姆工资多高！"

"可是你不是，保姆是不提供陪睡服务的，你比保姆用途更多。"

夏安无语，瞪她一眼："你简直就是插刀教教主！"这一刀给插的！

"你是妻子，是母亲！所有婚姻里把妻子当免费保姆使唤的行为都是耍流氓！而大多数男人这流氓还耍得理所当然！"熊梓迦喝了一口水，继续说道，"女人结婚前都憧憬婚后男人把自己当女儿疼，但现实是，很多女人在婚后活成了男人他妈。"

"所以你是对的。"夏安只觉得熊梓迦的话句句扎心，深吸了一口气，"所以我要离婚，我要工作，我要重新开始！"

熊梓迦看着她，微笑不语。

"怎么了？"夏安没有得到好友的认同，心里有些发虚，"小熊，我以前从来没跟你说过我过得不好，因为我要强，也有些虚荣，我不想我的狼狈被人看见，哪怕是你。可是，我现在觉得，已经到头了，我的未来，再不会比现在更糟了。"

熊梓迦摇摇头："安安，你一向是一个情绪引导行为的人，五年前是，现在仍然是。五年前你感情用事满腔热血嫁给陈森，五年后的今天……"她顿了顿，没有再说下去。

"那我怎么办？"夏安用双手抱住头，将情绪完全释放出来，"我不知道该怎么办，我不想回家，不想再看见陈森冷漠的脸，不想再和他争执，这么多年，我真的吵累了、争累了！我只想远离这一切，活出个样子来给他看。我要让他看清楚，我夏安，没有他一样可以过得很好！"

熊梓迦轻轻将她揽住，让她靠在自己的肩膀上："不要急，安安，不要急着做决定，尤其在你自己都还理不清感情的时候不要急着把自己推到无法转圜的路上去。你想要工作，我支持你，需要工作，我可以帮你找，未来怎么走，我也可以和你一起规划，其他的，我们等等再看、再做决定，好不好？"

夏安眼里已经涌起了泪光，静静地想了想，点头："嗯，我现在迫切想要的就是工作。等我活出人样儿来，我再和陈森离婚，我要让他后悔他说过的所有话！"

她这还是在赌气呢……

熊梓迦笑道："我们的安安，肯定是最棒的！我相信你！至于其他的，我不会帮你做决定。但是，你要记住，无论你做什么决定，我都是义无反顾支持你的那一个！无论发生什么事，你永远都不会走到最糟的那一步，因为，还有我在你身后！"

夏安眼泪一涌，哗哗往下淌，抱着熊梓迦的脖子哭："如果我无家可归、露宿街头了呢？"

"带着孩子住我家！我头上有瓦就不会让你淋雨！"

"如果我没饭吃了呢？"

"一碗饭分成三份，你、我、楚楚一人一份！"

"小熊！小熊……"夏安哭得满脸泪花，"有你在，我为什么还要嫁人呀！我是脑子进水了吗？"

熊梓迦无言，所以，难怪有人说，女人婚后流的泪，都是当初嫁人时脑子里进的水。

熊梓迦用了一个下午的时间，帮夏安分析数据和形势，并且把夏安可以用到的资源全部列在纸上，渐渐地，夏安眼前出现了一条清晰而光明的路。

"我……可以吗？我怕我已经错过了最好的时机……"和时代脱节五年的夏安缺乏的是信息。

"有什么不可以？我已经跟你说得这么清楚了，设计是你的专业，再捡起来并不难，运营包在我身上，我会把你推上热点，摄影和摄像有阿奇，工厂有罗嘉楠。安安，我们一个班的同学遍布时尚界的各行各业，大家一直相互扶持、相互帮助，你钻进婚姻的围城把自己藏起来了，可我们大家并没有忘记你！只要你说想出来干，大家都会帮你！你现在只要告诉我，夏安原创工作室，你想不想做？"

熊梓迦的语气，带着洋溢的热情和逼人的鞭策力，夏安蠢蠢欲动的心被催得蓬勃昂扬，她大声回答道："想 我想！小熊！"

"那就够了！"熊梓迦拍拍她的肩膀，"只要想开始，任何时候都是最好的时机！"

在这样的气氛下，夏安来时那颗麻木而僵硬的心恢复了活力，想起陈森来竟然也没那么痛了，她和熊梓迦一起把楚楚接了出来，在外面吃了晚饭，还带着楚楚在外面玩了一圈，快到楚楚睡觉的时间了才回去。

家里是亮着灯的，她一打开门便听见电视机的声音和游戏的声音混杂在一起，门口玄关处放着一双熟悉的男式皮鞋。

夏安原本在外已经松弛的心骤然间又绷紧了，知道客厅里坐着某个人，她也没抬头，牵着楚楚直接往房间里走。

陈森却是看着她的。他一夜未归，宿醉之后现在还闷得难受，她却打扮得花枝招展。家里冷锅冷灶,一点儿吃的也没有,而她们母女俩,显然是吃了饭回来的。她没有看他,就这么直直地进了房间,所以,还在生气?

他想了想,每一次争吵都是他先妥协,但这一次,事关房子,他不能再妥协,就算他去卖血,也供不起下一套房子了,于是低头继续打游戏。

一场激战,他们队以失败告终,屏幕上弹出失败的界面,激昂的音乐声中混着砰的一声,夏安关上了卧室的门。

他的手随着这一声响一颤,手机居然掉到了地上。

印象里,他和夏安吵过无数次架,她从来不曾把他关在门外。

他拾起手机,盯着屏幕,用力一按,开始新的一局。

不知道打了多久,手机突然黑屏,他才意识到,原来手机没电了……

他随手将手机一甩,仰头靠在沙发上,看了看墙上的钟,已经深夜了。

没有了游戏分心,他感觉胃里有些疼。他记起今早从浩子家出来没吃早餐,中午是在公司叫的外卖,饭硬得吃下去便胀得胃疼,下班回来后什么也没吃,因为厨房里什么也没有。

他四处翻找,只找到了女儿的小饼干,没吃,扔了回去,倒了一大杯水,咕嘟咕嘟灌进了肚里,而后去书房,关门,睡觉!

第四章　岁月改变的何止是需求

11

早上陈森是因胃疼而醒的。

他胃里很空，一抽一抽地痉挛，好像整个胃都搅成了一团。

房间外面传来夏安和楚楚说话的声音。

"楚楚，好没？快一点儿，咱们不能迟到。"

"妈妈，我来了！"

几乎每天如此，周而复始。

他忽然想起夏安每天早上煮的粥，香香的，软软的，喝进胃里，整个人都会变得熨帖起来。如此一想，仿佛空气里果真飘浮着粥的香味儿，而他的胃，叫嚣着"我要喝！我要喝"。

其实大学时的夏安是不会煮粥的，只有在他胃不舒服的时候在宿舍里用小电锅煮了一次，煮煳了，却又还夹生，吃在嘴里能咬到硬邦邦的米粒，透着一股煳味儿，可他依然喝得津津有味。

不知道从什么时候起，昔日那个莽撞、天真的小姑娘操练出了一手出色的厨艺，岁月改变的，何止是需求？

他暗暗叹了一声，大抵终是抵不过他的胃对粥的渴望，起床。

打开门的时候听见两声门响，另一声来自玄关，他只看见夏安和楚楚的背影一闪，两人就出去了，一看时间，分明还早，没到平时去幼儿园的时间。

他吸了吸鼻子，空气里并没有他熟悉的煮粥的味道。

他的眉头微微一皱，走进了厨房，果然，冷锅冷灶，什么都没有。

所以，方才他闻到的粥香，是他的错觉？

他按住腹部，胃里似乎更疼了。

他想找药吃，可四处翻了翻，却不知道药在哪里。

他有胃疼的毛病，家里也一直备有胃药，但是他从来不知道放在哪里，也不用知道，因为在他需要的时候，夏安会把药和温水都送到他手上，有时候还会喂他吃，就像对待楚楚一样。他一个大男人，偶尔还会傲娇不愿意吃，她甚至会哄他，一如哄楚楚的语气。

他们俩好的时候，还是很甜蜜的吧？

夏安和楚楚在小区外的早餐店里吃了小笼包，喝了豆浆，然后才一起去的幼儿园。楚楚牵着夏安的手，仰着头，奶声奶气地说道："妈妈，小笼包好吃，我们明天还来吗？"

"来！"夏安对女儿笑笑。

"那……爸爸在家吃什么呢？"楚楚的小眉头皱了起来，妈妈没给爸爸做早餐，爸爸不会做饭吧？

"他可以自己做，也可以在外面吃，想吃什么就吃什么。"夏安的笑容凝固住了，眼里的柔光也消散了。

"哦……"楚楚点点头，似乎放下心来，末了，又点着小脑袋强调，"对！爸爸晚上不回家，也是在外面吃饭。"

夏安没有再说话，再一次体会到，到底是亲父女呀！只是，她不再是那个"成天在家闲得屁事不做"的夏安了，既然说她成天无所事事，那她就真的无所事事吧！

她把楚楚送进幼儿园之后，便去了阿奇的摄影工作室，熊梓迦已经约好阿奇，今天给夏安拍视频。

她和熊梓迦一起分析了她的微博粉丝群和留言后，制订了第一步的计划。因为粉丝对她怎么自己动手改衣服非常感兴趣，所以，这次录的视频就是她将两条旧裙子改成母女装的过程。

裙子、工具，熊梓迦给她准备好了。托阿奇带到摄影工作室来的，现在就摆在工作室里。

她昨晚就知道裙子的花色和款式了，两条布裙，一条浅驼色，一条棕色系格子，一晚上略加思考后，早已胸有成竹。

阿奇一张孩子似的圆脸上总是挂着笑容，见了她挥手打招呼："'胖熊'的安安！"

夏安一听这称呼就笑了，什么叫"'胖熊'的安安"？

"小熊要是知道你叫她'胖熊'，又得虐你！"

阿奇笑着吐了吐舌头，十分可爱的样子："我知道你不会告状的，'胖熊'的安安！"

"不会告什么状？"门口突然传来熊梓迦的声音。

工作室里突然安静。

夏安回头，看见站在门口的熊梓迦，不禁扑哧一笑。

"咦，你怎么来……来了？"阿奇挠挠头，一脸讨好的笑。

"我不来怎么能知道原来你背着我是这么贱贱的！"熊梓迦两手交错抱臂，气场全开地进来。

阿奇果然笑得贱贱的："不好意思，真对不起……"

夏安和熊梓迦都以为他这是在道歉呢，哪知他接下来的话是："……我当着你面也是这样的，'胖熊''胖熊''胖熊'！今天还穿这么高跟的鞋子，更加显得虎背熊腰！"

"你……你才虎背熊腰！"女王范儿的熊梓迦，总能被阿奇刺激得秒变幼稚少女，只差脱了高跟鞋追着他打了，紧要关头记起了自己的形象，顺手操起一根道具棒球棍追着阿奇挥过去。

于是，工作室又变成了猫和老鼠的现场，只是夏安分不清到底哪只是老鼠，哪只是猫……

一番激烈的你追我赶，在工作室的灯横尸当场之前，总算停了下来，两人皆是气喘吁吁的。

"不打了！"阿奇气喘吁吁，"开工……别耽误了工作……"

熊梓迦也好不到哪里去，双手撑在膝盖上，弯着腰呼哧呼哧："如果今天不是拍夏安，'短腿奇'，你看我会不会放过你！"

"行呀！咱们先工作，完事再来决斗，输了的人请一个星期晚饭！"

"行呀！谁赖账谁学小狗叫！要在你工作室门口，人最多的时候学狗叫！"熊梓迦怎么可能在"短腿奇"面前掉份儿？不可能呀！

"谁说不行呀？谁赖账胖二十斤！"

"你胖二十斤！又胖又短！"

"你胖你胖！'胖熊'！"

夏安彻底无语，这俩幼稚货是奔三的人吗？她不认识他们……

她不知道这视频该怎么拍下去，可阿奇却于斗嘴的百忙之中抽出空来对她做了个手势："准备开始！"

就这么开始了？

她一脸纠结的样子引起了那两人的注意，他俩异口同声地对她说："别怕，你只管做，拍摄的事我自己（'短腿奇'）会来找你的！"

话音刚落，熊梓迦眼神一横："不要学我的台词好吗？"

"明明是你学我！"

夏安朝天翻了个白眼，妈呀，新的一轮世纪大辩论又来了……

改衣服倒是不难，设计、裁剪、缝制，她用了差不多一天的时间，一套母女装就改出来了。两块布料拼接得十分和谐，款式也改得别致新颖，看得熊梓迦连连点头："虽然你脱离社会五年，但一个人的灵性是不会被磨灭的，很不错，灵感很充沛！"

阿奇的嘴是不甘寂寞的，也在那儿啧啧称赞，拎起那件小裙子："这小裙子，怎么这么可爱呢？看着就想让人结婚生孩子了，而且要生个娇滴滴的女儿。"

"就你那短腿基因，生个女儿像你，那不是自然灾害吗？"小熊同学是不会放过任何一个打击阿奇的机会的……

于是，这俩货的相互打击模式又开始了："你有人娶吗，'胖熊'？你就连生个短腿女儿的机会都没有！"

"说得好像有人愿意嫁你似的！"

夏安只想说：救救我吧！

俩货约好的决斗一触即发，工作室里一番惊天动地的猫捉老鼠游戏之后，陶奇被熊梓迦制服，她单膝压在他背上，还一手揪住了他的头发，一手做掌刀，搁在陶奇脖子上："服不服？"

陶奇趴在地上，笑得喘不过气来："服！服！"

"一个星期的晚饭别忘了！"熊梓迦一副"饶了你小子"的模样，松开了他。

"不忘！不忘！"陶奇从地上爬起来，拍拍身上的灰，贱贱地说，"一个星期的晚饭赖在我身上，只能说明你又失恋了！作为你闺密团中的一员，我就勉为其难给你点儿安慰吧！"

夏安再次望天，陶奇，活着不好吗？

果然，新的大战在一阵乒乒乓乓之声中又开始了，这一次，直接打出去了，俩人一直打到马路上才停，熊梓迦安排陶奇先去找餐厅，她陪着夏安去接楚楚。

所以，夏安就成了熊梓迦和陶奇今天赌局见者有份的受益者，一周的晚饭，她可以跟着混吃混喝。

接楚楚的路上，夏安问："真的分手了？"

她只是隐约知道熊梓迦有男友，但对方是何方人士，叫什么，做什么的，长什么样儿，她通通都不知道。熊梓迦的生活里好像有好多扇门，一扇朝她而开，她在里面看见熊梓迦愿意给她看的世界，其他的门为谁而开，门里的世界又是什么样的，她丝毫不知。

"嗯，分了。"熊梓迦毫不避讳地说，脸上的神情也在表达她的毫不在乎。

其实和熊梓迦做了这么多年的好友，夏安真的不够了解她，至少不能理解熊梓迦处理感情的方式，失恋在她看来是一件伤心的事情，而熊梓迦一向拿得起放得下，有这么容易？

"为……为什么呀？"夏安说完便觉得自己问了一句最愚蠢的话。

"他向我求婚！"熊梓迦仿佛在说一件荒诞离奇的事，"他居然向我求婚！那就表示我们的关系到头了！一开始我就跟他说清楚了，我是不婚族！"

"也许……他是真的想和你好好过一辈子呢？"

熊梓迦瞥了她一眼："然后像许多人一样，结婚后又想跳出来？"

夏安无言以对，这"许多人"里就包括她夏安呀！她动了动唇，喃喃道："总有人是过得幸福的……"

她始终这么相信，只是她自己运气不好，做了错误的选择而已。

"宝贝儿，我现在就很幸福，不需要多一个人来破坏我的幸福！"熊梓迦是笑着说这句话的，夏安从她飞扬的神采里看到的是满足，并非哀怨。

也是，幸福是什么？幸福其实就是一种满足感，而满足感的获得并不拘泥于形式。

小熊，只要你觉得这样开心就好。

这顿饭又吃到很晚。陶奇是个爱孩子的大男孩，跟楚楚出奇的投缘，这第二顿晚饭下来，已经哄得楚楚叫他"干爹"了，还约好了周末去游乐场玩。

暮色已深，一辆深灰色的车在夏安家小区楼下的车位缓缓停下，车灯亮着，车里的人却没有下来。小区里的路灯虽已亮，透过白色的灯罩，投入这黑暗的却只有微弱的光。

车里的人终于熄了车灯，车身融入夜色，静默无声。

黑暗之中，车里燃起了一支烟，久久地，不曾熄灭。

透过车窗，陈森望不到自己的家，也不太敢望。

陈森有时候喜欢下班后在车里坐一会儿，特别是在公司遇到不顺心的事之后。他需要在回家之前把负面情绪都处理干净，回去以后可以若无其事地面对妻子、女儿。

他一直觉得这是一个好习惯，因为他曾那么爱她，想要把世界上最好的给她，让她永远当一个不谙世事的小仙女。但是，现实却背离他所想，她没有成为小仙女，在日复一日的摩擦中，他的负面情绪也总被她挑到最高，然后，彼此伤害。

他承认自己那天说的话过分了，但那时夏安的言辞，还有他自己内心的压力，让他出言不慎，无法控制。

总归还是要把日子过下去的。

一句话终结了他所有繁复的思绪，他掐灭了烟头，打算上楼，再找夏安好好谈谈。

家门口，他下意识地紧了紧领带，继而嘲笑自己，竟然有些紧张了，紧张什么呀？

他想了想夏安板着小脸的样子，吸了口气，开门。

然而，迎接他的却不是女儿脆脆的喊爸爸的声音，也不是夏安气鼓鼓的模样，而是一片黑暗，他心里莫名一凉。

他打开灯，在每个房间里走了一遍。

厨房里又是冷的，浴室里他早上换下来的衣服还没洗……

这是从来没有过的情况！

从前他们不管怎么吵架，衣柜里总是会有熨得整整齐齐的衣服，她也总是会将热饭、热菜送到他手上。

他有点儿无法容忍眼下这情形，立刻掏出手机打电话。

夏安那边的聚餐还没结束，手机响了，她一看，手机屏幕上的来电显示：灰太狼。

灰太狼和红太狼的爱情：灰太狼把红太狼捧在掌心里，无论红太狼用平底锅怎么敲打他，他都会给红太狼抓羊；而无论灰太狼怎么狼狈、窝囊，红太狼都会对他不离不弃。

此时此刻，这个备注都透着嘲讽。

她心里酸酸的，接了电话，那边传来陈森的声音："在哪儿？"

"带楚楚在外面吃饭。"她淡淡地说道。

"跟谁？"

"朋友。"

陈森听见了楚楚的笑声，也听见了男人的声音，眉头一紧："谁？"

"有事吗？没事我挂了。"夏安感觉到了他语气里逼人的压迫，逆反心瞬间涌起。

陈森心里是有恼怒的，跟男人吃饭，还瞒着他？但他想到现下还和她在冷战，忍了忍："我回来家里什么吃的都没有。"

"我们在吃了，你叫外卖吧！"她说完就把电话挂了。

陈森听着手机里嘟嘟嘟的声音，异常烦躁，将手机一扔，跌坐在沙发上。

"你叫外卖吧！叫外卖吧！"

夏安冷漠的声音一直在他耳边回旋。

而他，似乎也只能叫外卖了，他想喝粥，莫名其妙地特别想喝粥。

他的胃疼了两天了，他极需要一碗温热的粥来安抚。

他重新拾回手机，点开外卖软件，选了评价最好的一家粥铺，点了碗粥和几个小菜。

然而，粥送来，他吃了两口就吃不下去了，跟夏安煮的完全没法比，小菜也咸得没法吃，还透着一股他不喜欢的调料味。

他忍着不愉快，端起碗，皱眉将一碗粥喝水一样一气喝完，算是填了肚子。

夜色愈浓，餐厅里，楚楚小小地打了个哈欠，夏安看了下时间，八点，不早了，也该回去了。

陶奇识趣地招手买单，服务员来了，楚楚却指着盘子里剩下的几样菜，对服务员说道："阿姨，这个，还有这个，要打包。"

"好的，要米饭吗？"服务员和气地问。

楚楚点点头："要，要热的。"

"好，请稍等。"服务员转身去拿打包盒了。

楚楚却小心翼翼地看了妈妈一眼，然后迅速低下头，小眼神里全是心虚。

夏安怎会不知道小家伙心里在想什么，这是在给她爸打包呢！

夏安没出声。她不想给女儿造成负面影响，不管她和陈森之间发生什么事，都是他们两个成人之间的事，她不希望影响到楚楚，哪怕她

68

最后真的和陈森离婚了，她也仍然会让楚楚在爱中成长，她非常愿意陈森继续爱楚楚，也希望楚楚爱她爸爸。

最后，这几个饭盒还是她提回去的，能指望一个小家伙提这些汤汤水水的吗？

只是到了家门口，她把饭盒递给楚楚："你自己拿。"

楚楚却怯怯地把小手背到身后："妈妈拿，楚楚小，提不了……"楚楚说完，转身疯狂按门铃。

这个小鬼头！她暗想。

门却在此时开了，在里面站着的陈森，似乎有些憔悴。

"爸爸！"楚楚扑进陈森怀里。

"乖女儿！"陈森将她一把抱起，目光落在夏安手里的饭盒上，嘴角微微松弛，心也软化了下来。

他噙着淡淡的笑意抱着女儿往里走："楚楚今天去哪儿了？好玩吗？"

楚楚抱着陈森的脖子嘻嘻笑："好玩，去吃好吃的了！"

"跟谁一起吃的呀？"他没有从妻子那儿得到的答案就从女儿这里套吧！

"和干妈！还有干爹！"

"干爹是谁？"听见熊梓迦也在，虽然陈森并不喜欢这个人，但他悬着的心总算往下落了落。

"就是干爹呀，和干妈一起的，会拍漂亮的照片！"楚楚也说不清陶奇是谁，凭小孩子的直觉，自动把他划为干妈那一伙的。

陈森便放心了，干爹干妈，大概是熊梓迦的男朋友。

"楚楚，洗澡了，要睡觉了。"夏安喊了一声，冷着脸往浴室去了。

"好！妈妈，我来了！"楚楚从陈森怀里滑下去，往夏安身边奔。

陈森看着餐桌上的饭盒笑了笑，菜香自饭盒里飘出来，他那没被粥填饱的胃被牢牢地勾住了。

吃完这顿饭，他觉得有些满足，连胃里都舒服了不少，听着浴室里传来的女儿的笑声，他伸了个懒腰，斜躺在沙发上玩着手机，等着那母女俩从浴室出来。

然而，一阵沐浴露的清香飘过之后，夏安牵着女儿回了房间，随即把房门关上了……

他紧跟着过去，屈起手指欲敲门，手却僵在了半空，半晌，垂落下来。

他的额头抵在房门上，里面传来夏安给女儿讲故事的声音，温柔、清脆，好像含着笑。

他暗暗叹息，懊恼地回了书房。

12

夏安对即将开始的事业充满热情，录完第一个视频后，又萌生了新的灵感，设计手工包、娃娃小挂件，再找陶奇帮她把制作过程录成视频，到了周末，把楚楚一起接去工作室，拍摄成品展示视频。

转眼一周过去，她满脑子各种设计，早出晚归，甚至没有时间将视线在陈森身上停留片刻。

周日和楚楚一起拍完最后一个镜头时天已经黑透，陶奇一个星期的饭债还有最后一天，熊梓迦邀她一起去。

夏安笑道："我都已经蹭了六天了，今天就不去了，你们俩自己去吧。"

"啥叫'蹭'呀？我说了，有我一碗粥，必然有你和楚楚的！走！"熊梓迦不容分说抱起楚楚就要走。

夏安亲昵地拉住她，把楚楚接过来："好了，我知道你最疼我！今天太晚了，楚楚明天还要上幼儿园，我得早点儿带她回去。"

熊梓迦想了想，觉得这个理由说得通，便不强求了。

夏安也没让他俩再送，自己叫了辆车，打车回家。

楚楚一直挥着小手奶声奶气地和干爹干妈道别，上车后还对他们做了个飞吻，馋得陶奇直到车开走了还盯着车尾的方向。

熊梓迦伸手在他眼前晃了晃："看傻了？又在憧憬你未来的女儿

了？"

陶奇挑了挑眉："不好吗？楚楚不可爱吗？"

"楚楚当然可爱！可你得先有个女朋友呀！"

遭遇一万点暴击的陶奇勾住熊梓迦的肩膀，脸对脸盯着她看。

"干什么？"熊梓迦被他看得怵怵的。

"我在想……"陶奇慢吞吞地说，"等我们到三十岁的时候，我未娶，你也未嫁……"

他顿了顿，用认真极了的表情继续说道："……那我也继续单着！"

熊梓迦原本以为他会提出一个庸俗的约定：年至三十，他未娶她未嫁，他们就在一起结婚生女儿。心里正琢磨着等他说出来狠狠羞辱他一番，结果这家伙不按常理出牌，她反被羞辱了！当即气得她当街一拳砸过去，正中他的鼻梁。

陶奇捂着鼻子，一脸委屈："为什么打我？难道你想让我娶你？我不干！"

"谁想让你娶了？你臭美吧你！"熊梓迦气得又要砸下一拳。

这回陶奇躲开了，捂着鼻子边跑边嚷嚷："你就是想了！你刚才眼睛都在发光！就盼着我说娶你呢！我不娶！不娶！救命呀！有人逼婚啦！"

熊梓迦简直咬碎了一口银牙，'短腿奇'，你好好活着不好吗？

夏安开门进屋的时候，感觉到一阵强大的气场压迫过来，匆匆一眼，她发现这气场的来源是端坐在沙发上的陈淼。

她没说话，也只是看了一眼，随即往厨房去了。一路上，她看见茶几上、餐桌上，都堆了外卖盒子，空气里散发着食物放久了的味道。

这一周来，她每天回家看到的都是这样的场景。

她顺手都收了，不为别的，只为她自己能居住在一个比较整洁的环境里。

然后她进厨房煮面条，客厅传来陈淼和楚楚的对话声。

"楚楚，今天没吃晚饭就回来了？"

71

"嗯，妈妈说太晚了，我明天还要上学。"

"今天都玩了些什么？"

楚楚讲了一大串。

两碗鸡蛋面，夏安很快就煮好了，一手端了一碗出来，搁在餐桌上："楚楚，过来吃面条了！"

"好！"楚楚打了个哈欠，乖巧地坐到了餐桌边，自己拿着筷子，斯文地挑面条吃。

陈森看了她们一会儿，起身也去了厨房，转了一圈再回来的时候脸黑沉沉的。

楚楚的确是困了，吃完面条好不容易撑到洗完澡，夏安将她往床上一放，立马就睡着了。

夏安在床沿上坐了一会儿，亲了亲女儿的脸，也转身去洗澡了。

然而，她刚进浴室，还没来得及关门，另一个身影就飞快地挤了进来，并且迅速把门关上了。

夏安淡定地看了他一眼，没说话，站在洗脸台前，继续淡定地取了一片化妆棉，沾了卸妆水，轻轻对着镜子卸妆。

陈森的目光在脏衣篓里扫了一圈，只觉得气得肺疼。

一个星期了，他的衣服放在脏衣篓里一个星期了，她一件也没给他洗，明天他就要没衣服穿了！就在刚才，他见她进厨房煮面，心里还高兴了一会儿，以为这一个星期带着女儿在外面吃饭的她终于肯下厨了，谁知道他进厨房一看，没有他的份儿！

"夏安，你是不打算跟我好好过了是吗？"他的脸色都是青的。

夏安正在卸眼影，闭着眼，轻轻擦过，淡淡地吐出两个字："随便。"

陈森愣住了，同时一股强烈的酸意自心底蔓延开来。

他从不曾见过这样的夏安。他的夏安是柔顺的、天真的、活泼的，看他的时候，眼里总是充满热切和崇拜，即使他们吵了架，只要他一个拥抱，她便会委委屈屈、娇娇柔柔地贴上来。

这样陌生的夏安让陈森不知所措，也让他感到些许害怕，好像有什

72

么东西就要失去了一样。

他讨厌这种局面脱离他掌控的感觉，也很想做些什么来撕碎夏安脸上的冰冷，让一切回到从前。

情急之下，他选了最直接的一种。

他看着夏安抬起下巴照着镜子倨傲的模样，上前一步揪住了她的胳膊，用力将她拉入自己怀中，低头想要吻下去。

夏安的妆卸了一半，脸上亮亮的全是卸妆油，一只眼睛还黑乎乎的，是抹开的眼妆。

陈森竟然找不到下嘴的地方，情形忽然变得有些滑稽，看着她一脸呆愣的模样，忍不住又气得笑了，双臂稍稍用力，将她搂紧，抚着她的背，脑子里搜寻着合适的话。

"饭也不给我做，衣服也不给我洗，还敢赌气跟我说不和我过了！长能耐了！"说完，他还在她的屁股上拍了一巴掌。

他打得并不重，明显带着求和的意味。

夏安听见"做饭""洗衣服"这两个词，耳边便回响起他曾说过的那些话，将双臂撑在她和他之间，冷笑："所以，没人给你洗衣、做饭你不习惯了，是吗？你自己洗呀，自己做饭呀，容易得很，闲着没事的时候一下就弄好了。"

陈森一听，可不就是为他那几句话生气吗？

他心下想的是，到底这几年自己太宠她了，宠得她听不得一点儿重话，甚至是实话。难道他说错了吗？亲戚、朋友乃至父母，谁不说她在家享福当全职太太？做点儿家事还叫苦连天……

可他不傻，既然要求和，肯定不能这么说，当下放低了姿态："好好好，我错了，我们安安劳苦功高、任劳任怨，这几年我们家全靠你撑着，不然我和女儿日子都过不下去了。"

夏安也不傻，这是认错的态度吗？这分明是敷衍！只是因为没人给他做饭、洗衣服，他的日子的确是过不下去了！

"陈森，我觉得，你需要的是一个保姆，而不是老婆。"她忽然又想起自己比保姆多出来的那一项功能，心下恨恨，补充道，"另外，再

73

加一个充气娃娃！"

陈森听了是真的笑了："哟，博学多才呀！充气娃娃是什么都知道？我都不知道呢，给我科普一下。"

夏安哪里想跟他贫，用力推他："你放开我，我正卸妆呢。"

"的确该卸了，成天画得跟花猫似的，多难看。"他伸手扯了毛巾，就着水龙头里哗哗流着的水，在她脸上胡乱地擦。

夏安怕，怕这样任他闹下去，这回的事又敷衍过去了，然后她又会回到原来的生活，而她，再不想过那样的生活，不想被他瞧不起。她用力挣扎，陈森却偏不放她，好不容易挣出一只手来，她一掌拍过去，想拍开他拿着毛巾在她脸上乱抹的手，却不料，一巴掌扇在了他的脸上。

夏安用尽全力的一巴掌，震得她自己的手掌都有些发麻了，清脆的一声响，更是震得他们两个人都呆了一呆，房间里短暂的静默。

夏安先反应过来，钻进淋浴间，关上玻璃门，并抓着门把手。

陈森被她扇蒙了一瞬，反应过来后，看着玻璃门那一端的她。

说实话，如果他要硬来，她那双握着门把手的小手能挡住他？宠与不宠，惯与不惯，全看他愿不愿意罢了。

他摸了摸被掌掴的脸，还能感觉到麻麻的热。

她这一巴掌扇过来，扇的不仅仅是他的脸，还有他的尊严。

他深吸了一口气，忍着不发火，他觉得这已经是他的极限，再像之前那样去讨好，他也做不到了。

"夏安。"他换了一本正经的语气，"还从来没有人扇我巴掌，我爹妈都没扇过。"

夏安自己的手心里也还在微微发麻，她也没想到自己会扇到他的脸，但她不愿解释，僵着脖子说道："是，我扇你了！我扇你巴掌又怎么了？我扇疼你了吗？你也会疼吗？你有没有想过，你的语言暴力、冷暴力，朝我扇过来的时候，我有多疼？我的心有多疼？是你的脸更疼，还是我的心更疼？你带给我的伤，你根本都看不到！"

"夏安，我不想再跟你吵架。"陈森觉得，自己已经尽量在保持理智了。

"我也不想。"她吵够了，她也吵腻了。

"那你想要怎样？要道歉我也说了对不起。"所以还要怎样呢？哪对夫妻不拌嘴？夫妻之间拌个嘴还非要分个对错？那认了错继续把日子过下去还不行？

夏安其实也是蒙的，陈森的问题她没办法回答，她还想要怎样，她也不知道。她曾气鼓鼓地对熊梓迦说要离婚，但站在陈森面前，这两个字却哽在喉咙里说不出来。她记得很多人都说过，婚姻里的两个人不要轻易说"离婚"，这俩字伤感情，说多了，就真的离了。

她哽了一会儿，额头抵在玻璃门上，声音都有些哑了："陈森，我也不知道要怎样。可我不想再像从前那样了。这段时间，我们彼此冷静一下吧，你跟我，都好好想想。"

陈森却不喜欢这样，他喜欢快刀斩乱麻，哪怕他挨了耳光，哪怕他心里憋着火，他也希望今日事今日毕，冷静和冷战之间相差多少？再过几天这样的日子得把他逼疯。

他想了想，事情的源头是买房子，于是再一次妥协："安安，不是我不想买房子，而是我们现在的确还没有这个能力，再给我点儿时间，给我一年，就一年，我多接点儿私活儿，多攒点儿钱，咱们明年再买也还来得及，行吗？"

是房子的问题吗？他们这次吵架的确是从房子开始的，可是，他们之间问题的根源却不是房子。这一刻，她倒是明白了，陈森给了她种种伤害是没错，但根源却是她自己，是她先把自己给放弃了。自己都放弃自己了，又怎么指望别人高看你？

"安安？行不行？"陈森见她都有些神情恍惚了，追问。

夏安点了点头，神情还是有些莫然。一年后是怎样的情形，谁都不知道呀……

陈森心里略略一松，朝她笑了笑，却没有收到夏安的笑容回应。

13

这件事就这么过去了。

第二天早上，当陈森发现脏衣篓里的衣服都不见了，厨房里开始飘出夏氏粥香的时候，一颗心才算完全落了地。

虽然，当他寻去厨房，从夏安身后抱住她，想和她亲昵的时候被她冷着脸避开了，他也只是笑笑。夏安有些小娇情他知道，只要她乖乖地和他把日子过下去，他是愿意纵着她这些小娇情的，大概气还没消呗，下班回来买个礼物送给她就哄好了。

他是这么以为的。

他晚上回来的时候，天已经黑了，家里亮着灯，打开门就闻到了久违的菜香，电视机里放着儿童音乐，女儿随着音乐在练习舞蹈，夏安坐在沙发上，拿着手机在玩，边玩还边笑。

他呼出一口长气："我回来了。"

朝他扑过来的是女儿，叫着爸爸："爸爸，你买了什么好东西？"

他放下东西，把女儿给举起来："给妈妈的，吃饭了吗？"

"嗯，吃了！是给妈妈送礼物吗？我看看！"小孩子都喜欢拆礼物，楚楚看见纸袋里包装精美的盒子，已经按捺不住了。

"好，去送给妈妈。"陈森把女儿放下来，自己去厨房盛饭。他下班回来通常都很晚了，女儿是不能等到他回来再一起吃饭的，所以通常都是她们母女俩先吃，而后夏安会给他把饭菜热着。

他走进厨房，果然看到还插着电的汤煲和饭锅。

他揭开汤煲，浓浓的鸡汤香味扑鼻而来，一身的疲惫都被驱散了。他满意地笑了，生活就是这样嘛，夫妻俩打打闹闹，吵了和，和了吵，谁家不是这样过日子？他一个男人，气头过了，哪里还能跟女人较真？

他先喝了碗汤，胃里十足的舒服，再盛了饭菜出去，看见他送的礼物被楚楚放在茶几上，而夏安，还在玩手机。

"爸爸爸爸，妈妈要我跟你说谢谢！"楚楚在一旁又蹦又跳。

他暗笑，老夫老妻了，还谢什么。

"不拆开来看看？"

"我来拆、我来拆！"楚楚凑到夏安身边，"妈妈，我帮你拆好不好？"

又是这套！打一巴掌给个甜枣。夏安只觉得厌倦，厌倦了这样周而复始的游戏，可她怎么会让女儿失望？她亲了亲女儿软乎乎的小脸：“好。”

楚楚雀跃着拆礼物去了。

一打开，就听见楚楚的惊叹声：“呀，好漂亮呀，爸爸爸爸，是水晶鞋吗？是王子给灰姑娘穿的吗？”

夏安也看见了，一双高跟鞋，满鞋都镶了仿水晶，今年好像还挺流行这个款的。

这是在道歉，也是在补偿，因为他扔了她买的那双高跟鞋。她懂。可是，同时也在提醒她，他们之间发生的种种不愉快，又被摆出来了。

“喜欢吗？”陈森含笑问她，期待她像往常很多次那样，扑过来抱着他的脖子说“喜欢”，顺便在他脸上吧唧一下，露出惊喜而满足的笑，就像从前他送给她银杏叶书签一样。

“妈妈，喜不喜欢？可漂亮了！”楚楚也是一脸的期待。

夏安的确笑了，只不过笑容是给楚楚的，还伸手捏了捏楚楚的小脸蛋，温柔地说：“喜欢。”

陈森乐意听到这两个字，可是，却觉得，这其中还是有些不一样了。

他坐在夏安身边，伸头看了一眼夏安的手机，想看看引她发笑的原因，发现她在刷微博。

那双鞋后来被夏安收了起来，扔进了某个角落，一次也没有穿过。

晚上，陈森还是一个人睡的，手里攥着手机。

这回他没有打游戏。

他有微博账号，还和夏安互关，除了结婚之初在夏安的“淫威”下被逼发了几条秀恩爱的微博，就再没用过，他对那些八卦不感兴趣。

打开微博，他的动态仍然停留在五年前，首页满屏都是夏安的博文，因为他关注的人只有夏安一个……

他惊讶地发现夏安的每一条微博的回复数和转发数都很多。

最近的一条，是个视频，他点开看了看，原来是她在网上教别人怎么改亲子装。

视频还拍得挺美，配了音乐，夏安也很上镜，最后女儿和她一起试穿的效果更是堪比模特。

他再点开那几百条评论一看，全都是赞她的，还有苦恼手残，照着学也不会改的，夏安在底下一一回复。

原来她在网上是做这些玩意儿。

谁帮她拍的视频？另外，他也还是有些自豪的，他老婆的专业并没有完全丢下嘛，衣服改得不错！

他随手转发了一个视频，还附了句评语：这么漂亮的女儿，是我基因好。

夏安也在刷微博，今天这个视频发出来，竟然上了热搜榜，而且名次在不断上升，粉丝的数量每一秒都在涨，留言也越来越多，她已经回复不过来了，只能一条条看。忽然，在热评里出现了一个熟悉的ID，还有一条莫名其妙的评论，而且粉丝们的热情无法抵挡，立刻就被粉丝们在陈森的微博里把他们结婚时的照片翻了出来，然后确认，这个人就是"基因的来源"，没错……

陈森的评论被顶到了热评第一，粉丝的数量也跟着暴涨起来，网友们各种羡慕地留言：这就是嫁给爱情的样子。

夏安也到陈森的微博里去看了看五年前的画面，想着曾经的他被她逼着发微博的情形，读着他微博里秀恩爱的词句，那时候的她，也认为自己是嫁给了爱情。

"夏有凉风冬有雪，安然人间好时节。"

作为理科生的陈森当年胡诌乱改，发了一条这样的微博。藏头诗，里面嵌着她的名字，意为有她的日子，无论夏炎，还是冬雪，都是好时节。只是现在的他，还这样认为吗？

她看着粉丝们纷纷而来的赞美陈森好老公的评论，突然觉得没了趣味，放下手机。

幸福这种事，果然只有自己知道。

继第一个视频之后，陶奇陆续将做手包包和娃娃挂件的视频也剪辑出来了，传给夏安，让她放上微博。这两回，她还做了转发抽奖活动，幸运者将获得她赠送的礼物——视频中的包和娃娃。

没有意外，这两个视频发出去后，在熊梓迦的运营下，夏安再次涨粉无数，其中有一天，她一觉醒来，就多了几十万名粉丝。

这让她信心大增。

熊梓迦说，她可以开始着手画设计稿了，与此同时，继续做些新奇的玩意儿拍成视频，维持微博并持续涨粉。

夏安大学时就喜欢做这些小玩意儿，自己编草帽、做别针等等。女孩子们喜爱的小东西，她有她的奇思妙想，只不过，当时她自嘲这是不务正业。

如今，恰恰是这些巧妙的小心思给了她助力，在坚持固定时间有规律地录视频、发微博、做活动之后，她以极快的速度成了一个"网红"。

而她的第一批设计稿也终于定稿。

季节的原因，这批稿做的是冬装，主打毛衣、大衣和羽绒服。

接下来便是找工厂打板加工的事宜了，已经敲定了和罗嘉楠合作，也定好了这周四她和熊梓迦飞去南方和罗嘉楠见面。

只是楚楚怎么办？

她想到了陈森，虽然她很不愿意跟陈森开这个口。

自上次买房事件后，她与陈森便处于不冷不热的状态。她并非不理他，他和她说什么，她都应答的，也给他做饭吃，也帮他洗衣服，家里的事她仍然料理得井井有条，她实在不想再和他为了鸡毛蒜皮的事闹。既然小熊让她等等再考虑是否离婚，那她就只想暂时图一份安静，可以做她想做的事，但他和她之间的关系到底少了从前的热切，而且，她天天忙着做设计稿、录视频，也没有多余的工夫和他周旋。

陈森回来的时候厨房里照例有热着的饭菜，卧室里传来夏安给楚楚讲故事的声音。一切都和每一个平凡的日常一样，可他知道，一切又有些不一样了。

他闷闷地进厨房自己吃饭，再去洗澡，将衣服扔到脏衣篓里，里面有她沐浴后换下来的衣服，旁边的小衣篓里是楚楚的衣服。

他知道待会儿夏安就会把他们的衣服都洗了，但却不会再打开主卧的门。

他被她关在了门外，在结婚五年后。

他有时候觉得，她还不如不给他洗衣、做饭呢，这样，他还有个理由找她吵，找她闹，现在这样算什么？她总说他冷暴力，她这样才是冷暴力吧？

他在书房开着电脑干活儿的时候还在这么想，听着夏安忙忙碌碌洗衣服、晾衣服的声音，他便知道楚楚已经睡了，她忙完这些就会关上门，做她那些奇奇怪怪的事。

他忽然觉得有些累了，大概是这段时间接私活儿总熬到深夜的缘故。他捏了捏眉心，关上了电脑，正打算睡觉，却在起身的瞬间，看见夏安站在门口。

他愣了一愣，实在是意外，意外到傻乎乎地问了句："有事？"问完他差点儿抽自己耳光，夏安来找他，他问"有事"？

好在夏安还真的找他有事，点了点头："嗯，有点事想拜托你。"

可真生分呀！拜托？他被噎得有些难受："你说。"

"我周四要出门一趟，你可以管管楚楚吗？早上我会送她，晚上你得接她回来，晚饭你们就在外面吃吧，然后照顾她一晚，第二天给她准备早餐，送她去幼儿园，我下午就回来了。"

"要出去两天？"彻夜不归？这是她从来就没出现过的情况。

"是。"夏安干脆利落地回答道。

"去哪儿？干什么需要两天？"他的声音都拔高了。

夏安于是陷入沉默。

他把她拉进房间，关上门："夏安，我觉得，我还是有权知道你在做什么的，你说呢？"

夏安想了想，也不再瞒他："我自己想做出点儿事业来，打算做个工作室，前期已经准备得差不多了，这次想飞去南方跟合作工厂见面。"

80

陈森十分惊讶。他的确发现她每天都很忙，但是，没想到她悄无声息地就忙出了一个工作室，速度还这么快！这就要投产了？他有些无法相信，夏安这不是在闹着玩吧？"你投资了多少？"

夏安瞟了他一眼，若有若无地哼了一声："没花你的钱。"

没花他的钱？家里的每一分钱都是他挣来的！"那你从哪里弄来的钱？"

夏安又不说话了。

"姑奶奶，我是你老公，有你这样事事都瞒着老公的吗？你不说清楚，我能放心？"他简直要急眼了。

"前期并没有花多少钱。我同学全是做这一行的，每个环节都有人帮忙，凡是需要花钱的地方都让我先欠着账呢，等以后赚到钱了再付给他们。"她索性竹筒倒豆子般把她正在做的以及未来设想一股脑儿说给他听。

陈森愣了半晌，算是抓住了几个关键词：网红、网络营销、工作室、原创、设计师、电商、数据分析、成功案例，以及还没有投入多少资金。

到底是这个思路不可信，还是夏安本人不可信，他也说不清，莫名便觉得她在玩一场闹剧。

"那如果你赔钱了呢？"难道她只考虑过赚钱的情况？

她默默地看着他，不说话。

陈森拍了拍额头："老婆，我只是比你考虑得多那么一点点，任何投资都是有风险的，世界上没有稳赚不赔的买卖，否则不满地都是富翁了吗？"

他再一看，夏安的脸色还是不对，于是又说道："所以，我只是觉得，咱们应该先做出个预算，本金多少，可能的利润有多少，如果赔了，咱们要赔进去多少，是不是？"他私下里希望夏安这一票玩得不要太大，至少得在他们赔得起的范围内。

"第一，我都已经算过了。第二，别跟我'咱们''咱们'的，我的事业没打算跟你有关系，赚钱跟你无关，赔钱跟你也无关。"夏安和陈森做了多年夫妻，还不知他是什么意思？不就是在计算要赔多少钱吗？如果会赔得太多，他就不支持她干了呗！

陈森却是赔笑："是，用你们女人的话来说就是你的是你的，我的也是你的。你赚的钱你自己拿着零花，我赚的都交给你用来养家。但是，并不代表你的事业和我没关系呀。你赚的固然是你的，我不要，可万一赔了，我得出钱给你赔呀，你说是不是？"

"不！需！要！"夏安竖起一根手指在他面前晃，"我那些同学都说了，赚钱了就付钱，赔本了就算友情支持我，不需要我再给钱！"

"哟，这都是哪些朋友呀？这么铁？"陈森都惊叹了，夏安这是有多好的人缘才能得到人家这句承诺呀？她一个家庭妇女，除了熊梓迦，差不多已经跟所有朋友都断了联系，什么时候又冒出来这么些铁瓷儿？

"反正你也不熟，跟你说了也没用。"夏安说着，就打算站起来走人了，"总之，周四、周五，楚楚就拜托你了。"

刚一站起，她就被陈森圈住了腰。

"还走什么走，就在这儿睡呗。"陈森觉得这送上门的机会要是还让她给跑了，那他就不是男人了。

夏安自然是不愿意的，推着他："不要……"

陈森却在她耳边说："别忘了，你还拜托我照顾楚楚呢。"

夏安愣住。这人还要不要脸了呀？"拜托"二字是她讽刺他的好不好？他还死不要脸地就往自己身上套了，还用照顾楚楚这件事来威胁她，这是要她牺牲色相了？

在这个愣神儿间，她却已经被陈森压到床上了。

他们已经很久没有这么亲密了。自上次买房事件后，就一直分居。三十而立的陈森，精力好的时候会觉得自己像一只饿狼，现在好不容易小白兔主动送上门来，他不逮住机会吃干抹净了，下一次上哪儿找这么好的机会去？

夏安于是被吃得渣都不剩了，不过，总算是得到了陈森肯定的承诺，周四、周五他照顾两天宝宝。

周四早上，她把楚楚送进幼儿园之后，就等着熊梓迦来接她去机场

82

了。她的行李早已收拾好，只需立马走人就行。

然而，此时，她却接到了陈森的电话。

"老婆，你走了吗？"经过了昨晚，陈森叫"老婆"又叫得十分顺溜了，毕竟已经叫了五年，不，七八年了，还没嫁给他的时候他就是这般乱叫的。

"还没有。"她扶着手边的箱子，熊梓迦刚刚给她发微信，说已经在来接她的路上了。

"那老婆，你别走了，我周四要跟老板出差，刚刚接到的消息，也要出去个两三天的。"陈森的语气十分理所当然，仿佛在说，他陪老板出差是大事，而她们的，是绿豆般的小事。

"你怎么这样呀？都说好了的！"夏安恼怒起来。

"实在对不起，老婆，要不这两天你看孩子，我给你发钱怎么样？"

电话这边的夏安气得快要吐血了，陈森这话，分明还是居高临下轻视她的态度。

"听话，我这是正经事，你在家好好待着呀。"他语气一转，又变成了哄。

"你的是正经事，我的就是在闹着玩吗？"夏安就知道，他所谓的道歉、送礼物全都是敷衍她的，他根本不明白他错在哪里，或者说，不愿意明白。他骨子里就是小瞧她的。

"老婆，听话！我直接去机场了，衣服都来不及收拾，你乖乖待在家，等我回来给你带礼物。"陈森又哄又求的，他调离部门之后就好像被打入了冷宫，所以如今任何会凸显工作能力和业绩的机会他都会毫不犹豫地抓住。

说完他就挂了。夏安握着手机，气极了。他就这么把电话给挂了？还不是吃准了她这颗当妈的心，他深知她不会抛下女儿不管，所以电话才挂得这么心安理得。

不管怎样，她今天是走不成了。她气了一顿之后，给熊梓迦打电话说明情况，并且请熊梓迦和罗嘉楠说一声。她都不好意思面对罗嘉楠

83

了，本来她跟罗嘉楠的关系就很一般，人家肯在生意上这么照顾她，全是看在同学的情分上，以及熊梓迦的面子，所以，她想着还是让熊梓迦去说更为妥当。

熊梓迦倒是什么也没说，反而安慰她不急，下次再约个时间也是一样。

夏安于是把收拾好的行李又重新放回去。

刚收拾好，她的电话又响了，她拾起手机一看，打来电话的是罗嘉楠。

"喂？罗嘉楠，实在不好意思……"

她估计熊梓迦已经跟罗嘉楠说过了，所以她一接电话就是道歉，只是她还没把话说完，就听罗嘉楠的声音在那头响起："你信任我吗？如果信任我的话就把设计图给我看看，然后我过来跟你们谈。"

"什……么？"夏安以为自己听错了。她这次去，要看布料、定布料，他过来跟她怎么谈？

"我的意思是……"罗嘉楠又道，"小熊说你要照顾小孩，时间上没有那么自由，你先把设计图给我，我给你做一次初选，选出我认为合适的布样带去你那边再让你做决定，你看可以吗？"

怎么不可以？"可是……这……会不会太麻烦你？"

"不会，我经常南北两边跑，飞来飞去是常事，正好我过两天也要到这边开个会，就顺便给你带了。"

夏安只有感激，连忙说道："那真是太谢谢你了！我马上把图发给你！"

"不客气，发我邮箱吧，知道我邮箱地址吗？"

"我……"她想了想，好像从来没跟他有过邮件来往，但是大家都在班级QQ群里，"QQ邮箱可以的吧？"

"可以，当然可以。"

夏安喜极："我马上就发给你，谢谢你呀罗嘉楠！"

"同学之间不用这么客气。"罗嘉楠道，"那我就等着收你的邮件了。"

"好。"夏安立马挂了电话整理她的设计稿去了。

另一端，罗嘉楠也挂了电话，旁边的"红烧"凑近了问："老大，你这两天哪儿有飞过去开会的安排，我怎么不知道？"

罗嘉楠瞪了他一眼，不说话，只是默然地打开电脑，登录QQ。

"红烧"又凑了过来："老板，你平时不用QQ邮箱的呀。"

罗嘉楠皱眉："中午多吃碗红烧肉吧！"

"为什么？""红烧"疑惑地盯着电脑右下角的小企鹅。

"堵住你的嘴！"

"红烧"扁扁嘴，一脸"你是老大你说了算"的表情。

不多时，小企鹅弹出提示，有新的邮件。

"红烧"便看见他家老板脸都快贴到屏幕上去了，而且，居然还打开了画图软件，这是打算亲自给人改稿的节奏！

"重色轻友……"他低声嘀咕，内心一个声音在咆哮：你什么时候给我看过稿？什么时候？就一句话：你不适合做设计，全身上下就嘴皮子油、脑瓜子还算灵活这俩优点，给我当助理还凑合。

于是，他就给老板打了这么多年杂。

罗嘉楠猛然回头："嘀咕什么呢？"

"没……没什么。"他瞅了几眼夏安发来的设计稿，哼道，"这样的就适合做设计了吗？"

罗嘉楠眼里却浮起一抹"红烧"从未见过的温柔："很有灵性，也很会抓流行趋势，只要稍作改动即可，只要营销得当，这一波会卖得很火，你看到没？"

"红烧"哼了哼："会卖得怎样我看不到，我只看到你眼里春暖花开、春波荡漾、春光灿烂……单身老狗寺心萌动啦……"

罗嘉楠的眉头再次皱起："胡说八道什么，她是结了婚的人！我跟她只是合作关系。"

"合作关系？""红烧"不服气，哼哼唧唧，"我可没见你给别的合作公司改过稿，还亲自屁颠屁颠守着布过去，你也算全球第一家了。"

85

"这不是同学嘛，咱们班同学之间的风气你又不是不知道，从来都是一个好汉三个帮，不然我也撑不起这家工厂。人，要懂得感恩和回馈。"罗嘉楠一脸正气。

"红烧"笑了："一个好汉三个帮，说得好，老大，我最近手头有点儿紧，帮帮我呗，给我涨点儿薪怎么样？"

罗嘉楠睨了他一眼。

"红烧"投降："行行行，我走还不行吗，我知道自己碍眼行了吧？"

他边说边退，慢慢退到门口，最后不要命地表演了一段："老大，我还想提醒您一件事，这世上还有一个行业叫'物流'，您真没必要亲自披挂上阵当快递员！您这样抢人家饭碗合适吗？还给不给人物流业活路了？哦，不，物流是要收钱的，您这还倒贴邮费呢。天哪，您这是怎样一种精神？是毫不利己专门利人的大无畏精神！是牺牲自我成全他人的奉献精神！您是社会主义新时期的活雷锋，只求付出不图回报！就像蜡烛，燃烧了自己、照亮了别人！春蚕到死丝方尽，蜡炬成灰泪始干呀……"

有一个戏精助理是什么感受？罗嘉楠又好气又好笑，抓起桌上的文件砸了过去："干活儿去！"

"红烧"平日训练有素，虽然胖，却是个灵活的胖子，迅速将门一关，躲过老板的攻击，文件砸在门上，掉落在地。

终于安静了……

罗嘉楠舒了口气，准备继续改图，却听得门再次打开的声音，抬头，只见"红烧"圆乎乎的胖脑袋从外面探了进来，怪声怪气地说了句："罗通快递，你值得拥有。"

罗通快递？什么鬼？

不过，这回不用他再砸了，"红烧"说完这句话，立马主动从他的视线里消失了……

罗嘉楠这一天什么事也没做，就趴在电脑前看稿了，到晚上，才把所有的修改意见，密密麻麻好几页给整理完毕，又把夏安的原图和他修改之后的图一并打包，给她发了过去。

电脑页面刚提示邮件发送成功，他忽又想起，他这么公事公办地直接发过去，竟然连句问好都忘记了！

他有些懊恼地再次打开邮箱，十指如飞，在键盘上敲击，只是，键盘声倒是响得挺热闹，邮件上只留下四个字：夏安，你好。

剩下的，他写了删，删了写，写了再删，从客套，到赞美，再到鼓励，结果，写下的每一个字他都不满意。

他第一次对自己的表达能力产生了怀疑。

最后，他索性连"夏安，你好"四个字都给删了。

算了，就这样吧！

他这时才感到肚子饿，咕咕咕地跟他抗议呢，他随即给"红烧"打电话："出来吃夜宵去！"

"红烧"在那边闷着不出声。

"怎么了你？不说话？"戏精助理又在玩什么？

"红烧"幽怨的歌声自耳机里传过来："是不是这样的夜晚，你才会这样的想起我……"

罗嘉楠有摔电话的冲动，忍住笑："五分钟内，工厂对面的烧烤摊，你爱来不来！"

"算加班不？""红烧"的语气里是冲天的怨妇气息呀。

他暗暗好笑："算！给你加个鸡腿！"

14

夏安第二天才看到邮件，只因前一天面见罗嘉楠这一大事得到解决，加之前段时间又很辛苦，所以和楚楚司作息，老早就睡了。

收到回复的她着实吃了一惊，居然有这么详细的修改意见，还有改前改后的对比图！

她仔仔细细从头到尾阅读了一遍，再对比修改后的图稿，果然比她之前的更完善一些，当下欣喜不已，立即给罗嘉楠打电话。

罗嘉楠在开会，某主管正在汇报工作。

手机一震，罗嘉楠低头一看，是夏安，于是手一抬。

　　主管愣住，不知道自己哪里说错了，脸都涨红了，愕然地望着罗嘉楠。

　　"稍等，我接个电话。"说完，他拿着电话就走出会议室了，"喂？夏安？"

　　这语气，现在分明是冬天，可他从"红烧"旁边走过的时候，"红烧"却感受到了春风拂面的气息。罗嘉楠安抚性地冲那个脸涨得通红的主管笑了笑。

　　主管缓缓呼出一口气，原来不是他说错了……

　　夏安的声音在电话里听起来灵动而清脆，就好像有人端着一堆宝石、珍珠在他耳边细细揉搓。

　　"罗嘉楠，你给我提的意见，还有修改后的设计，我都看了，你不愧是大老板呀！"

　　他的唇角微微一展："不敢。我只是从我的角度和工作经验提出一些参考性的想法，好不好我也不知道呢，你看着来，觉得不好就不用，持怀疑态度的咱们再商讨。"

　　"怎么会不好？太好了！看了你的修改，对我来说，简直就是醍醐灌顶，豁然开朗！真的，人有时候在自己的牛角尖里很难出来，需要人提点才能进步。我多年没接触专业了，虽然这段时间做了一些功课，但心里却一点儿底都没有，还好有你们这些常年奋斗在时尚一线的朋友，才让我这次在重新拾起专业这件事上没有犹豫。谢谢你，罗嘉楠。"

　　夏安说了很长一段话。

　　罗嘉楠想想，这大概比他俩认识这么多年来所说的话的总和还要多了。

　　他笑，阳光透过办公楼走廊的玻璃落在他的脸上，他的眼里是比阳光还耀眼的光芒："都是同学，不用客气，有什么需要，给我打电话。"

　　"好，我再琢磨琢磨设计稿。谢谢你。"

　　"嗯。"他应道，她还是要说谢谢，也好，那他就接受她这份谢意吧，"过两天就会见面，到时候你再谢我巴。"

夏安在那端也笑了，笑声如腕铃一般 "好呀！我请你吃饭！"

"好。"他眼前又浮现出校园里那个戴着腕铃奔跑，留下一路清脆铃声的女孩。

"那……再见？"

"再见。"他收了电话，眯了眯眼，失笑，转身走回会议室。

罗嘉楠是周日过来的，带着三个行李箱。

夏安则由熊梓迦陪同，带着楚楚赴约，因为要看布料，所以先到了罗嘉楠住的酒店。

在看到罗嘉楠那三个大行李箱时，夏安还是吃了一惊，笑道："你这也太……真是辛苦你了。"

"不辛苦。"罗嘉楠笑了笑，"又不是我驮过来的，是飞机，你跟飞机说辛苦吧。"

"红烧"过来凑热闹："不不不，夏安，你不知道，我们老板准备向物流业进军了！初步决定公司名字叫'罗通'，以后你们发快递要照顾我们老板的生意呀！记住，发快递，找罗通！罗通快递，你值得拥有的好快递！"

"罗通？什么玩意儿？"熊梓迦先笑喷了，"你开玩笑还认真的呀？"

"当然是认真的了！""红烧"神神道道的，转问夏安，"不信问问客户。夏安，说说你的客户体验呗，咱们罗通快递怎么样？记得给快递员五星好评呀！"他说"快递员"的时候，刻意搭着他家老板的肩膀，肥肥的脸庞堆着笑，俨然就是在说"看，我们这俩快递员还合格吗"。

夏安和熊梓迦这才明白"红烧"的意思，顿时哈哈大笑起来。

夏安尤为感激："不好意思，真是太感谢你们了！一路辛苦。"

"没事，你别听他胡扯。"罗嘉楠拍开"红烧"的肥手，"样布其实不多，我只是给你带了些成衣，让你对比一下这些布和线做成成品后的效果，方便你做选择，尤其毛衣和大衣，仅看布料和线还是会和实际效果有差距的。"

罗嘉楠打开箱子，各式布料、色板、成衣，整整齐齐。

"根据你的设计，我给你做了初步的选择，大衣，我觉得这三种布料都很适合。"他将其中一个箱子里的样布和色板搬了出来，"这种含羊绒量高些，略薄一点点，轻盈柔软；这一种是百分百纯羊毛，稍厚，廓形大衣做出来都很漂亮；第三种90%羊毛，10%羊驼毛，垂感好，不易起皱。颜色方面，今冬流行的主色和历年久盛不衰的颜色都有。这是色板，怕你仅看色板不够，所以每种色我都给你带了一小块样布，另外，每种布料都带了一件成衣来给你看，一件是今冬即将火起来的焦糖色，一件是经典的驼色，另外今季混色会是冬季针织、毛织品的新宠，尤其咖、驼、高级粉等色系混色会很受女生喜欢。'红烧'，把大衣拿出来。"

大衣已经熨好，挂在衣柜里了，除了大衣，还挂了好几件毛衣和羽绒服。

"红烧"把衣柜打开，叉着腰摆着造型从衣柜左边走到右边，手夸张地从每一件衣服上滑过："全部是我熨的！全部！"

"嗯，你劳苦功高。"罗嘉楠淡淡地说了一句，"待会儿多吃一碗红烧肉。"

"能不提红烧肉的梗了吗？""红烧"两手在腰间一插，"咱们现在已经是有品位的人了，以后请我吃饭请说'加一份鹅肝'，而不是在烧烤摊上给我加一个油乎乎的鸡腿，现在我都还觉得我头发里有烟熏味！"

"你三天没洗头？"罗嘉楠轻轻把他往旁边一推，"别挡着道儿。"

"你……你……你……""红烧"气得不行，抹了抹油光水滑的头发，"我一个如此有品位的人，怎么会三天不洗头？"

"那一年你一个星期没洗澡也没洗脚，睡在我上铺，半夜袜子从你床上掉下来，熏了我半宿，我迷迷糊糊以为食堂炒了一夜豆豉，结果第二天早上我睁眼一看，你的袜子立在我的枕头边上。没错，是站立着的，袜子都穿硬了……"

"老板！""红烧"脸都憋红了，"求你！给我留点儿面子……"

"大三那年，我俩在同一家公司实习……"

"够了够了够了！我一点儿也不高雅，一点儿也没品位，你饶了我吧！""红烧"只差捂住他家老板的嘴巴了。

一个沉着冷静，始终用温柔好听的声音缓缓道来，另一个气急败坏，张牙舞爪各种耍宝。

真是一对绝配！

夏安和熊梓迦笑得直不起腰，楚楚眨巴着一双大眼睛，藏在夏安身后，不断地打量着"红烧"，露出怯怯的表情。

"红烧"看见了，颇觉在小朋友面前没有面子，上前一步，蹲下来，摸摸楚楚的头。

楚楚却吓得赶紧缩到了夏安身后。

"红烧"的手悬在半空中："小朋友，我的手又不脏，快出来，叔叔带你买糖吃。"

楚楚磨蹭了好一会儿，才鼓起勇气探出头来，怯怯地说道："叔叔，老师说，不洗澡会有细菌，细菌会让人生病。"

那一脸害怕的小表情，好像"红烧"摸一下她，她就会生病一样，再次把大家逗得哈哈大笑。

"红烧"怎么哄都没办法哄得楚楚和他亲近，沮丧地挥手："还是办正事吧！选布料！"

一片哄笑声中，罗嘉楠打开另一个箱子，里面装着毛线、羽绒等。

夏安先看了柜子里挂着的几件毛衣，伸手试了拭触感，明显质地不怎么样，直到她摸到最后一件才觉得满意。

罗嘉楠看出了她的心思，说道："这件是纯羊绒织的，当然质地是最好的，但是相应的，价格也贵。"他兆起其中一件，"这件主要含聚酯纤维、腈纶、锦纶，价格和你手上那件相差十倍。即便是聚酯纤维和腈纶，也有价格高低之分。"他拿出另一件："这件比刚才那件又好些。"

91

夏安是学服装设计的，面料方面的知识从前也学过，自然能看出这其中的区别。作为设计者，她当然愿意用好一些的面料来展现自己的设计了，但是作为商家，她也希望成本更低一些，一时，她陷入纠结。

"面料选择其实跟你的顾客定位有关。你的客户定在哪个群体？高端消费者？学生？家庭主妇？十八到三十岁、月薪五千块以下的年轻女性？还是月薪一到五万块的职场白领？消费能力在每件二百块以内的女性还是一千块以上的衣服买起来毫不犹豫的客户？"罗嘉楠问道。

夏安之前并没有想过这个问题，她看向熊梓迦。

罗嘉楠笑道："小熊的月薪是多少我不知道，但是她肯定是一万一件买起来都毫不犹豫的客户，我不建议你把客户群定在她那个群体。"

熊梓迦瞪了罗嘉楠一眼："怎么了？我花钱怎么了？我是花你钱了，还是找你借钱了呀？你小姐姐我自己赚自己花，要你置喙？"

罗嘉楠好脾气地投降："你是女王，你说了算。我只是在认真给夏安出主意。"

说到正题，熊梓迦也说道："夏安，我觉得你的定位要放在低购买力这个群体上，冲销量。"

夏安有些犹豫："可是，这样的话，一件衣服能赚多少钱呢？就算一个月能卖出去一百件，也只有几千块吧？"

"一百件？"罗嘉楠抬高了声音，"你们不是做过大数据分析吗？如果你的目标是一个月卖出去一百件的话，我现在就劝你别做了，直接来我厂里做设计师吧，我给你开的薪水绝对不会是几千块！"

夏安迟疑着："是分析过，但是，那是别人呀！每个月上万件的销量，我不一定行，所以我想是不是走高价高质地的路线？"能卖一件是一件。

"怎么不行？"罗嘉楠只差拍着胸脯保证了，"这么说吧，第一个月可能会差一些，但是如果不上两千件，我负责全部拿下！你现在放心了吗？"

夏安踌躇了半响："放心……不下……"

罗嘉楠被她这个大喘气给闹得差点儿栽倒在地："走，我风尘仆仆地飞过来还没吃饭呢，肚子饿了，先吃饭去。"

夏安心里装着事，同时也满是对罗嘉楠的歉疚，她可真懂人情世故呀，虽说是同学，但人家千山万水不辞辛劳地来帮她，她连饭都忘了管……

于是她赶紧领着罗嘉楠去吃饭，并且表明："说好了我请的。"

罗嘉楠倒是没跟她争，落座以后就跟她侃侃而谈起来，说的全是电商行业的发展以及潜力和远景："夏安，电子商务创造了一个又一个奇迹，在这个领域里，没有什么是不可能的，就看我们怎么去达到它的可能性，有什么本事把它的可能性放到最大了。从你的设计中，可以看出你的性格，梦一样的女生，简单明快的线条，活泼大方的裁剪，每一个作品都洋溢着明媚的青春气息。你还是当年校园里那个天真的女孩，职场女性不是你的客户群体，而且，你是从微博起家的，你的粉丝大部分都是年轻女性，她们中大多数又是学生或者刚参加工作的女孩，她们重款式胜于重品牌，价廉物美会是她们心仪的选择。你这么算吧，哪怕你一件衣服赚二十块，只要卖出去一千件，你就赚到你的零用钱了，何况，一件冬季的衣服不可能只赚二十块，而我和小熊，也不会眼睁睁地看着你只卖出去一千件。"

他见夏安还是脸色凝重的样子，找"红烧"拿了张纸来，在纸上画各种图、表，分析给她听，甚至帮她把成本、利润全算好了，连营销策略都列出了一些。

他这一讲，足足讲了一个多小时。

熊梓迦惊呆了："知道的说我们是在同学聚会，不知道的还以为是哪个公司把会议室挪到餐厅来了呢！罗嘉楠，我还真是服了你了，平时让你开口说句话，难得好像你一开口就掉落满地金牙似的，也只有谈起专业、生意和工作来，你就成了演说家。"

"红烧"在一旁扁扁嘴，也得看老板演讲给谁听呀！寻常人老板会管吗？还做数据分析、想营销策略，比对他自己的工厂还上心！至少，自己工厂百分之七十的工作都交给了他——"红烧"哥哥了呢。

"据说男人认真工作时的样子最迷人，我谈不上迷人，但好歹不能给男人们拖后腿不是？"罗嘉楠放下笔的时候说道。

熊梓迦笑了："哎哟，罗总，你太谦虚了，你怎么会拖后腿呢，你分明是男人中的翘楚呀！"

"过奖。"罗嘉楠笑笑。

夏安也笑了，工作和事业的确让人充满自信、魅力四射。眼前的罗嘉楠哪里还有半点儿从前班里那个总是低着头沉默寡言的男生的影子？就连她自己，都觉得这段时间的她皮肤发光、神采奕奕，那个每天灰头土脸的家庭主妇形象一去不复返了。

有人说，十八岁长得不美怪爹妈，三十岁还不美就只能怪自己了。

她十八岁的时候倒是美丽的，只是自己在后来的日子里让自己的美蒙上了灰尘，还好，她在三十岁之前重新擦亮了自己的美，为时未晚。

"我还是要说，谢谢你们。"她长长地舒了一口气，罗嘉楠这一个多小时的演讲她一个字不漏地听了进去，可以说获益良多，"未来是成是败其实我仍然没有把握，但是有你们这样的朋友在，我不怕失败。"

"怎么会失败？我刚才的话白讲了吗？口都讲干了！"罗嘉楠眼里竟然有了大家从没见过的严厉。

夏安扑哧笑出声："罗嘉楠现在的样子简直就跟念书时老师上课讲得眉飞色舞、我们还一脸茫然时的表情一模一样。"

罗嘉楠还配合地一脸老成地叹气："恨铁不成钢呀！"

夏安笑，眼中还是有憧憬的："我也不求能成刚成铁，每个月能有一万块以上的收入，我就满足了。"先有一万块，慢慢经营，以后争取能净收入两三万块，那就和陈森平起平坐了，只是，好像不容易呢！

这话却说得罗嘉楠又不高兴了："那你来我厂里上班，我给你开两万。"

"嘻嘻……"夏安露出一个稚气未脱的笑，还吐了吐舌头。她怎么会去罗嘉楠那儿上班？她的家在这儿呢，不可能跟他去南方，再者，她想要实现自己的价值，而不是靠同学关系拿一份与她能力不符的薪水。

熊梓迦听了忙说道："咦，两万呀，那我来呀！"

"行呀，只要你愿意来。"罗嘉楠笑着说道。

94

旧日同学插科打诨，将这顿午饭给吃了。下午，回到罗嘉楠的房间，继续商量布料的事。因为罗嘉楠第二天一早就要飞回去，所以，今天必须商量出个结果来，几个人说着话，忘了时间，直到夏安的电话响起。

"是爸爸吗？"楚楚跳起来问。

小家伙其实觉得挺无聊的，大人们谈工作，她拿了一沓纸在一旁画画，已经画得很没有耐心了。

夏安一看，还真是陈森打来的。

"是，来接吧。"看见女儿一脸期待的样子，她把手机给了楚楚，转头又和熊梓迦他们说话去了。

她也没注意女儿在和陈森说什么，楚楚和陈森说了几句话后，就打开门出去了。

夏安这才赶紧叫道："楚楚，你去哪儿？不准出去！"

"哦。"楚楚又跑了进来，把门关上了，然后拿着手机摆弄。

夏安又说道："楚楚，小朋友不能玩手机，会伤眼睛的。"

"妈妈，我没有玩。"楚楚说完就把手机放下了。

夏安顺手把手机塞进包里，想起陈森出差也去了好几天了，大概该回来了，于是问她："爸爸回来了？"

"嗯！"楚楚点点头，本来还想说些什么，可是，看见夏安又跟叔叔阿姨说话去了，于是闭了嘴，低下头继续画画。

没过多久，房间的门铃就响了。

"哪位？"罗嘉楠问。

"我去开门！"楚楚放下笔，一蹦一跳地过去了，还一脸高兴。

"等等……"

夏安刚刚开口阻止，楚楚已经利落地把门打开了，陈森出现在门口。

"爸爸！"楚楚抱住陈森的大腿。

陈森抱起女儿，目光却落在罗嘉楠身上，与此同时，罗嘉楠也在看他。

两个男人，眼神在空气中交会，无声无息的，已经撞出了战火。彼此都是人精，陈森凭直觉对这个罗嘉楠没有好感，罗嘉楠又何尝没感受到陈森眼里的敌意？一眼之间的刀光剑影之后，罗嘉楠收敛了锋芒，目光暖意融融的，上前，伸出右手："陈森吧？你好。"

他俩并非第一次见面，上回在医院罗嘉楠就见过他，那一次陈森对夏安的粗暴已经深深印在了罗嘉楠的脑海里。

陈森僵着脸，可也不能在这个点上丢份儿，左手抱着楚楚，右手握住了罗嘉楠伸过来的手，一握一放间，又是一个回合的较量。

这两个男人之间波涛暗涌，其他人却一无所知。

熊梓迦和陈森一向是不对盘的，如今也知夏安和陈森不如从前好了，所以只在一旁似笑非笑地站着，只有"红烧"，什么情况都不了解，只记得当年陈森和夏安是出了名的死了都要爱的典范，嘎嘎笑着："哟，陈森呀！都追踪到这儿来了！也看得太紧了吧！"

说者无意听者有心，陈森的脸色当即就沉了沉。

罗嘉楠何其敏锐，立即拿话封住了"红烧"那张惹祸的嘴："时间不早了，你去餐厅看看，订个晚餐，把菜点好，我们等下就下去吃。"

说完，就不理"红烧"了，温润的目光，笑对陈森："既然来了，待会儿一起吃饭吧，我们也算是校友，久别重逢，咱们好好喝两杯。"

陈森有些不喜欢眼下的氛围，更不喜欢这一群人。在他看来，罗嘉楠表面温润的笑全是虚情假意！熊梓迦一个宣扬不婚观念的女人，从前怕她把自己的老婆带坏，现在又挂着这样似笑非笑的表情，有种讨厌的居高临下的态度！至于那个油嘴滑舌的"红烧"，一看就不是好东西！

所以，要他做出和这些人一样虚伪的模样，他还真不想屈就！于是僵着脸拒绝了罗嘉楠的邀约："谢谢，我们还是不打扰了吧。"说完，他便看向夏安，"安安，我来接你回家，咱们走吧。"

夏安这儿事情还没谈完怎么可能回家，"我这儿还没结束呢，等等吧。"

陈森眉头一皱："你看都几点了？楚楚明天还要上学，我刚出差回来，明天也要上班，今天都得早点儿休息。"

"那不如你带楚楚先回去？"夏安看了下时间，的确不早了，他们正说到兴头上，可不是把时间给忘了。

　　陈森的脸色更难看了："夏安！"

　　至此，谁都看懂陈森的意思了，就连楚楚都敏感地抱住了爸爸的脖子，一脸担忧地看着夏安。

　　罗嘉楠又想起了那日在医院门口陈森对夏安的态度，于是对夏安说道："既然这样，夏安，那我们今天就到这儿吧，其实也已经讨论得差不多了，余下的我们可以在网上交流。这次回去后我就把版制好，样衣做出来寄给你看看，看是否还需要改动。"

　　话都说到这份儿上了，夏安也待不下去了，且不愿意和陈森在大家面前闹得太难看，所以就没有再犹豫，点点头，背起了包，和大家道别："那我就先走了，这次真的非常感谢你们，辛苦了。"

　　"别这么客气，都是同学，你快回去吧。"罗嘉楠的声音始终是那么温和。

　　夏安只觉得自己丢脸丢大了，脸发烫，匆匆一句"再见"，回头看见陈森毫不掩饰的满是戾气的脸，心里又气又委屈，眼泪都涌上来了，低头，冲出了房间。

　　陈森也没有说"再见"，抱着楚楚就追了上去。

　　陈森是开了车来的，夏安钻进车里，低头默默流泪。

　　两个人还是有默契的，吵架从来不当着孩子的面吵，当然，被楚楚偷偷听见的不算，虽然好像大多数时候楚楚都能偷偷听见。

　　所以，路上两人都沉默着。

　　夏安的手机震了两下，她拿出来看了看，是熊梓迦给她发的信息：如果有事需要我的话，就给我打电话。

　　夏安顿时觉得更加委屈了，胡乱回了个"没事"，就把手机放下了。

　　这之后，两人便谁也没再说话。

　　回到家，夏安的眼泪也干了，默默做了饭，给楚楚洗澡、讲故事把楚楚哄睡，然后自己也准备睡觉的时候，手机一震，陈森给她发了条消息，要她出来谈谈。

也就是此时，她才发现她的微信给陈森留了个位置分享。她想起楚楚拿着她的手机摆弄的情形，原来，陈森是这样找到她的，那楚楚之前边打电话边开门出去，是在看房间号吧？

她想了想，他们两个也的确需要谈一谈。于是走出房间，看见陈森坐在客厅里等她，严阵以待的架势，好像要审犯人。

陈森指了指他对面的沙发，示意她坐下。

她坐了，却没有坐在他指定的位置，对于陈森这样的霸道乃至蛮不讲理，她有种本能的抵触心理。

陈森知她是故意的，倒是没有再强迫她，直截了当地问："你们今天在酒店房间里干什么？"

他这种质问的语气让夏安十分反感，她深吸了一口气，把怒火压下来，用硬邦邦的声音回答道："谈事情。"

"谈什么事情？"

夏安闭了闭眼，她真的快受不了了，扑面而来的压迫感逼得她要爆发。

她这样却反而激怒了陈森："我问你谈什么事情你跟我翻白眼是什么意思？"

"我哪里翻白眼了？陈森你不要无理取闹好不好？"

"我无理取闹？我老婆跑到酒店里跟人开房间了，还指责我无理取闹？"陈森想起那个叫罗嘉楠的男人就心里冒酸，说出来的话也变得尖酸刻薄起来。

"陈森！"夏安忍无可忍，她第一次觉得陈森这个人肮脏，她想起自己上次扇他的一巴掌，真想再扇一巴掌过去，打掉他此刻这副醒龊的嘴脸。

她这么想的，也就这么做了，愤恨地一掌扇过去，却在半途被陈森截住了。

陈森一把抓住她的手腕，心中更酸，说话的时候自己都觉得酸气冲天："怎么？说中你的痛处了？狗急跳墙？"

"你才是狗！"夏安也气得不轻，"不要用你肮脏的思想来揣度别人！"

"那你们在干什么？你不肯说，我自然会胡乱揣度！"陈森扭着夏安的手，把她拉到自己身边禁锢着。

夏安左挣右挣挣不脱，也是十分生气，却不愿意背这样的黑锅，只好说道："我们在讨论我工作室的事！"

"你工作室的事关罗嘉楠什么事？"他忽然想到了什么似的，恍然大悟，"你说要去南方找工厂谈合作，就是要跟罗嘉楠合作？"

"是！你要出差不让我去南方，人家好心好意就我的时间，飞过来跟我谈！"夏安愤然说道。

"好心好意？"都是男人，陈森可不觉得世界上有这样好心好意的人，"我看你还是把这事放着吧，这世上没有那么多好心好意的男人，无事献殷勤非奸即盗！夏安，你毕业后就从来没有出去见过世面，不知道这世道有多复杂，没有哪个人会无缘无故对另一个人好。"

"呵！"夏安冷哼一声。

"你别不信。"陈森松开了她的手，他想说男人行事，总有所图，要么为财，要么为色，要么为权。夏安身上能让罗嘉楠图的除了色还有什么？但他不愿意挑明，因为从现在这情况来看，夏安显然还是懵懵懂懂的一门心思只想做她的工作室，并不明白罗嘉楠的心思，他怕这一挑明，反而让夏安明白过来，而罗嘉楠那个男人，连他都觉得十分有魅力，女人怕是难以抵挡，所以，改为苦口婆心地劝："夏安，咱们现在不是挺好的吗？我赚的钱虽然不够大富大贵，但养你们母女还是绰绰有余的，至于你说的房子，我也答应你了，我再拼死拼活干个一两年，多存点儿，咱们也可以少借点儿不是？你呢，就安安心心在家里享福，现在楚楚也大了，把她送去幼儿园之后你基本就没什么事了，跟其他太太一样学学插花，练练瑜伽，或者你是学艺术的，画个画陶冶下情操，这样多好，何必去外面经历那些风吹雨打？创业不易，如果成功那么容易，那满世界都是富翁了，还能轮到你？别等到在外面撞得头破血流或者被人骗了再回来，那时候你可哭都来不及了。"

夏安听着他的话，呵呵一笑："是，我在家里享福！这福可不是那么容易享的！哪天惹得你陈大少爷不高兴，来一句，'这房子是我买的，你的衣服也是我买的，你脱光了给我滚出去！'那我又得灰溜溜地滚了，连内裤都没得穿！"

陈森捏了捏眉心："我那是气头上胡说八道的话，你怎么就记得那么牢呢？我不是道过歉了吗？我对你的好，你怎么就忘得干干净净了呢？你可真能！好好好！那我大不了写个保证书给你，只要你乖乖在家继续当我的好太太，不出去瞎折腾，我就再也不说那些话了行了吧？"

保证书？

夏安觉得陈森这脸也变得够快的，刚才还是乌云滚滚，现在就变成和风细雨了？她当然不会想到陈森已经在这短短的一瞬间把她和罗嘉楠的关系理了个清楚明白，确定她暂时还没有对罗嘉楠有不一样的想法之后才改变态度的。只不过，他不跟她闹了，她也希望把话好好说清楚，毕竟自己以后会很忙，有时候还需要他照顾楚楚。

"陈森，现在已经不是买不买房子的问题了，也不是你我之间为什么而吵架的问题了。是我，我自己发自内心地想做我喜欢的事，实现我的个人价值。"

"你的个人价值？一个好老婆、好妈妈不是价值的体现吗？每个人都有自己的活法，你没必要受你那些同学的蛊惑，活成他们的样子，你活成你自己的样子就行，咱们结婚这几年不是好好的吗？虽然会拌嘴吵架，但是哪对夫妻不吵呢？牙齿还有咬到舌头的时候呢！"在他看来，夏安前几年都很安分，就是最近和她那帮同学见了几回后变了，没准也有熊梓迦在里面煽风点火。

夏安暗暗叹息："不是的，没有人蛊惑我，是我自己喜欢，那是我的专业呀！如果我不喜欢它，当年怎么会选择呢？我也很不明白，我的同学、朋友都全力以赴地帮助我，陈森你却为什么不支持我呢？"

陈森也不是不支持她重拾她的专业，只不过不希望她跟罗嘉楠搅在一起，此外，夏安这个行业，诱惑太多，老婆还是放在家里更放心。他犹豫了一会儿，决定让步："如果我不希望你继续做你的工作室，你也不会为了我改变想法是吗？”

"是，不会。"夏安回答得毫不犹豫。

"好……好……"陈森一副很受伤的样子，"果然打败爱情的是残酷的现实。你完全忘了你当年答应嫁给我全心全意照顾我、照顾这个家时的幸福感了。"

"陈森！这是两回事呀！"夏安觉得又好气又好笑。

陈森缓缓点头："也行，只要你开心，你就去做，我也不想拖你的后腿，但是，你得答应我一个条件。"

"什么条件？"

"不能跟罗嘉楠合作。"

夏安简直快无言以对了："我说你怎么回事呀？罗嘉楠到底怎么你了？我跟他在这次同学聚会前就没见过，以前在学校简直连他长什么样儿都没留意过，你跟他就更不熟了吧？哪里来的那么多敌意？"

"你也说了，你跟他根本就不熟，人家为什么要帮你这么多呢？"他纠结的正是这个呀。

夏安只好耐着性子再跟他解释："因为他跟小熊熟呀！因为我们是同学呀！我们班同学在外面很团结的！我以前虽然不出去跟他们一起打天下，但是我也在同学群里呀，我亲眼所见，不管熟不熟，只要有人说一声需要帮忙，大伙儿二话不说撸起袖子就上呀！再没有人比我们更清楚在这个竞争激烈的时代，抱团有多么重要了！"

陈森找不到更好的说辞来说服她，但让她跟罗嘉楠再搅和是他万万不愿的，最后只能强硬逼迫了："夏安，我不管这么多，总之我不喜欢罗嘉楠这个人，是他重要还是我重要你想清楚，我要你不再跟罗嘉楠合作，你同不同意？"

"不同意！"简直无理取闹嘛！

"非要合作？"

"是！必须合作，都已经谈妥了。"

"好……那你别指望以后我会帮你！你在外面遇到困难别回来哭！没有时间管楚楚，也别指望我带孩子！"

"我从来就没指望过你！"夏安气得咬牙，说得好像这几年他带过孩子一样。

"好！好！夏安，有你的！"他气得胸脯剧烈起伏，额头都冒青筋了，"夏安，如果我说，你非跟罗嘉楠合作，咱们就离婚呢？"

夏安真算是服了，也气得说不出话来。她在被他伤害了一次又一次之后，还冷静地把"离婚"两个字给吞下肚了，现在，他为了这么个芝麻绿豆般大的事来跟她提离婚？

陈森见她说不出话，以为自己的威胁有效了，哪知，夏安气伤了后，直接甩给他三个字："那就离！"

陈森一听，顿时起身去了书房，将门重重地关上。

又是这样……

夏安听着那声犹如砸到她脸上的门响苦笑，可是，心底的信念却丝毫也没有动摇，她夏安，这一次一定要朝着自己认定的路好好走下去！

夏安离开后的酒店，罗嘉楠和熊梓迦相对无言。

还是熊梓迦收到夏安回复的信息后说道："走，我们吃饭去吧。"

"红烧"点了餐回来，状况还没闹明白，咦了一声后问："夏安呢？餐订好了呢！"

熊梓迦一言不发，拎起包就出去了，高跟鞋踩出的声音跟她脸上的表情一样冷硬，行走间带了风，气场十足。

"这是怎么了？"莫非他走了以后打起来了？他疑惑地看向他家老板，结果老板的脸色比熊梓迦的更难看，从他身旁走过的时候，气场比熊梓迦更吓人。

看着走远的两个人，他只好屁颠屁颠地跟上去，可这样的气氛能吃好饭吗？他左瞧瞧，右瞄瞄，那俩人低头只顾吃的模样完全就是糟蹋他点的这桌菜，哪儿有半点儿享受美食的惬意？

"到底怎么回事，你们倒是跟我说说呀！""红烧"终于放下了筷子，这么个吃法，他也食之无味好吗？

熊梓迦停了下来，用纸巾擦了擦嘴："我吃饱了，先回去了，你们慢慢吃。"

"哎！哎哎！"

在"红烧"的叫唤声中，熊梓迦起身离开。可以说，今天陈森的表现让熊梓迦看见了他的另一面，但是她不是一个随意在背后说别人的人。

"红烧"用可怜兮兮的小眼神看着自家老板："老大，如果你也走人的话，我就再把这一桌菜每种再点20份，请全酒店的人吃！"

罗嘉楠的眼神倒是慢慢柔和了下来，听了他的话，更增了几分悠然："我不走，我为什么要走？"

"红烧"眨巴着小眼睛，八卦的色彩蹦出来："怎么回事呀？刚刚打起来了？"

罗嘉楠横他一眼："唯恐天下不乱。"

"红烧"的小眼睛再度眨巴眨巴，忽然笑了："老大，你是不是在暗暗高兴呀？夏安和陈森感情不好了，你就有机会了？你这完全可以守株待兔呀！"

罗嘉楠正夹着一筷子菜呢，听了这话举手就塞进了"红烧"嘴里："吃还堵不住你的嘴！"说完他还招手叫来服务员换筷子，显然嫌弃筷子碰到"红烧"的嘴了。

"红烧"不乐意地撇撇嘴，对于他家老板的洁癖很不以为然："难道不是吗？"

罗嘉楠慢悠悠地换了新筷子："有个老师家里有一只狗，老师养了很多年了，很可爱，我也一向挺喜欢它。去年冬天，老师觉得自己风烛残年，怕自己不行了，狗狗没人照顾，想送给我。我本人当然想要的，可是每次老师把它送到我家，还没过夜，狗狗自己又跑回去了。后来，老师去世，狗狗没人照顾，成了流浪狗，我把它接来，结果它还是要跑，跑回去，那栋房子换了主人，它就在老师家院子附近流浪，风餐露宿。没办法，我只能常常去看看它，给它一些照顾。"

"红烧"默然不语，他灵活的脑瓜子不至于连这个都听不懂，问道："这比喻不合适吧？完全两回事！"

"是！"罗嘉楠说道，"的确是两回事，但是，喜欢一个人也好，一只动物也好，哪怕一朵花也罢，看着它在阳光雨露下长得壮壮的就行，未必让它属于自己，只要她开心，我在合适的距离之外给她提供我能提供的帮助或者说照顾，就足够了。"

罗嘉楠在说"长得壮壮的"这五个字时，"红烧"脑子里还跟着想象着狗儿在阳光下跑、花儿在雨露中开放的画面，但"只要她开心"这五个字一出，他就知道，老板此时想的是某人的笑容无疑了！

"情圣呀！""红烧"一副"你不傻谁傻"的表情，"既然这样，那你何必还跟她公事公办地谈生意呢？她喜欢全羊绒的质地，你就用聚酯纤维的价格给她全羊绒的品质不更好？那她得赚翻！要不，干脆你直接奉送呗，就当友情赞助好了！"

罗嘉楠笑："第一，我愿意白送，她不愿意白拿。第二，帮助一个人最好的尺度是在刚刚好的范围内，不多也不少，多了，要么变成仇怨，要么变成施舍。第三，一辈子那么长，谁也不知道最后能走多远，她总会成长，也要给她成长的机会，我不能保证我能一直大包大揽地帮下去，创业也不是那么容易的，我能抬她一次，抬不了她第二次，以后，到了我触及不到的领域，哪里还会有一个和我一样的人全力托她上去？第四，我和她之间最初的关系就是她在笑、在奔跑、在阳光下绽放她青春的美丽，而我静静地在一旁欣赏她的美，现在也一样，这样很好，我不能再给她更多了，多了，也就亵渎这份初心了。"

"红烧"已经被他绕晕了，挥挥手："得，我俗，不能理解你的初心。"

罗嘉楠大笑："那你就记住一点好了，我罗嘉楠不做赔本的买卖，和夏安的这单生意一定能赚，只不过我先出货，她后付钱而已。"

"红烧"点点头："嗯，这才像你，商人嘛，就是唯利是图的嘛！又是情怀又是青春的，酸不酸！"

第五章　新的起点

15

夏安和陈森又一次陷入了冷战。

若是在从前，夏安铁定每日里悲春伤秋掉眼泪了，可她现在没空，脑袋里每天装的都是怎么继续经营自己的微博账号、怎么营销能让她的第一批货卖出一个月一万块的业绩。她的店铺也必须开起来了，店面怎么设计、衣服怎么定价、前期要做什么预热活动，以及销售开始做什么活动等等，一大堆的事情都在她脑袋里挤着呢。

其实店面设计什么的，对于做IT的陈森来说算是小菜一碟，可是，夏安想起陈森恶狠狠的那句"那你别指望以后我会帮你"，便放弃了找他的念头。后来，熊梓迦让她放心，保证完成任务。

很快，夏安这批货的样衣到了，直妾寄到了夏安家里，随之而来的还有"红烧"的电话。

"夏安，样衣收到了吧？"

"是的，谢谢你们。"

"红烧"嘿嘿一笑："不客气，你先看看，有什么问题及时和我沟通，我们再改。"

"好。"夏安一心扑在她的样衣上，接电话的时候只差把整个人都埋进去了，倒是没有想过为什么这次是"红烧"和她打电话沟通。

那边"红烧"打完电话，对着他家老板摇头："何必呢！"

"做事去吧。"老板头也不抬地说。

"红烧"撇撇嘴："咱们明年第一季度的计划，你有什么高见呀？"

罗嘉楠头一抬："计划要我来做？"

"红烧"一副老神在在的样子："我就知道你会这么说，哼哼，果然同人不同命……"

罗嘉楠笑，真想将文件夹拍到他的脸上去，这家伙现在越来越贱了，动不动就是一脸和夏安比宠爱的表情，不说他几句他浑身不自在！

"怎么会是同人，你们明明一个是女人一个是男人，一个美丽一个……"罗嘉楠挑挑眉，"后面的我就不说了。"

"红烧"用委屈的小眼神幽怨地看着他："这个看脸的时代！我恨！"

"对了，你将夏安准备什么时候拍照打听清楚。"

"红烧"眼里的幽怨又深了几分，哼了一声后，扭着小肥腰走了，罗嘉楠只觉又好气又好笑。

夏安这次拍照没有在棚里，跟阿奇约的公园外景，是阿奇他们几个摄影工作室在公园的拍摄基地，时间刚好在周末。

一大早，夏安就陷入了忙乱。

天刚刚亮，她就起来了，约的化妆师七点到，她得在此之前把早餐准备好，搁锅里热着，方便楚楚待会儿起床就吃；拍照的衣服各款各色加起来得有几十件，她已经全部熨平整，就等着装进箱子里，带去拍照了。

陈森从房间里出来的时候，就看见客厅里放置着几个大纸箱，地板和沙发上堆满衣服，夏安蹲在地上，一件一件地折，折好了再往箱子里放。

陈森的眼里泛着红血丝，眼眶下青青的一团，这是他这周每晚熬到两三点才睡的结果，只因这段时间连续接了几个私活儿，日夜忙碌。

这场冷战持续的时间有点儿长，他堵着一口气不想搭理夏安，也埋怨夏安不理解他。他是为了谁在不断接私活儿赚钱？这么累还不是为了这个家？可她却似乎永远不懂得满足，如今是嫌弃他赚的钱满足不了她的欲望了，自己也不安分地想要挣钱了。

钱真不是东西，把好好的人都给逼得失了本色。

他心中有气，一脚踢开挡着他路的大箱子。

夏安一心扑在她的衣服里，根本不知道陈森来了，突然这么大动静，着实吓了她一大跳，回头看见陈森青着一张脸，满脸憔悴地从她身边去了厨房。

她有些不忍，起身跟在他身后，想问问他是不是不舒服："陈森，你……"

"我今天没空！"

她刚说了三个字，就被他头也不回、硬邦邦地给打断了。很好，他还有力气冲着她发火，看来身体并没有什么异样，至于憔悴，大概是打游戏打的吧。何况他俩本就在冷战，夏安觉得自己先低头已经很给他面子了，而且，她现在也忙着呢，一样没空。

她没再凑上去自讨没趣，转身回去做自己的事了。

陈森心里更是恼火，自冷战以来，她就不再主动跟他说话，今天开口大概是想求他带孩子吧。他瞧着她弄的那满地凌乱就知道她今天会很忙，他说过，他不会给她任何帮助，包括带楚楚，他不是嘴上说说的！唯一让他觉得心里稍安的是，夏安这一回没有罢工，他的衣食夏安仍然打理着，比如此刻，厨房里已经有热腾腾的早餐了。天气一天天转凉，早上起来有一碗热粥喝其实是十分惬意的事，如果夏安再像以前一样安分就好了，他再累也不怕……

在他盛粥的时候，家里的门铃响了，这时候有谁来？他凝神细听，听见夏安开门以及和一个女人说话的声音。

来的人是化妆师。

夏安把人迎进了卧室，楚楚还在睡着，她开始化妆，而陈森，吃完早餐后晃到房间门口偷偷瞟了一眼，里面化妆师正在夏安脸上涂涂抹抹。

还专门请人化妆？！这是要干吗？他本能地对夏安这个行为不太喜欢，冷着脸转身就离开了家。

夏安听见陈森开门出去的声音了，关门时那一声巨响对她来说已经习以为常，倒是把正在给她修眉的化妆师给吓得抖了一下，眉刀差点儿划破她的脸。

"对……对不起，不好意思……"化妆师连连道歉。

"没事，你继续化吧。"夏安平静地说道。

化妆师舒了一口气，还好没出血……

今天楚楚要去学跳舞，九点开始，一般夏安会等楚楚睡到八点再叫她起床，然后八点半送她去舞蹈班，九点十分约了陶奇拍照，拍两个半小时后午休、吃饭，她去接楚楚，再回到公园拍摄，陶奇他们午饭也吃完了，可以继续工作。时间无缝对接，全程她都没想过要陈森参与，也没想过求助于任何人。她一直有这一股子韧劲，自己选择的路，再难也要一个人走下去。

然而，楚楚今天却醒早了。在化妆师给她画眼线的时候，一声轻轻的"妈妈"从床上传来。

出于母亲的本能，她立即转头去看楚楚，而后便听化妆师呀的一声，眼线画歪了。

楚楚却捂住嘴嘻嘻哈哈地笑了："妈妈的脸像妖怪一样！"

夏安一笑，只涂了粉底的脸，可不白得像妖怪吗？"楚楚再睡一会儿，等妈妈化好妆再给你穿衣服。"

"楚楚自己会穿！"楚楚小小的身体从被子里钻出来。她的衣服夏安早已经放在床头了，小家伙自己取了过来，慢吞吞地折腾。

卧室里开了空调，温度并不低，夏安便不再管她。化妆师擦去了画花的眼线，继续给夏安化妆。

小家伙磨磨蹭蹭的，居然还真让她把衣服给穿上了，虽然十分不齐整，裤子还穿反了，小家伙却十分得意地跳下床："妈妈，楚楚可能干了！你看！"

夏安这回吸取教训了，端坐着一动不动，附和着称赞女儿："我们

108

家楚楚真的很棒！长大了！"

楚楚更开心了，蹦着往外走："楚楚自己去尿尿！"

夏安微微一笑，随她去了。

化妆师也好不容易把夏安的眼妆完成了，正打算给她贴假睫毛，就听见外面传来瓷器掉落在地上的声音。

"楚楚！"夏安惊叫一声，也顾不得化妆了，直接从椅子上弹跳起来，直奔而去。

化妆师的手指上挑着一片假睫毛，有些不知所措……当了这么多年的化妆师，说实话，还是第一次遇到这样的情况……

楚楚在洗手间里，大概是准备自己刷牙的，手里拿着牙刷，水杯掉在地上，衣服前襟上全是水。

"妈妈……"楚楚一副做错了事的表情，怵怵地叫她。

"别动！"她先将女儿拎了出去，"没事，妈妈来收拾。"

楚楚还是一脸沮丧："妈妈忙，楚楚想要自己的事情自己做……"

夏安心中焦急，但对女儿还是十分温柔，将洗手间清理干净后，顶着一张化了一半的脸，想要亲一亲女儿安抚她，却不料女儿把脸扭开了："妈妈化妆了，不亲楚楚！"

夏安笑了，她都急糊涂了，忘记自己这一张大白脸了，这要和楚楚蹭蹭脸，那这妆可就得全部重来了。

"来，跟妈妈换衣服去。"她牵着楚楚去了卧室，看见化妆师手上还拿着假睫毛站在那儿，心里怪不好意思的，忙道，"对不起呀，我们干脆停一停，等我把女儿收拾妥当吧。"

化妆师笑笑："没关系，你先忙。"化妆师低头看看自己指尖已经涂了胶水的假睫毛，小心地放下。

夏安就这样顶着化了一半的妆迅速地给女儿换衣服、喂早餐，以及清理洗手间，风风火火的样子，在各个房间穿梭都是用跑的。楚楚见妈妈这样，知道妈妈忙，懂事地一声不吭。

等夏安再一次坐回梳妆台前时，已经快八点半了，只能对化妆师说："拜托，得麻烦你快一点儿了。"

"好，我尽量。"化妆师重新拿起假睫毛。

终于，在一个忙乱的早上之后，夏安总算可以出门了。

"楚楚，咱们要快一点儿了！"夏安行走如风。楚楚的练功服、水壶、舞蹈鞋都是早就已经收拾好了的，她拎着包往后一甩，利落地背上，开始挪动客厅里那三只大箱子。

"妈妈，我好了！我给你帮忙。"楚楚帮着她来推箱子，小家伙人还没箱子大呢，蚂蚁搬家似的学着夏安的样子一点点挪，使出吃奶的劲了，憋得满脸通红，倒也被她挪动了一小点儿。

夏安已经挪到玄关了，回头看着女儿撅着小屁股一拱一拱地使劲儿，又觉好笑："楚楚，放那儿，妈妈自己来！"

"要不，我来帮你吧？"化妆师自己也提着个超大的工具箱，看不下去了。

"真不用！我先把这个箱子弄进电梯，来回三趟也就搬好了。"夏安弯着腰，吃力地把箱子挪出门。身后传来一声扑通，再传来一声哎哟，她吓得回头一看，只见楚楚用力过猛，摔倒在地，摔了个狗吃屎。

"楚楚！"她大喊。

化妆师手脚麻利地把楚楚拉了起来，楚楚揉着红红的鼻头和下巴，嘻嘻地冲妈妈笑："妈妈，不疼，我真的不疼……"

明明楚楚眼睛里已经疼出了泪花，为了不给妈妈添麻烦，小小年纪就知道逞强。

夏安看着，想起陈森那句"你别指望以后我会帮你！你在外面遇到困难别回来哭！没有时间管楚楚，也别指望我带孩子"，心里难免涌起了酸意。

"妈妈，我真的不疼，你看，喵喵！"懂事的楚楚做鬼脸逗她笑。

夏安笑着，眼角却泛了潮。

电梯骤然间开了，传来熊梓迦的声音："哎哟，我来得正是时候呀！"

"干妈！"楚楚是最兴奋的一个，欢快地喊着，穿着小拖鞋从家里跑出来，直接扑进熊梓迦怀里。

熊梓迦将楚楚举起来，笑道："见到干妈这么高兴呀？"

楚楚小鸡啄米似的用力点头："干妈来了就可以帮妈妈搬箱子了，楚楚太小，搬不动。"说到自己小的时候还是很沮丧的样子，恨不能一夜之间就长大，可以给妈妈帮很多忙。

熊梓迦大笑："原来还是最爱妈妈，就想着把干妈当劳力使唤呢！"

楚楚有些不好意思地笑了，腼腆地把头埋进熊梓迦怀里："楚楚也爱干妈。"

"好！那干妈肯定得听楚楚小领导的安排呀！来，楚楚自己穿鞋，我给妈妈搬箱子去。"熊梓迦把楚楚放在玄关处。

"好！"楚楚答得又脆又响。

和熊梓迦一起来的还有陶奇，在熊梓迦身后冲楚楚挤眉弄眼。

楚楚笑眯了眼，冲陶奇挥手："短腿叔叔好。"

陶奇眼睛都瞪圆了："'短腿叔叔'是什么鬼？"

楚楚不懂事，也没记住陶奇的姓，只记得干妈总叫他"短腿奇"。

陶奇认真地教她："以后见了叔叔要记得叫我'宇宙第一长腿帅叔叔'，知道吗？"

熊梓迦回头霸气一瞪："别教坏小孩的审美！"

楚楚就喜欢看这个叔叔和干妈互相打击，捂嘴偷笑，开心极了，因为妈妈的难题终于解决了。

有了熊梓迦和陶奇的帮助，事情就变得容易多了，而且，陶奇还开了他出外景用的大车，将三个箱子妥妥地装进车里，毫无压力。

完事后熊梓迦还怪夏安："如果我们不来，你准备怎么装这些衣服？叫出租车吗？这么大件箱子，能装得下？人家司机不烦死你！"

夏安笑笑，她真是这么打算的，哪怕是最好的朋友，不到最后挺不过去的关头，她也不会轻易开口。

他们把楚楚送进舞蹈室的时候，熊梓迦还自作主张地叮嘱了："楚楚，你乖乖跳舞，到时间干妈会来接你的。"

楚楚看了看妈妈。

熊梓迦便对夏安说道："你别小看拍照，它也是个力气活儿。中午的时候你吃你的饭，休息一会儿，我带楚楚去吃她爱吃的。"

夏安眼中泛起暖暖的湿意，微笑点头："好。"

楚楚开心地进去了，边跑边喊："干妈，我要吃炸鸡！"

炸鸡这种食物，小孩都爱吃，偏偏又在家长严令禁止的食物单内，所以小孩总会逮住任何一个不容错过的机会勒索。

熊梓迦也笑着答应了，楚楚还不忘偷偷看看妈妈的脸色，没看见夏安脸上有阻止的意思才放了心。

到了拍摄地，夏安意外地发现，罗嘉楠和"红烧"也在。

见了她，"红烧"乐颠颠地过来打招呼："我们老板说，来观看你的秀场，看衣服还有什么需要改动的地方。"

"秀场"两个字说得夏安脸上一红，她这算什么秀场呀？这个词这辈子都跟她无缘了，她就想一个月能卖一万块的利润而已。

话是老板说的，老板却站得远远的。夏安身体微偏，越过"红烧"身体的遮挡，罗嘉楠才落入她的视线，他朝她微微一点头。

罗嘉楠这种人仿佛能让人从喧闹的街市瞬间跌入安静的山林，再雀跃、闹腾的心境也会在这一刻冷却下来，仿佛中间隔着脉脉泉涧，止步于此，无法上前跟他欢腾地打一声招呼，跟"红烧"截然相反。这俩人也是绝配。

于是夏安探身，轻轻摇了摇手，十分认真严肃地说了句："你好。"同学之间，连"嗨"这样随意的招呼，都无法在他面前好好说。

"你好。"他亦然。

你看，就是这么一板一眼。

夏安开始换装，化妆师今天跟妆一天，忙着给她不断补妆。

第一轮拍的是几款毛衣，拍完之后，罗嘉楠在一旁若有所思的样子，却不开口。

陶奇对他比较熟悉，以为是自己的拍摄有什么不妥之处，问："怎么了？大老板，有意见请提呀！别憋着！"

夏安对罗嘉楠是信服的，因为他给她改过稿呀，改得一针见血！所以也马上过来听："是衣服还有哪里不好吗？"

罗嘉楠便摸了摸下巴上的胡楂儿道："很好，衣服已经很好了，只不过我还有两个小想法。"他指着夏安身上穿着的毛衣，"这件高领毛衣我觉得衣袖是不是可以再长一点儿，你的设计，落肩、开叉、oversize、慵懒风，已经很好了，如果衣袖再长点儿可能会更符合你的设计初衷……"

他思索着："我只是提一个建议，你可以考虑一下。还有那件低领的，衣领要不要再做大点儿？一字肩、露锁骨，当然，现在这样已经很好了，但有些女生就在找这种露锁骨的毛衣，好像要找到一件合适的还不是很容易。"

夏安有些犹豫，她也不知道改了之后是不是效果更好，但是有一点是很明确的，再改再重拍照片，这些都要时间，那她开店的时间又要往后推了。

"这样吧。"罗嘉楠说道，"你该做什么只管去做，不耽误你上新的进程，我这边以最快的速度给你重新做样，然后以最快的速度给你寄过来，你可以考虑是留到下一季用还是这一季就改。很抱歉，我这个人有时候喜欢发散思维突发奇想，没给你带来困扰就好，现在这样已经很好了。"

"这样会不会太麻烦你了？"该不好意思的人是夏安。

"不会，我还怕给你添麻烦……"罗嘉楠难得地笑了笑，不想再客套下去，于是说道，"去换下一套吧。"

"好。"夏安去换了大衣和鞋子回来，化妆师继续给她补妆，熊梓迦把自己的包给夏安："拎着这个。"

夏安一看，爱马仕，犹豫了："这个……"

熊梓迦按住她的手："配饰在时装硬照里很重要，听我的。"

正说着话，夏安的手机响了，还是化妆师听见的，叫夏安。

"我先接个电话。"夏安把爱马仕先还给熊梓迦，去自己包里取了手机，一看，是楚楚的舞蹈老师打来的，她下意识地心里一紧。

"您好，楚楚妈妈吗？楚楚头上流血了……不好意思……我们一时大意……楚楚跟别的小朋友发生争执……对……被那个小朋友给推倒了……磕到头……您能马上过来一下吗？"

夏安只觉得脑子里嗡嗡直响，完全无法思考了，踩着高跟鞋握着手机拔腿就跑，身后一串的人追着问她发生什么事了。

"楚楚！楚楚摔伤了！"夏安边跑边回答，一个不慎，高跟鞋一扭，差点儿摔倒。

她大概是跟高跟鞋犯冲了！上一次扭到的地方又开始痛，她将鞋一脱，拎着鞋子光着脚继续跑。

"别急！别急呀！我陪你一起去！你先别慌！"熊梓迦好不容易追上她，拉住她的胳膊。

俩人眼皮底下出现夏安的平底鞋，一双男人的手拿着它："先穿鞋子。"

罗嘉楠……

罗嘉楠将鞋子放在夏安的面前："穿鞋子，从这边出去，我先去开车。"

公园里的车都统一停在停车场，罗嘉楠是男人，比女人跑得快，当即率先往停车场跑了，熊梓迦则让陶奇和化妆师就在原地等，她和夏安去接了楚楚看看具体情况再说。

和熊梓迦、夏安一起跑的还有"红烧"，他拖着累赘的身体，气喘吁吁。当他们一起到达停车场路口的时候，罗嘉楠已经开着车在等他们了，一路疾驰。

夏安在路上又接了个电话，说打人的小孩家长已经先到，跟老师一起把楚楚送到医院了。于是车又往医院开。

楚楚的额角磕了一道寸余的伤口，伤口一大半隐在头发里，露出来大约一厘米，血已经止住了，黏着头发，血糊糊的，看起来很吓人。

对方家长一见他们就道歉，并表示已经挂号了，在排队等着看医生。

夏安心都碎了，搂着楚楚，眼泪开始吧嗒吧嗒掉，也没搭理人家。

对方家长便无奈地对罗嘉楠说道："楚楚爸爸，真是对不起，我们家孩子调皮，您放心，该承担的我们都会承担！孩子回去我们也会好好教育的。"

人家家长的话并没有毛病，尴尬的是夏安这群人。

罗嘉楠的脸上微微发烫，僵着脸说了句："我不是楚楚的爸爸。"

对方连连道歉："对不起对不起，我们……真不好意思，我们想当然了……你看，这……对不起……"

虽然发生了小误会，但人家及时道歉了；虽楚楚受了伤，但人家家长一点儿也没想过要逃避责任；虽然气氛很难融洽，但也不能对着人家撒泼打滚，所以，就这么僵着，一直到楚楚看完诊。

楚楚的头上缝了针。血倒是清洗干净了，但是为了便于缝针，楚楚受伤处的头发也剃去了，现在裹着纱布看不出来，以后纱布取了，爱美的楚楚看见自己缺了一块头发不知会闹成什么样子，而夏安还很担心的是，不知道会不会留疤。

从医院出来，夏安心里如同压了一块沉甸甸的石头，再不复上午的欢腾。

"今天就到这吧，你带着楚楚早点儿回去休息。"熊梓迦见她已是全无心情，提议道。

夏安刚要点头，就听楚楚说："妈妈，干妈，我不疼了，没关系的。"

女儿这么懂事，更是让夏安感到心酸，她摸着女儿的小脸，眼泪涌出来。

"妈妈，别哭。"楚楚踮起脚尖去亲妈妈的眼泪，"楚楚真的不疼了，楚楚想吃好吃的，陪妈妈工作。"

夏安思虑再三，最后还是回了公园。他们买了楚楚爱吃的东西，让她在小亭子里休息，熊梓迦陪着她玩。夏安补了妆，重新开始下午的拍照。

她下午拍了大衣、裤子。

拍照的时候，罗嘉楠还是在一旁认真地看，一言不发，直到全部拍完，罗嘉楠才指着其中一件大衣说道："这件衣服我回去以后再做一版，改长点儿试试。"说完，他又指向另一件，"另外，这件H版型的，我在想可以考虑做件灯笼袖的，在简洁利落的大衣款型里增一版，温柔婉约气质的女孩应该会喜欢。嗯，我先做一版看看，你不急着上，咱们可以在下一季再上，毕竟冬季长着呢。"

夏安今天可以说是身心疲惫，听了罗嘉楠的话点了点头，说"谢谢"的时候都有气无力的。

罗嘉楠便不再多说："你今天辛苦了，收拾收拾回去休息吧。"原本明天还要拍一天的，夏安这样，他都不想提了。

夏安微微一笑："我还好，大家都辛苦了。"说完，她对陶奇说道，"明天还得辛苦你一天。"

陶奇咧嘴一笑："我没事呀！"

那天，是熊梓迦和陶奇陪夏安一起回家的，仍旧把那三箱子衣服和楚楚又送了回去。

罗嘉楠和"红烧"，一胖一瘦，一高一矮，一清雅一油腻，伫立遥送，迟迟没有离开。

良久，"红烧"挠挠头："老板，你自己去送呗。"

"上车吧。"罗嘉楠提步离开。

夏安一行几人到家时天已经黑了，夏安打开门，里面的灯光是亮的，便知道陈森在家。

进屋前，她看了一眼楚楚头上的纱布，心里习惯性一紧。她有种预感，又得跟陈森吵架。她回头看了一眼熊梓迦和陶奇，还真是担心陈森会不会当着他俩的面就给她难堪。

不管怎么样，她还是不想家丑外扬。

熊梓迦何其聪明，又对好友颇为了解，夏安这一踌躇，熊梓迦便知她在担心什么，可熊梓迦是谁，绝不会因为夏安这一眼就退却的，相反，她还想看清楚，陈森到底是怎么对待夏安的，所以，干脆指挥着陶奇把箱子往里搬，还大声吆喝："陈森！来客人了也不出来迎接一下？"

陈森是从书房里出来的，第一眼便见到了往家里挪箱子的熊梓迦和陶奇，这么大张旗鼓的，想不注意都难，第二眼才看到夏安和楚楚，以及楚楚头上的纱布，陈森的眉头皱了起来。

"怎么，陈森，不欢迎我们来吗？"熊梓迦大大咧咧地往沙发上一坐。

夏安自从陈森的目光落在楚楚头上时就下意识地有些紧张，不由自主地揽紧了楚楚的肩膀，并不是怕陈森给她难堪，而是怕陈森当着朋友的面给她难堪。

楚楚也是聪慧的孩子，大约是看多了爸爸妈妈平时的争吵，性情变得格外敏感，马上摸了摸自己头上的纱布说："爸爸，楚楚在舞蹈班被同学推倒了……"

陈森倒是没有当场爆发，只是皱着眉头走向楚楚，蹲下来问女儿："疼不疼？"

楚楚懂事地摇摇头："不疼了……"

陈森便牵着楚楚直接进了房间。

他没有当场爆发，但是也响当当地给了夏安，连带着给了熊梓迦难堪。

熊梓迦一向知道自己不得陈森待见。夏安无奈又无力地冲熊梓迦笑了笑："谢谢你们，改天我请你们吃饭。"

熊梓迦看着夏安的样子，暗暗心疼。看了看书房陈森所在的地方，想说些什么，终究欲言又止，最后起身抱了抱夏安，在她耳边低语："咱们俩谁跟谁，你还说谢字？总之记着，需要我的时候我一定在你身后！"

此话双关，"需要她的时候"不仅仅指事业上，也包括在家庭里，但不需要的时候，她也不会多事。

熊梓迦手一挥，霸气地带着陶奇走了。

可怜的陶奇，在夏安家里一句话都没能说上，屁颠屁颠地跟着熊梓迦进了电梯，费解地抓了一下头发："'胖熊'，这可真不是你的风格。"

"我什么风格？"熊梓迦按下电梯键，使力不小，似乎把心里的憋闷都发泄在这一指里了。她的确生气，气得连陶奇叫她"胖熊"都忘了反击。

陶奇看着她用力按在电梯键上的手指："我以为熊姐会挺身而出为朋友两肋插刀，顺带插夏安老公两刀，谁知你反得恨不得一刀插在电梯键上！电梯惹你了？"

熊梓迦冲他翻了个白眼："你懂个毛线！"

陶奇一对虚心求教的小眼神："我学摄影的，肯定不如你们学服装的懂毛线呀！"

熊梓迦简直想再翻个白眼："我可以为夏安冲锋陷阵，也可以为她保驾护航，唯独不能替她在感情里披挂上阵，至少在陈森还是她老公的时候不能。也许，如果，有一天她和陈森走到最后了，我会连本带利把所有的气都替夏安出了，但是，我还是希望不会有那一天。"说完她叹了口气："陈森是夏安最美好的梦呀，真希望这梦永远是五彩斑斓的，她不会醒来。"

陶奇眨了眨眼，上下打量她："'胖熊'，话说你没隐婚吧？"

熊梓迦一个拳头敲在他的头上："我说了我是不婚族！不婚族懂吗？永远也不会结婚的！隐婚你个大头鬼！"

"那你说起婚姻来头头是道，比夏安这个结了婚的人还明白。"

熊梓迦眼里浮起淡淡的忧伤，一闪而过："正因为看得明白、透彻，所以才不会让自己陷入万劫不复的境地。"

陶奇喷了一声："结婚怎么就万劫不复了？这天下的人最终不都是人人要结婚的吗？难道人家就都生活在水深火热之中？我看别人也都挺幸福的。"

熊梓迦冷笑："幸福？你看到的幸福是什么？一个锅里吃饭、一张床上睡觉就叫幸福？你又怎么知道别人幸福的光环下隐藏着什么？你又怎么了解别人幸福的过程中经历过什么？世界上所有的婚姻幸福都是打引号的，这就跟影视圈里炒人设一样的，大家在世人面前苦心经营着一种叫'幸福'的婚姻人设，上演着一出又一出幸福的戏码，所谓人生如戏，全靠演技，谁更幸福一点儿，不过是演技更高超一些。就连夏安，如果不是她打开家门走出来，你跟我也看不到她的不幸福。"

"你这话太绝对了吧？"陶奇不服，"不说别人，至少我爸跟我妈是幸福的，别人我不了解，我爸我妈我还不了解吗？"

电梯到底，门开，熊梓迦笑，摸摸他的头："孩子，你还是太年轻了，回去问问你妈，你爹在你还小时有没有跟大姑娘、小媳妇有过作风传闻。"

　　"去去去！你才是孩子呢！"陶奇拜开她的手。

　　熊梓迦走了出去，边走边笑，笑容里有着几许傲然，几许看透："告诉你吧，什么才是真正的幸福？真正的幸福是自由！财务自由、思想自由、行为自由！"

　　陶奇大步跟上："所以，你的意思是，你现在就是幸福的？"

　　"是！没错！"熊梓迦唇角上扬，自信而美丽。

　　陶奇却道："我也没看到你幸福的表象下隐藏着什么。你这看似幸福的生活，又是怎样高超的演技撑起来的呢？你辉煌背后的那一面，从不展示给我看，哪怕我是你最好的……姐妹。"虽然每次用"姐妹"这个词来形容他俩的关系他有诸多不甘，但每次还是乖乖用了。

　　熊梓迦眼中阴郁一沉，再看向陶奇时，仍是充满自信。她捏着陶奇的脸颊摇了摇："小傻瓜，你看不到我背后的一面，正是因为我没有演呀！我这个人，是表里如一、真真实实、透透彻彻地幸福着的！小傻瓜。"

　　陶奇被熊梓迦拖长的声音给冷到了，夸张地打了个哆嗦。

　　熊梓迦哈哈大笑，松了手，陶奇顺势搂住了她的肩膀："哎，'胖熊'，最近有没有交新的男朋友？"

　　"没有！"熊梓迦啧啧两声，'我怎么觉得我挑男人的眼光越来越高了呀，左右没几个能看顺眼的。"

　　"那是因为你身边有我呀！"

　　"去去去！你够了啊！"熊梓迦再次大笑，笑声中她的手机响了，她低头一看来电，笑声立止，推开了陶奇，走得远远的接听电话。

　　陶奇也没跟过去，只远远地看着她，她表情凝重、神情不耐烦、走来走去的样子是他从未见过的。她打完电话也不再朝他走过来，而是自己站在路边叫车，他走上前去伸手搂她："又是哪个不顺眼的男人惹你生气了？"

　　这一回，熊梓迦却没跟他开玩笑，甩开他的手，用硬邦邦的语气说道："我有事先走了。"

　　"我送你。"

"不用，车已经来了。"熊梓迦一脸嫌他碍事的表情，推开他，自己上车走了。

陶奇看着渐渐汇入车流的出租车，眉头紧皱。熊梓迦，你现在还敢说你的背后没有故事？你还敢说你是表里如一、透透彻彻幸福的？

夜色渐浓，街灯在陶奇的瞳仁里闪闪烁烁。

夏安则在沙发里坐下来，整个人瘫软在那儿，一动也不想动。

她又累又饿，可是家里一定没有晚饭。她设想了一下叫陈森做饭的后果，果断放弃了这个想法，拿起手机叫外卖，今天实在是没力气做饭了。

等外卖的过程中，她眯上眼，竟然就这样迷迷糊糊地睡着了，而且还睡得很沉，外卖员来按门铃都没听见，最后还是楚楚把她摇醒的，她睁开眼恍恍惚惚的瞬间，一度不知是晨还是昏，直到楚楚清脆的声音响起："妈妈，吃饭了！"她才恍然，自己是叫了外卖的。

她坐起来，餐桌上的外卖盒子都打开了，陈森坐在餐椅上，她只看得见他的背，他低着头正吃着。

楚楚握住了她的手，牵她起来。

她起身，取了碗筷，先给楚楚盛了饭菜，自己刚坐下准备吃，就听啪的一声，陈森把筷子摔在餐桌上，饭粒四溅。

"这日子没法过了！"陈森道。

夏安不知道为什么日子没法过了，她现在又累又饿，没精力跟他吵，只低下头吃饭。餐馆炒的菜并不是那么好吃，可她饿得能吞下一头牛。

"大周末的加班累个半死，没口热饭吃！也没干净衣服穿！孩子没人管！回来家里连个人都没有！夏安，你现在还记不记得自己妻子的身份？"

陈森一连串的斥责扑面而来，夏安停了停，想起自己今早的确太忙，没来得及洗浴室里的衣服，原本想回他一句：妻子就是在家做饭、洗衣服的吗？可她嚼着嘴里的饭粒，没有吭声，她现在要吃饭，没有另一张嘴来说话，她深刻地体会到，此刻也没有别的事情比她吃饭更重要。她其实有点儿喜欢自己这个转变了，不再把目光盯在家里这方寸之地的是是非非上，好像天地都开阔了不少，你看，至少有一点是改变了的，从前一旦争执起来痛哭流涕的人一定是她，而现在，气急败坏的人是他。

"我跟你说话你听见没有？"陈森又怎能忍受她这样无视他？

夏安没办法，反问他："你现在吃的是什么？穿的是什么？楚楚是你带着的？"难道这不是热饭？难道他身上没穿衣服？

她终于回应他了！陈森更兴奋了，屈起指关节敲桌子："这也能叫晚饭？夏安！我有老婆的人回家还吃外卖，我娶老婆干什么？"

夏安听了冷笑，却不再生气了，这样的陈森，是她意料之中的，连和他辩论这个观点是对是错的必要都没有，伤人的话谁不会说呀？她吞下嘴里的菜，回了他一句："我嫁了老公的人，还要自己去拼搏买房子，我嫁老公干什么？"

陈森顿时脸都绿了，桌子一拍指着楚楚，吼道："那楚楚呢？身为母亲，不能好好看顾孩子，生她干什么？你有没有一点点身为母亲的责任感？孩子头上这么大一道伤口，你不内疚？留疤了怎么办？毁容了怎么办？只顾着你自己在外面疯，毁了孩子一生的可能性你没想过？"

夏安也看了一眼楚楚，小家伙已经被爸爸妈妈给吓着了，咬着筷子，眼睛睁得大大的，眼里是似懂非懂的恐惧。

夏安心里一酸，每一次她都下定决心不在楚楚面前争吵，可没几次做到了。她伸手将楚楚抱进怀里，对陈森，也是对楚楚，一字一句、清清楚楚地说道："楚楚是我最爱的人，也是我最重要的人，永远都是，至于责任感，我想，我比你更有发言权。另外，如果你真的有作为父亲的责任感，请你务必克制自己的言行，不要当着楚楚的面无故发疯。"

陈森被噎得半晌说不出话来，脸都憋青了，却见女儿依偎在夏安怀里，紧紧抱着夏安的腰，他咬牙，终于不再多话。

夏安抱起楚楚，亲了亲她的脸颊，温言细语地说道："楚楚，别怕，妈妈爱你，吃饭吧，吃完饭咱们讲故事去。"

"妈妈，楚楚要吃两碗！"楚楚伸出两个白乎乎的小指头，神情还

121

是怯怯的，又可怜又可爱。

夏安笑着在她的指头上轻轻咬了一下："好！咱们楚楚是最棒的！"

然而，当楚楚和夏安一起躺在床上的时候，楚楚并未像往常一样那么有兴趣，小脸透着一副心事重重的模样，夏安讲了几句后发现不对劲，将女儿搂进怀里："怎么了，楚楚？"

楚楚眼睛里便泛起了泪光："妈妈，爸爸是不是不喜欢我？"

"怎么可能？"夏安立即否定，"楚楚怎么会这么想？"

楚楚的小嘴撇呀撇的，一副马上要哭出来的样子："爸爸为什么要和妈妈吵架？是不是楚楚不乖，爸爸才凶妈妈？妈妈，楚楚不撞到头，爸爸就不凶妈妈了是不是？"

夏安心疼得差点儿泪崩，她搂着楚楚，努力不让自己哭出来。到了如今，她真的什么都不怕了，可是，楚楚是她心尖上最软的肉，只要楚楚受一点点伤害她都会心痛难忍。也正是因为这一点，无论陈森多么不堪，她都不会在楚楚面前破坏他的形象。

"不是的，楚楚，爸爸妈妈吵架和楚楚没有关系，就好像你们幼儿园小朋友也会吵架是不是？吵架是不对的，爸爸妈妈以后会改正，但是，就算爸爸妈妈发生争吵了，都不会改变我们始终爱你这个事实，妈妈爱你，爸爸也是爱你的。比如说今天，爸爸看见你头上受伤了生气，也是因为爱你、担心你呀。"夏安不知道自己这样说是否正确，但是，她只希望女儿感受到这个世界给予的是爱，不管她以后和陈森发展到哪一步，她希望，陈森爱女儿这个事实不变。所以，她才会一而再再而三地强调爸爸爱楚楚这个事实。

楚楚最后是抽泣着在她怀里睡着的，她累得不想动弹，最后连妆都没卸就睡着了，虽然夏安知道，选择了这条路，沿途必然充满艰辛和困难，但第一天便这样鸡飞狗跳、手忙脚乱，着实出乎她的意料。

第二天醒来时，夏安只觉得全身无力，稍稍动一动便全身酸疼，可是，今天的拍摄还要继续，她怎能偷懒？她撑着起床，在洗手间看见了一脸狼狈的自己，没卸的妆全花了，假睫毛也要掉不掉地悬在眼皮上，

122

实在难看得可以。

她自己都笑了，伸手摘掉，随之响起陈森的冷笑声。

"你自己看看你的样子！打扮成这样跟个妖精有什么区别？"他的话里满是冷嘲热讽。

夏安也冷笑："陈森，你别忘了，当初你认识我的时候，我就是出了名的妖精，我记得你说过，就是喜欢我小妖精的模样。"

陈森又被噎了一下，半晌才道："可你现在为人妻、为人母了！请你记住'本分'两个字！"

"陈森，我知道你的意图，不过是想让我放弃我正在做的事，回归家庭，继续伺候你。"夏安索性点破了，"不可能了，我走出了这一步就不打算再退回去。说实话，我很累，然而陈森，我这辈子还从没这么快活过！快活得像一棵春天的树，站得高高的、笔直的，昂首挺胸，呼吸着这天地间最清新的空气，沐浴着我从未体验过的温暖阳光，天空是如此广阔，世界是如此精彩，我还可以长得更高，一直向上，这种感觉太美好了！"

夏安那一刻觉得自己是浮在蓝天白云里的，可是，却看见陈森的眼睛里，阴云沉沉，她不懂彼时的陈森，更不懂他为什么见不得她好，她只记住了他甩给她的那句话："夏安，外面的世界不仅仅有阳光、空气，还有风吹雨打，我等着你在半空被电闪雷劈，等着你枝干断裂摔下，那时候，别哭着说我没提醒你！"

因为这段话足够深刻，足够伤人，所以那一刻的夏安只是咬紧了牙关告诉自己要争气，要强大给陈森看！

16

楚楚头部受伤，周日的美术兴趣班就没有去上，夏安仍然带着她去拍照，虽然累，但总算顺利地拍完了。

罗嘉楠仍是陪着夏安拍完全程的，最后提了几点意见，便奔赴机场搭乘当天的飞机返回南方了，连晚饭都没吃。夏安对此，十分感激。

拍照结束后，一行人都去了熊梓迎的家里。

熊梓迦一个人住在城市商业中心，房子很大，装修精美，华灯初上，站在窗口能俯瞰整个城市的繁华灯火。

楚楚是第一次来，有些拘束，熊梓迦拿了许多好吃的来哄她，她才略略活泼了些。

"这才对嘛，在干妈家里怕什么呀？又不是别人家！晚上想吃什么？干妈订餐。"熊梓迦亲昵地和楚楚贴贴脸，楚楚半是喜悦半是羞涩地嘻嘻直笑。

陶奇听了直笑："你这干妈可真有意思，干女儿来家里，你不做饭，叫外卖给人家吃？"

"去去！一边儿去！臭短腿！"熊梓迦啐他，这是故意揭她的短吗？明知道她在家事上没天分。

夏安是了解熊梓迦的，开始笑着卷袖子："还是我来做吧。冰箱里有什么？"她边说边打开冰箱，里面什么都没有。

熊梓迦自己也有些不好意思，拿着手机笑："哪用你来做呀，你这两天都累得不行了，我还是叫餐吧。"

"得！"陶奇讨好地在楚楚面前蹲下，"干妈是靠不住了，干爹做饭给你吃怎么样？"

"你走开呀！谁允许你给楚楚当干爹的？你这一厢情愿地倒贴我们楚楚，你好意思吗？"抬杠已经成为熊梓迦和陶奇之间相处的固定模式了，熊梓迦毫不犹豫就杠上了。

楚楚却很好奇，一脸的不相信："真的吗？干爹会做饭？"

"干爹为什么就不能会做饭？"陶奇笑着反问她。

楚楚看看妈妈，又看看熊梓迦，更迷惑了："为什么是干爹做饭，不是干妈做饭？我们家就是妈妈做饭。"

熊梓迦无语，指着夏安："你看看你，都给当的什么榜样！这从小在她心里就要种下错误的人生观的种子！你这是身体力行地在教她，女人就该在家做饭！"

楚楚听了还赶紧帮妈妈解释："不是不是！是爸爸说的！爸爸说，爸爸是挣钱的，妈妈是在家做饭的……"

124

夏安脸上十分尴尬，却也不能斥责楚楚，女儿只是把家里的实际情况说了出来而已。

熊梓迦叹息："你别看小孩子小，其实什么都看在眼里，大人的一举一动、一言一行，无形之中都在影响着孩子的世界观以及性格的形成。"

气氛突然怪异起来，陶奇见状笑了笑，牵上楚楚："走，跟干爹去超市买菜，今天干爹要显摆一回，给我干女儿看看，男人做饭比女人更好吃！"

楚楚感觉自己说错了话，表情怯怯地看着夏安。

夏安暗暗叹息，脸上却露出温柔的笑："去吧。"

楚楚见妈妈笑了，脸上的表情才放松下来，露出笑容，放心地跟着陶奇走了。

超市里，陶奇把楚楚放进购物车，推着她满超市转，鼓励她任性地把她想要的都抱进购物车。起初楚楚还有些拘束，但陶奇实在擅长跟小孩子闹，不多时楚楚就被他带动了，边买边笑，脸蛋都笑红了，最后，俩人满载而归，陶奇大包小包两手提得满满的，就连楚楚也帮着提了两袋小的，一大一小两个人走着，画面颇为滑稽。

"干爹，买这么多东西我们四个人能吃完吗？"楚楚晃荡着两袋东西问，塑料袋晃动间发出窸窸窣窣的声音。

"吃不完给楚楚带回去呀！再把干妈的冰箱和食品柜都填满！"陶奇冲她眨眨眼，"你干妈那个人呀，家里的食品柜大多数时间都是空的，不给她多买点儿吃的存着，真怕她哪天把自己给饿死了！"

楚楚难以置信地瞪大了眼睛："干妈不会自己吃饭吗？"

"不会！干妈还不如楚楚呢！"

楚楚虽然不大懂干爹的意思，但觉得很有趣，歪着脑袋想了想，便嘻嘻嘻地笑了起来。

一大一小两个人提着东西进家门的时候，熊梓迦被吓了一大跳："'短腿奇'，你这是把超市搬回来了吗？"

陶奇打开冰箱，吃的、喝的一件件往里放。楚楚在一旁蹦蹦跳跳地说："干妈！干爹说都是你喜欢吃的，放着给你以后吃！"说完，她又小大人似的一脸认真道，"干妈，你要记得吃饭，吃了饭才能身体棒！"

熊梓迦眼见陶奇把零食、酸奶什么的放冰箱也就罢了，还买这么多生鲜蔬菜是干什么？"'短腿奇'，我一个连蛋都煎不好的人，你买这些……不是暴殄天物吗？"

楚楚在一旁说道："干爹不是会吗？"

陶奇笑了："对呀！我会呀！如果你愿意高薪聘请我的话，我可以考虑每天来给你做饭。"

熊梓迦还没回答呢，楚楚就皱着小眉头表达了自己的疑惑："干爹没有住这里吗？"

熊梓迦也笑了："住这里？如果他付高额房租的话，我可以考虑让他住这里。"

楚楚惊讶极了："为什么呀？我爸爸妈妈都是住一起的，干爹和干妈怎么不住一起呢？"

楚楚的一席话让大家都笑了，熊梓迦可不能让这个误会继续下去，她摸摸楚楚的头，笑道："干爹干妈可不是你爸爸妈妈那样的关系。"

那是什么关系呢？楚楚更迷糊了。陶奇却在一旁轻声嘀咕："我倒是想和你成为那种关系，但你不愿意跟我有关系。如果我说我想跟你有关系，那我们之间就会变成没有关系……"

熊梓迦没听清他的话，下巴一扬，问："你在瞎嘀咕什么呢？"

"没什么。"陶奇撇了撇嘴，"我说我做饭去！"

陶奇的手艺真是相当不错，没多久就做出了丰盛的四人餐，中西餐都有，煎的牛排火候刚刚好，完全可以用"入口即化"四个字来形容；烤的鸡翅外焦里嫩，咬一口浓香四溢、汁水满齿；煲的汤还没揭锅就鲜香满屋，尝一碗鲜而不腻；就连米饭都煮出了花样，蟹肉饭简直煮出了米其林三星的水准，楚楚吃了两碗饭不说，就连挑剔的熊梓迦都对此点头称赞；就凭这锅米饭就可以开档口赚钱了，不上小红书真是可惜了！

这边的晚餐吃得温馨而乐趣横生，陈森回家的时候脚步却有些虚浮

126

了。

他连续多日熬夜做私活儿，今天去公司又加了一天班，再加上压力大，跟夏安之间不是冷战就是争吵，他整个人都显得十分颓丧，也身心疲惫。原本从公司出来的时候部门一起上班的几个同事还约着一起去吃饭的，他也没心情，只觉得累，只想回家好好躺躺，缓口气还要接着做他接的私活儿呢。

然而，当他打开家门的时候，迎接他的又是一片黑暗——老婆、孩子都不在家。毫无疑问，他应该也是没有晚饭吃的，他舒舒服服躺下来缓一缓的愿望落了空。他躺不下去了，甚至没办法走进这个屋子了。他忽然觉得眼前的黑暗就像一个黑洞，阴冷、压抑，没有一丝人气。可他还是累，累得连抬手开灯的力气都没有了……

他在门口呆立了一会儿，重新关上门，打电话给浩子，叫他出来吃饭。

两人约在常去的酒吧，饭也没吃，陈森一杯一杯地往嘴里倒酒。

男人性子粗，浩子哪里会去想陈森到底是来吃饭的还是来喝酒的，见陈森喝，他也就陪着喝，边喝边聊："哥们儿，又怎么不痛快了？"

陈森不到喝醉是很难吐心声的，今天却有些反常，几杯酒下肚，便捏着酒杯，脸色发青："你说，男人怎么就那么难呢？"

"还是为家里的事呢？"

"是，也不是。"

浩子不懂了："那到底是不是呀？你现在也学会说禅了？"

陈森叹了口气："家里给的生活压力也大，老婆没收入，作为男人，要养老婆、孩子，孩子上学要买学区房，我在公司拼命干，在外面还接私活儿，这个礼拜加起来睡觉的时间大概也只有十几个小时，累呀……"

"那……你不回家好好睡觉，还跑来喝酒？"浩子打量他，发现他的脸色的确很难看。

陈森苦笑，他怎么也说不出口他的家已经不成家了，他在外面累死累活，老婆成天不着家，回家干什么？回家连口热饭都没有，那个他一下班就会迎上来给他倒水、按肩的夏安已经不见了，可即便如此，他也

127

没办法在朋友面前说自己老婆的不是，只能喝酒，再喝！

浩子不太理解陈森的拼命："我说哥们儿，你何必把自己逼得那么紧？你现在的收入比上不足比下有余呀，你让那些收入不如你的人怎么活？人家不要养孩子？不要养家？"

陈森再次想到了夏安，是呀，人家收入不如他，人家也要养家、养孩子，但人家没有一个高要求的老婆。他能怎么跟兄弟说？他只能说："每个人对生活的要求不一样。"其实他的生活要求没那么高，就是老婆孩子热炕头，年收入几十万，轻轻松松就能供孩子、养家，前提是不买学区房。

浩子无话可说了，别人要求上进总不能泼人家冷水吧？于是换了话题："你最近在公司怎么样？"

陈森摇头："烦着呢！公司重组，我们分公司就是后妈养的，总公司恨不得把我们老员工全部挤走，一个接一个地空降人下来，我还是他们最看不顺眼的一个。"

"那你还在那儿受窝囊气干吗？"浩子说道，"辞了呗！你这样的资历，肯定好多公司抢着要！"

陈森沉默不语。辞了？哪儿有那么容易？已过三十岁的男人，每一次选择都要谨慎。

"怎么了？舍不得呀？"浩子追问。

陈森眯了眯眼，杯中的酒液光影凌乱："不是。"

"那是什么？"浩子是陈森多年的兄弟了，可每一次都觉得跟陈森聊天挺累，心里想什么总不愿说出来，得他刨根问底地追问，陈森才能赏他只字片语。

陈森喝了一大口，猛烈的味觉刺激使得他的面部表情微微一紧，吞下去，声音有些哑："背着家庭责任的男人，怎么敢再像年轻时那么任性？"

浩子不以为意："全天下又不是只有你一个男人背着家庭责任！"

陈森便只是苦笑不语了。

浩子忽然问道："对了，有个项目你要不要投资呀？"

128

"什么？"

"我和朋友的公司打算做个项目，要不要一起入伙呀？"

陈森略略思考："你详细说给我听听。"

浩子便给他仔仔细细地说了一遍："你是学计算机的，对这行也熟，你好好考虑考虑，投资也不大，一百来万就可以。"

陈森是知道自己家有多少积蓄的，虽然卡和钱全交给了夏安，但真正的主导权其实还在他手里，夏安每个月的开支有固定金额，不会超出太多。但是浩子说的这个数目，也是他们全部的身家了。

"我想想。"他还是有点儿心动了。

"好！你回去也要跟嫂子商量商量是不？不急着做决定，我等你的消息就是了。"浩子拍了拍他的肩膀。

商量？那倒是不必了。陈森暗暗想着，再一想，夏安现在无影无踪的，还不知道在哪里，心里又有点儿烦闷。

"来，继续喝。"他举杯在浩子的杯沿上一碰。

这一喝，一直喝到半夜，两人都喝得半醉了，陈森叫了个代驾送他回家，到家的时候，家里还是黑的，可是还没开灯，他就知道夏安已经回来了。是的，他就是知道，毕竟是也唯一深深爱过，虽然一路磕磕绊绊但他仍然爱着的人，毕竟是在一起亲密无间地生活了五年的人，不，加上谈恋爱的时间，他们差不多在一起十年了，空气里多了她的气息，哪怕他是醉着的，他也知道。

人在醉酒的时候便格外脆弱，仿佛酒意熏蒸的不仅仅是他的神经，连感情和意志都在这满目的黑暗里随着酒意的蒸腾变得柔软、酸楚起来。陈森像个渴求温暖与关爱的孩子，他也有不顺，也有压力，也有前路未卜的迷茫。

他走路已经有些摇晃了，摸索着到了夏安的房间，里面仍然是一片漆黑，空气里浮动着夏安的气息。静谧中隐隐能听见夏安和女儿的呼吸，他的心尖连带着眼眶都发热了。他凭感觉走到床边，倒在了夏安身旁，并本能地往里挤，挤进夏安被子的那一瞬间，心里一个声音响起，"到家了，可以睡了"。

回来这一路，他坚持得太久了……竟就此心安地一头睡着，迷迷糊糊间做了个决定，鼻端是他熟悉的夏安的体香。

夏安是有感觉的，陈森挤过来的时候她就知道了，下意识地去推他，却发现死沉死沉的，他竟然一挨枕头就睡着了，浓烈的酒味扑面而来，喝了这么多酒！他喝成这样也不洗洗就来闹她！臭死了！可是，喝成个死人似的，她也弄不动他，还能怎样？她自己也很累，无奈就这样将就着睡了。

第二天早上居然是楚楚最先醒的，看见爸爸妈妈睡在一起，惊喜地喊了一声："爸爸！"

爸爸妈妈一吵架，爸爸就会睡在书房，现在爸爸又和她们一起睡了，是不是他们和好了？楚楚不想爸爸妈妈吵架，所以很开心。

楚楚的喊声把爸爸妈妈惊醒了，陈森一度有些迷糊，不知自己身在何处，闭眼细一回思，昨夜的事才渐渐清晰，他们之前一直冷战，若不是自己昨晚酒意驱使，只怕他还不会在这里，顿时有些尴尬。

"楚楚，过来。"他不太想面对夏安此刻的表情，朝女儿说道。

"好！嘻嘻！"楚楚是真的很开心，越过妈妈爬到他们中间，嘻嘻哈哈地笑，双手还搂着陈森的脖子，软软地叫着"爸爸"。

女儿身上软软的、香香的，陈森的心顷刻间便柔软了下来，为了这可爱的小精灵，他不能跟夏安再这么冷战下去了，夫妻之间哪儿有隔夜仇呀？他们都隔了好几夜了！日子还得过下去不是？他也不可能跟夏安离婚！

他伸手去挠女儿的痒痒，逗得楚楚哈哈大笑，在被子里扭个不停，父女俩在床上玩闹起来。

夏安却起床了，淡淡的样子，也看不出喜怒。

楚楚敏感，想试试妈妈是不是还在生爸爸的气，边笑边求救："妈妈！妈妈救命呀！爸爸欺负我！"

夏安心里对陈森的神经质感到无语，如果一直这样太太平平的不好吗？可是她也不能伤女儿的心，于是回头一笑："你们两个先玩着，妈妈去做早餐。"

楚楚看见妈妈笑了，便放了心。

夏安在厨房里忙碌的时候，那父女俩也起床了，一起在浴室洗脸、刷牙都闹出了不少快乐的动静，楚楚都唱起歌了，夏安听着，心里感慨万千，又是酸楚又有些欢喜，欢喜的是女儿和爸爸感情好是一件好事，酸楚的是如今的陈森完全不是她当初期待的样子了……

她在这儿伤怀的时候，突然被一双手臂从后面抱住了。

又来这套！刚结婚的时候她是很喜欢陈森这样抱着她的，她好好地做饭，他要来闹，搞得她手忙脚乱，菜烧煳不是一次两次。可现在，她没这个心情，每一次用刀在你心上扎一刀，再上点儿药就好了是吗？

"等下我送楚楚去幼儿园。"陈森一边在她耳边说，一边亲昵地在她耳际蹭。

她歪了歪头，躲开了，没说话。这是他当爹的义务，他能想起来，哪怕是心血来潮时尽一下义务也是好的，女儿想必很高兴。

"还有……U盾给我，我可能要用钱。"陈森又说道。

夏安一听，什么也没问，关了火就往房间走，取了U盾出来，交给他，还是什么也没说。

陈森拿着U盾，心里黯然下来："你不问问我要多少钱？"

"要多少？"夏安顺着他的话说，完全一副不在意的样子。

陈森一赌气："全部。"

夏安心里还是吃了一惊的，而且没来由地一阵恐慌。全部？！可是，她的脸上却没有表现出来，只是哦了一声，转身又想去厨房做饭。

陈森把她拉住了，压抑着怒气问道："你就这个态度？你不问问我要这么多钱干什么？"

陈森从前说过的话还声声在耳，夏安淡淡地回答他："这些钱全都是你赚来的，你爱怎么花就怎么花，我有什么资格问你？"

陈森一愣，立时意识到夏安这是在赌气，他心里反而一松，能赌气比冷漠好，能赌气证明还是在乎的！他笑着去搂她："我就那么一说，你总是这么小气。"

所以你看，错还是在她，她不应该小气！

"浩子有个项目，邀我一起去投资，我考察一下，行的话我打算试试。"陈森继续搂她，并没有注意到夏安的神情是真正的冷淡，"你不是想买房子吗？靠我们一点儿一点儿攒慢了些，这个项目资金回笼快，顺利的话几个月钱就能翻倍。"

他说得天花乱坠的，夏安只是漠然不动，等他说完了，得不到回音，才发现夏安的不对劲："你这是怎么了，老婆？"他索性把夏安抱起来，坐在床沿，"老公说你两句你还要记一辈子仇呀？我说过就忘了，就你这小心眼儿的耿耿于怀！"

正在这个时候，清脆的童音响起："妈妈妈妈，给我梳头发……"

楚楚闯了进来，看见爸爸把妈妈抱在腿上，就像抱着她一样，顿时捂着嘴嘻嘻嘻地笑。

夏安情不自禁地脸红了，推开陈森，从他怀里起来，走出去了。

楚楚忍不住笑："妈妈还要爸爸抱……"

陈森也笑："妈妈还撒娇呢！"他牵起了女儿的手，"走，让妈妈给你梳头发去！"

楚楚被她爸牵着，一蹦一跳的，十分欢喜，夏安回头看到，便忍住了，什么都没再说。

事后，陈森查了下网银的余额，发现夏安并没有动用这上面一分钱。他眉头渐蹙，夏安要创业，还这么忙，总得需要启动资金呀，这一分钱没花，是怎么创业的？

17

夏安没有继续在家事上纠结，一是她没有时间，二是她已经不仅仅是盯着家里这点儿鸡毛蒜皮的小事了，她还有至少她认为更重要的事情在等着她，更广阔的天地等着她。

罗嘉楠的速度实在是快，就在拍照结束两天后，在陶奇照片还没修完的时候，就把改后的衣服送来了，是的，又没有用快递，亲自和"红烧"一起拖着两大箱子衣服来了。

改过的衣服，效果的确比她最初那一版设计更好。夏安大为惊喜，和熊梓迦一商量，立刻约了陶奇给她重新拍照。

熊梓迦作为闺密是十分给力的，给陶奇打电话也十分霸气："我不管你什么档期不档期的，就是现在！马上扛着你的家伙，来给夏安重新拍照！"

陶奇在御姐熊梓迦面前还敢说"不"字吗？乖乖来拍了照，忙活了一天之后，陶奇看起来情绪有些低落。

"怎么了这是，还真耽搁你档期了？"熊梓迦问。

陶奇叹了口气："不是……"

"那是怎么了？瞧你这蔫头耷脑的样子，跟我在小区见到的流浪狗一样！"熊梓迦嫌弃地啐他。

陶奇一脸可怜巴巴的样子："我真的要流浪了。"

"怎么了？"熊梓迦这才发现陶奇看起来是真的心情不好。

"我快没地儿住了。"陶奇收好他那些吃饭的家伙，唉声叹气，"房东要收回房子，催着我搬家。"

"怎么这样呀？不按合同走？你不是付了一年的房租吗？"

陶奇一副无奈的样子："没办法，房东急着要房子，退还我房租，还给我赔偿金，人家这么讲道理，我也不好意思赖着不搬呀。"

"早让你自己买一套，你那房子房租那么贵，划算吗？"熊梓迦嗔道，"那让你什么时候搬呀？房子还没找呢？"

"这周内就得搬走，短时间哪里能找到合适的房子呀，你又不是不知道我这人多挑剔。"陶奇也是叫苦不迭，然后一脸可怜相地看着熊梓迦。

熊梓迦假装看不懂："看着我干什么？我没打算把房子租出去！"

夏安在一旁看半天了，终于忍不住笑出了声。

"笑什么你？"熊梓迦瞪了她一眼，"我家可不方便！"

说完，她又瞪陶奇："别打我的主意！"

陶奇也不说话，只用小狗一样可怜兮兮的表情看着她。

她被看得烦了："别看我呀，我绝对不会答应的！你住进我家，我男朋友怎么办？"

"那，你不是没男朋友吗？"陶奇只差嘟嘴、摇尾巴了。

"我现在没有，不代表以后没有呀！总之不行！"

"那你以后有了男朋友我再搬还不行吗？"陶奇的"尾巴"又摇了摇——如果他有的话。他心里却在嘀咕，别以为我不知道你从来不把男朋友带回家！

熊梓迦脸一板："不行！说什么都不行！我不方便！"

"我会做饭！"

"我不需要厨师！"

"我会打扫房间、整理衣柜！"

"我愿意乱着！"

"我兼职保镖和司机，带你去任何你想去的地方！"

"我不要呀！"

"你不是想养宠物吗？你看我怎么样？大眼睛、小短腿、萌萌哒，全合乎你的要求呀！求收养！要亲亲要抱抱要举高高！"陶奇只差"前脚"撑地了，一脸"求宠爱"的表情。

熊梓迦终于被他逗笑了，但还是嘴硬，不答应他："我要回家了，夏安也要接楚楚去了，别跟我在这儿磨叽，快找房子去吧！"

熊梓迦说完拉着夏安就要走，夏安忍笑，和罗嘉楠道别并且道谢。

罗嘉楠看着陶奇，意味深长地似笑非笑。

陶奇心中有鬼，被看得七上八下的，回瞪："看什么看，两只眼睛跟X光似的，看得人心慌！"

罗嘉楠指指他的心口："心里没鬼还怕X光照？"

陶奇顿时炸毛了："你别给我胡说八道！"

"那你得给我封口费。"罗嘉楠难得开一次玩笑，心情好嘛！

"得，我请你吃饭，走走走！"陶奇大方地挥手。

罗嘉楠才不给他面子呢："夏安要请我吃饭我都不去，你请我就去？"

"你你你你……"陶奇指着他"你"了半天，"重色轻友"几个字没说出来。

罗嘉楠拍拍他："我得赶回去，你呢，好好想想怎么贿赂我，不然可别怪我揭穿你！"

"红烧"也跟着一副见者有份的贱戏的样子，耀武扬威地跟着他家老板走了。

"老板，陶奇是要干什么？""红烧"还没明白这里面的套路。

罗嘉楠嗤笑："陶奇那点儿鬼心思还能瞒过我？搬什么家，赶什么人，他住的那套房子，这周房东就要卖给他了，还搬家！"

"红烧"的脑筋转得还是很快的："这么说，这小子是想深入虎穴，近水楼台？"

"可不是嘛。"罗嘉楠摇头，"熊梓迦叱咤风云，精明一世，唯独对陶奇没有戒心，这小子扮猪吃老虎，熊梓迦看样子是要栽在陶奇手里喽！"

事实证明，罗嘉楠是极具前瞻力的，这个周末，陶奇果然搬了出来，一辆搬家公司的车，把他所有的东西都拉去了熊梓迦的家，熊梓迦则拿出一份租房合约摔在陶奇面前："房租我是要收的，一切费用还得平摊，不谈钱的朋友不是真朋友！"

陶奇乐颠颠地签了租房合同，乐颠颠地付了一年的房租（其实他愿意多付几年），愉快地开始了他们房东与房客的"同居"生活。

陶奇搬进去的第一天晚上，便下厨做了一顿丰盛的晚餐庆祝他们的"同居"，并且还用他的专业相机记录了这一顿美食，暗戳戳地发了朋友圈，屏蔽了熊梓迦，悄悄地写了一句话：与女神同居第一天。

罗嘉楠迅速在底下评论：你这是要改行当美食摄影师，还是秀恩爱博主？

陶奇很欠抽地回复：羡慕我吧？单身狗！

罗嘉楠在另一头笑，回复直击本质：饭做了是吧？地拖了吗？衣服洗了吗？等会儿谁洗碗呀？

"红烧"在一旁扭着脑袋看热闹，啧啧直叹："老板，犀利，目光如炬呀！透过手机能准确无误地看到千里之外的事！"

罗嘉楠脸上写着"陶奇还能活成什么样儿"的鄙视字眼，却见陶奇气哼哼地给他回了一句：我的幸福，岂是你们这等单身狗能懂的？

罗嘉楠大笑，回复：祝你幸福。

烛光里，陶奇戴着围裙恭迎熊梓迦入座，一边还托着熊梓迦的手，脸上挂着夸张的、谄媚的笑："女王大人，让小的伺候您用膳吧？"

熊梓迦被逗得一笑，也配合他端着坐下，高傲地扬起下巴："嗯，鱼去刺、鸡去骨、虾去壳、西瓜去皮、火龙果去籽……"

别的都好办呀，这火龙果去籽……

熊梓迦看着他那一脸呆愣的模样，笑了："看来这个世界无论哪个领域、哪种关系，话语权都很重要！你'短腿奇'也只有寄我篱下时才这么殷勤吧？还打击我不？还叫我'胖熊'不？你就等着睡马路吧！租金还不退！"

陶奇真想说，傻宝贝，你还可以更傻一点儿！但嘴上只能说："哪儿能呀，借我一百个胆我也不敢了呀，谁叫你是甲方呢！你是'美熊'！世界第一美、第一萌、第一心地善良、兰心蕙质、聪明可爱、善解人意、温柔大方的大'美熊'！"

熊梓迦极力控制住笑容才能继续端着："省着点儿形容词，别一次用完了下回找不到词夸我了！"

"怎么会，世界上所有美好的形容词都不足以形容'美熊'你的好呀！"陶奇眨了眨眼，自以为电力一万瓦，顺便把剥好的虾放进熊梓迦的盘子。

熊梓迦美美地享用了："别以为糖衣炮弹就可以腐蚀我，我不会降房租的！"

"不降！咱不降！明年咱再涨成不？"陶奇今天心情奇佳，近水楼台，已经距离女神如此之近了，还需要剑走偏锋来强调他特殊的存在吗？现在是刷好感的时候了！他眯眼一笑，"我说'美熊'，你觉得这种日子惬意吧？"

"什么日子？"

"衣服有人洗，地有人拖，一回家就能吃到好吃的饭菜，还有我坚实的臂膀随时可以给你依靠！"陶奇秀了秀自己的肱二头肌。

熊梓迦闭着眼睛想了下，又一枚虾仁到了她嘴边，她直接就着陶奇的手吃了，点头承认："话说，虽然你说的一切保姆都可以完成，而且比你专业，但从用户体验上来说，你比保姆更能让人体会到舒适性！至于臂膀，不知道多少臂膀排着队等我靠。一来我不需要，二来……"她低头看了一眼他的手臂，"你还瘦弱了点儿……"

"可是我固定呀！你想想，你那些臂膀的使用期限都忒短，最长有一年不？不到一年就报废的臂膀还没有保修期，更提供不了售后，能跟我比？我会一直都在的，任何时候！永元！"说着，他继续喂，"像这样，各项全能，永不生锈，无限期提供售后，还有谁？"

"好像有点儿道理……"熊梓迦慢悠悠地点点头，上下打量他，最后盯在他裤裆处，"可是……有一样功能你没有呀！"

陶奇顺着她的眼神一看，大怒："谁说我没有？谁说的？你要不要试试？要不要？"

熊梓迦顿时笑得前仰后合，连连摇手："不行不行！兔子不吃窝边草！坚决不行！"

陶奇忙着搬家，却也没耽误帮夏安修图、剪辑视频，家搬好了，所有的照片和视频也弄好了，还帮夏安把网上店面的页面做了设计。夏安也没闲着，每一件衣服的细节描述、面料诠释，每天写文案写到半夜，同时，微博上的预热以及各种推广促销活动开始，熊梓迦也用上了自己全部的人脉和渠道帮夏安扩散运营。

效果出乎意料的好！

虽然也有人说网红跳不出卖东西的套路，但是绝大多数人是支持并喜欢夏安的设计的，她的粉丝数也在不断增加，转发送礼的活动更是转疯了。

夏安根据粉丝留言的情况，估算了一下。她的计划是半个月上一季新品，觉得每一季每款能走一百件就已经算不错的成绩了，毕竟是第一批货。而具体能盈利多少她没准确估算，但哪怕一件赚二十元，一百件就能有两千元的利润，她这一季里里外外大衣、裤子、毛衣、卫衣、羽绒服，一共有十来款，那就有两万元的利润，更何况，每件绝不仅二十元，大衣和羽绒服利润更高，总之，赚个几万元不成问题。

她也没想过请客服，生意刚开始，还没看到钱，她已经欠着一堆债了，前期的费用都是在透支友情和朋友间的信任，她小心谨慎地，必须对得起这些情谊和信任。她想着自己的生意做得并不大，便一切亲力亲为。

在一切预热都做好后，夏安的店正式开业，可是，她却错估了形势。

她把楚楚送去幼儿园之后，便坐在了电脑前，说实话，不紧张是假的，但有顾客来询问的时候，她才慢慢忘了紧张。一开始，询问的顾客并不多，她轻轻松松就能应付，到了十点以后，人渐渐多了起来，她开始手忙脚乱，即便有自动回复，她也完全无法兼顾，大部分消息都没法及时回复。从她坐下那一刻开始，屁股就没离开过椅子，中饭也没吃，一直忙到下午楚楚放学的时间，消息提示还在滴滴响个不停。

她要去接楚楚，只好换了手机上线，边走边回信息。路上她在回复！车上她在回复！等在幼儿园门口的时候她还是在回复！接到楚楚后让楚楚自己拽着她的衣服走路，她还是在回复！回家后她也没时间做饭，叫了外卖，继续坐在电脑前回复！

楚楚被晾在一边，不知道妈妈在干什么，眼巴巴地看着，直到外卖来了，夏安才匆匆给楚楚准备了饭菜放到她面前，自己端了一碗，搁在书桌上，却没顾上吃。

天黑了，楚楚自己开的灯，自己在沙发上玩，不知不觉就趴在沙发上睡着了。

陈森回来的时候，就看见女儿衣服没脱睡在沙发上，没盖被子，小袜子底黑黑的，大概是在幼儿园踩脏了夏安还没给她洗澡。

他看了下时间，八点多了，不该呀！平时这个点，母女俩早该在床上讲故事了呀！

"夏安！"他边走边喊。卧室和书房都没开灯，书房却传来敲键盘的声音，他拐进书房一看，夏安的眼睛盯着屏幕，双手正忙着敲键盘。

"你干什么？女儿也不管了？"陈森凑近一看，发现她的聊天框。

初时他以为她在网聊，细看，才发现是电商平台的对话框。

夏安这才一看电脑右下角的时间，惊起，不知不觉，竟然到了女儿的睡觉时间了。

她赶紧跑出去，发现睡在沙发上的楚楚，小小的身体蜷着，已经睡得很熟了，乖得不得了，顿时内疚无比。她上前把女儿抱起来，在脸上轻轻亲了一下，然后抱去了床上。这个时候是没法再给女儿洗澡了，只打了热水来给她擦擦小脸和手脚。

她折腾了一番，竟将女儿折腾醒了。

楚楚半睁着眼，迷迷糊糊地问："妈妈忙完了？"

"嗯，忙完了，楚楚真乖。"她俯下身又亲了亲女儿，洗脸后的女儿香喷喷的，她蹭了蹭，又软又暖。

楚楚的眼睛又合上了，嘴上还呢喃着说了句："妈妈讲故事……"话还没说完，她又沉睡了过去。

每晚都是要讲故事的！夏安心酸地给她把被子盖好，身后传来陈森的声音："你这妈妈现在当得是越来越好了！楚楚头上的疤还没好呢，今晚又感冒了可怎么办？"

夏安没有回答，今晚的确是她疏忽了，她没有辩解的理由。

陈森本来还想说些什么，但看着夏安这样淡淡的表情，最终只甩了一句："你是孩子的妈，生她下来就要对她负责，这是你自己说的话！别只顾着你自己那点儿事！"

夏安知道，她做的这点儿事，陈森一直都瞧不上，可今天她这一整天的忙碌都在证明，她会用事实给陈森一个响亮的耳光！但不是现在，今天具体卖出多少件她还没计算，而且，今天只是开始，她不会急躁，她要沉住气，把她的事业经营得越来越好！

陈森去书房用电脑了，她抱着手机，躺在女儿身边，继续当她的客服。

整整一天，直到凌晨两点，她回复完最后一条消息，手一松，手机掉落，她也睡着了，和楚楚一样，澡都没洗，太累了，十根手指好像都不是自己的了，更没有时间去想陈森对她态度怎样，她早已经习惯了，没事的时候老婆长老婆短的，只要家里有丁点儿大的事，就都是她的错。楚楚生病，是她没带好孩子；哪个月透支，是她乱花钱所致……

她算是明白为什么熊梓迦总是不赞成女人就守着家了，人走出去了，整个天地都开阔了，家里那点儿鸡毛蒜皮算什么事？

尽管很累，第二天早上她还是很早就醒了，惦记着店里的业务，她粗粗看了看前一天的成交量，着实吓了她一大跳。

她的目标，是在这一季平均每款衣服卖出去一百件，没想到，一季的目标她一天就实现了，而且，还超额完成，好几款衣服都卖出去了两百来件！

她迫不及待地给熊梓迦打电话，熊梓迦在那头笑："意料之中。"

"可是……这……这也太吓人了吧？我们不是没研究过平台同类电商的成交量呀。"即便是做得比较成功的，一个月单品的销量有她昨天一天的都算不错的了。

"宝贝儿。"熊梓迦笑道，"别忘了，成功是天时地利人和的叠加。第一，你在我们班当时虽然不是专业最好的，但是我一直认为你是最有灵气的一个，你设计出来的东西谈不上大气，却灵气十足，而且你善于抓住流行元素，你的每一款单品都有一种打动人心的力量，你知道吗？不要妄自菲薄。第二，你赶上了最好的时候。社交媒体、网红经济最火的时候你搭上了顺风车，对你来说也是事半功倍的。第三，你有我们，你以为我和陶奇是吃干饭的？我们俩可是把我们多年积攒的人脉、渠道都给用上了，推广费用到时候算给你听得吓死你！这样你还扶不上墙，都对不起我们俩！"

夏安知道，自己能走出这一步，身边这些朋友给了她太多助力，所有的一切又怎是一个"谢"字能表达的？她正感动间，听得那边有人说话了："吃饭？叫谁吃饭呢？大清早的就吃？"

不是陶奇还会是谁，人家俩人现在已经居于同一屋檐下了……

陶奇贱贱地一问，果然换来那边熊梓迦的一声吼，把人骂走以后，她才又对夏安说道："怎么样？你的手指还是你自己的吗？"

别说，夏安的手指到了此刻还是酸软的！她活动了一下各个指关节："别提了，不过值得！"

"我跟你说要请客服，你不信，你作儿一天就忙着回复了，什么也没做吧？"熊梓迦简直料事如神。

夏安嘿嘿一笑。

"还有，这才是开始，你接下来会更忙！尽快准备第二季上新，最好赶在'双十一'！那时候，我看你请三四个客服都不一定够！"

夏安颇为为难："我信你了，的确是要请客服，可是，请客服就得租用办公室，那可就差不多是真正的工作室了。"

熊梓迦笑出声来："我的小姐姐！难道你的打算是一直窝在家里？你家既是办公室又是库房？"

她可不是这样打算的嘛，她就打算争点儿零花钱打陈森的脸。

"夏安，你不但要租办公室，还要找仓库，你最终当然是要把它做成真正的品牌！不管你是往高定发展，还是坚持做亲民品牌，你最终是要把'夏安'这块牌子打出去的！你甚至还可以有自己的APP，而不是小打小闹开裁缝铺呀！"熊梓迦在那边都快急死了，"我们碰了那么多次面，开了那么多次会，你都没听进去牙？"

夏安尴尬地笑了笑，不是没听进去，只是不太有信心罢了，毕竟她是一个丢了专业、跟社会脱节五年的家庭主妇……

"那，那……办公室和仓库又那里是一时半会儿就能找到的。"她窝在家里这几年，真是什么都不会……如今算是打了个措手不及。

"你放心，你现在只管当好你的客服，我估计你也没时间来做别的。你的火爆我早有预见，一直和陶奇在帮你看着呢，你就放心吧！不过，客服得你自己找，还要培训，你都自己搞定。另外，这一季已经上了，剩下的事就是罗嘉楠的了，加班加点把你的货赶出来，到时候寄到我们这边的仓库，所以，你还需要仓库管理员、发货员等等。这些都不用你操心，我们熟人多，你自己把员工搞定吧，你一个人是扛不下来的！"熊梓迦摇头。

和夏安的电话刚打完，陶奇就挤到了她身边，惬意地倒在沙发上："一大早说什么呢？"

"没什么，就是觉得，女人如果结婚以后把自己活成了男人，还结个屁婚！"

陶奇一听，不对呀，这风向偏了，他得帮着给纠过来！于是，他赶紧凑到熊梓迦身旁："你这话绝对了，女人是水做的骨肉，真正的男人是让女人结婚后变得更女人，柔情似水！"

说完，他就要往熊梓迦身上靠。

熊梓迦拿起茶几上的空水果盘就往他头上砸："像我这样的钢铁女人，看来是要把男人变成水做的骨肉了！"不然这"短腿奇"怎么每天跟没有骨头似的，总往她身上靠。

夏安又想到罗嘉楠，当初订货也只预算了一两百件的量，现在一天就给卖完了，还得追加才行。

于是她给罗嘉楠打电话，罗嘉楠很快便接了，低沉的声音传来："喂？夏安？"

"是……"夏安听着他的声音，感觉他好像没睡醒似的，顿觉羞愧，她起得早，不代表人家也不睡了，罗嘉楠可不是熊梓迦，她大半夜打电话也不怕失礼，只是她今天太兴奋了，一时忘乎所以，于是赶紧道歉，"对不起，吵醒你了……"

"没事，我已经起了。"罗嘉楠忙问道，"这么早……是有什么事吗？"

"呃……"虽说是同学，但夏安面对罗嘉楠的时候总有一种莫名其妙肃然起敬的感觉，不敢随意，"是关于我的订货量的问题……"

她话还没说完，那边的人就笑了："昨天卖爆了是吗？"

夏安有些讶异："你怎么知道？"想到熊梓迦也是这样的口气，她不由得笑了，"你们怎么都知道？！"

"呵……"罗嘉楠轻笑一声。

这笑于罗嘉楠是纵容，就像看着自己精心移植、养护的一盆花突然开放，美得连花儿自己都惊诧时一样，然而在夏安听来，却只感到了窘迫，毕竟最初罗嘉楠和熊梓迦都向她提议过租办公室、租库房、请客服，是她舍不得成本，也没有预见性而导致自己陷入手忙脚乱的局面。

142

所以，尤其在罗嘉楠面前，她就像个犯了错误的小学生，老老实实地认错："对不起呀，罗嘉楠，我没想到会这样，所以，我想增加订单，不知道会不会给你添麻烦……"

"怎么会，我早有准备。"罗嘉楠再度一笑。

"什么？"夏安可就不懂了。

"我和小熊早就知道会这样，所以她一直在帮你找合适的办公室和库房，我也做好了大量出货的准备。"罗嘉楠难得笑出声来。

"你……你们……"夏安喜极，心可极为感动，又觉脸红，"那你们不跟我说清楚！"

"是小熊说要给你个教训的，惩罚你没有眼光，还不相信我们。"罗嘉楠笑道。其实并不是真的要给她教训，只不过，无论怎么说，夏安都不愿意听他们的话，他们只好默默为她准备。

夏安的眼里都有泪光了，她到底何德何能，能拥有这样的朋友！

"我……不是不信你们，我只是……"她只是不信自己罢了。

"好了，不要有后顾之忧，好好去做你想做的吧，接下来你只会更忙。"

夏安默然，心中有着千言万语。对于熊梓迦，是可以大恩不言谢的，但是在罗嘉楠这里，她怎能心安理得，于是含着泪，发自内心地说了句："罗嘉楠，谢谢你。"

"客气什么，都是同学，举手之劳。"罗嘉楠说得云淡风轻。

"不不不！"夏安十分诚恳，"七许对你来说，不过是举手之劳，但对我来说却是改变我整个人生的大事！真的，没有你，没有你们，我也许连走出这一步的勇气都没有！所以，非常非常感谢你和小熊。"

罗嘉楠便没再说什么，只是笑了笑："我们只帮助我们认为扶得起来的人，最重要的是夏安你自己的才华，否则，我们买账，顾客不会买单。加油，夏安。"

"嗯！谢谢！我会努力的！"夏安再一次道谢。

夏安放下手机，便感到身后有呼吸迫近，转身一看，陈森站在她面前。

陈森早已到了近前，听见了她与罗嘉楠说的每一句话。罗嘉楠，他是有印象的，当初凭着男人的直觉他就觉得此人心思不简单。原来鼓动着他老婆不消停的人之中非但有罗嘉楠，而且罗嘉楠的作用还不小！再想到夏安创业，存款一分没动，陈森的脑中更加开始发散思维，脸色也越来越难看了。

"现在出息了？"他的心头有一团火在燃烧，他知道，那是嫉妒的怒火。

夏安一时不知道他所指何事，只觉得他的脸色不太好看。她回头看了一眼还在睡觉的女儿，不愿跟他吵架，点点头："还好，昨天……"

她以为他说的是她工作室的事，想告诉他昨天一天销量出乎意料的好，然而话没能说完，陈森就一把将她拉出了房间，一直拉进洗手间，关了门，气得指着她的手都在抖："我不想让楚楚听见！我没脸让楚楚知道她有这样一个妈！"

夏安一脸迷茫，陈森这是在说什么呢？

陈森的手指点到她鼻尖上来了："说！你跟那个叫罗嘉楠的男人，到底是什么关系？"

夏安再不懂陈森的意思就是傻子了，她明白之后愤怒了："陈森！你简直无耻！"

"我无耻？"陈森指着她，"我一个在外拼死拼活给你赚钱花的男人无耻，还是你这种水性杨花、红杏出墙的女人无耻？难怪，难怪对我爱搭不理，是因为找到金主了是吗？找到比我有钱的男人了是吗？"

陈森的字字句句，污水一般泼向夏安。夏安觉得自己的尊严和人格被陈森甩在地上踩，既委屈又愤怒，眼前全是陈森一开一合的嘴，脏字在她耳边挥之不去，她不知道要怎样才能平息心中的怒火，只想让眼前这张嘴闭上。冲动之下，夏安一个耳光甩过去，啪一下打在了陈森脸上。

终于，世界安静了。

陈森愣住了，完全没想到夏安会抽他耳光，本就愤怒的他，男性的尊严也被这一耳光抽得荡然无存。他咬牙："夏安！"他直接揪住了夏

144

安的衣领，把她拖到面前，另一只手高高举起。

眼看他这是要一耳光回扇下来了，夏安也咬紧了牙关，闭上眼，索性将整张脸送上。打吧！就这样了结了吧！

门外响起了轻轻的敲门声，还有楚楚那奶声奶气的声音："爸爸妈妈，你们在干什么？楚楚要尿尿！你们快一些！"

陈森的手顿时一僵，目光落在眼前的夏安的脸上。纵然不施脂粉，甚至不曾梳洗，却仍是他熟悉的那张脸。当年他只看了一眼，就被深深打动的脸，虽然眼前这个人的内核已经不再如从前，但她总归是他的夏安。

这一巴掌最终没扇下去，他的手也渐渐松了。

夏安一把推开他，打开门，拉着楚楚的手，柔声说道："进来吧。"

陈森看着她们母女，眼一闭，大步走了出去，早餐都没吃，便带着电脑包出门了。

那之后，陈森连续多日没有回家，夏安则陷入了前所未有的忙碌。

她开始招聘客服和仓库管理员，但是又岂是一朝一夕就能招到的？更何况，给客服和仓库管理人员培训还需要时间。她只能一边发着招聘广告，一边自己充当客服。

后来，她回想起那段时光，唯有"昏天黑地"这个词能形容。

从早上起床到第二天凌晨两点半，夏安的手指就没有停止过运动，或电脑键盘或手机键盘；除了接送楚楚，她就没离开过凳子，没时间做饭，也没时间吃饭，中午放了几包饼干在手边却常常忘了吃，下午接了楚楚回来，点了外卖，楚楚自己吃，她盛一碗继续忙碌，最终也吃不了几口。

第一天忽视了楚楚的教训，不允许她再犯第二次错误。等楚楚吃了饭，她给楚楚洗了澡，再抱着女儿讲故事。可是，楚楚却乖得很，捧了本图画书，乖巧地对夏安说："妈妈你忙，楚楚自己看书。"

婚姻走到这一天，无论陈森再怎么伤害她，她都不会再流泪了，可是，却因为楚楚这一句话泪流满面。她怎么忍心不管女儿？她离开电脑，放下手机，捧起书给女儿讲故事。往常要讲半个小时甚至一个小时，那天她只讲了几分钟楚楚就睡着了，她给女儿盖好被子，重新回到电脑前，她不知道的是，在她离开以后，楚楚又睁开了眼睛。

孩子那么小，却懂事得让人心酸，后来夏安知道那些日子的每一个夜晚楚楚都是装睡以后，一个人泪如雨下。

那是她二十九年岁月里最艰难的日子，每一天结束的时候手指都在发抖，每一天躺下去的时候，腰都近乎断裂似的疼痛，闭上眼睛，很累，精神却亢奋得睡不着，脑子里构想着下一季的设计。短短几天，她以极快的速度消瘦下去，可是，很奇怪，那时候她从来没有想过要陈森帮忙，甚至，陈森多日不归她都没有过多关注。直到办公室、仓库找好，客服也招聘到位的时候，她才想起陈森，不为别的，只因为租办公室和仓库都要钱，办公室配备电脑也要钱。她已经欠下了陶奇的拍摄费和设计费，欠下了罗嘉楠的预付货款，不能再欠人租金和电脑钱，也没法欠，人家都是陌生人。

陈森依然没有回家，她终于意识到，原来家里已经空了这么久，可是，这种空，她却一直没有感觉到。她愣了一会儿，不知道自己这样一种感觉到底算什么，是不爱了，还是不需要了，还是仅仅只是太忙碌的缘故？

愣过之后，她才给陈森打电话。

那时候陈森在公司上班，看到夏安来电的时候心还是剧烈地跳了一下，他不得不承认，离家多日，对他也是一种煎熬，每天脸上的肌肉都是麻木的。

他接了电话，冷淡的一声喂。

"陈森。"夏安忽然有些难以启齿。

陈森没有说话，等着她先开口。关于那一巴掌，他想听到一声道歉，或者，哪怕她说一声，她想他，要他回家。

夏安觉得自己再一次陷入了之前的窘境，只要一开口问陈森要钱，她就在他面前矮了一截，可是，她还是得开口，毕竟，在这座偌大的城市里，他是她最亲的人。

纠结再三后，她快速而小户地问：“陈森，咱们还有钱吗？”

陈森闭了闭眼，心底涌起淡淡的失望，言语间也带了讽刺："如果不需要钱，你就不会给我打电话了吧？"

夏安被问住了。其实，事实似乎真的是这样，如果不是因为要钱，她会想起给陈森打电话吗？她想起那个以陈森为天的夏安，突然觉得那是很久以前的事了，久到她已经觉得陌生。

听着彼端的沉默，陈森心里泛起一阵酸楚，这种酸楚也渗透进他的言语里："所以，是从别的男人那里要不到钱了吗？"

夏安本在漂浮的心在这句话之后骤然间顿住，而后，再没说一个字，挂断了电话。

陈森的耳朵里只剩一阵嘟嘟嘟的声音了，他按住太阳穴，垂下头来。其实，此刻他也拿不出钱来了，他的钱，几乎都投进了浩子的项目。这段时间的他，承受着迄今为止人生中最大的压力，压力越大，他就越想孤注一掷。

熊梓迦还在等夏安去签约，看来是签不成了，可是，她总不能一个电话过去就了事呀，她得亲自过去跟熊梓迦说抱歉，浪费了熊梓迦的好意和精力。

她走进中介公司的脚步都是沉重的，也不好意思正视熊梓迦。熊梓迦初时没注意她的神情，见她来，笑着嗔怪："你总算来了。"

夏安这才勉强露出一个笑来，不知道该怎么跟熊梓迦说。人家一个外人，从头到尾，又是帮她策划，又是帮她找人的，还帮她找办公室和库房，而她，此刻却要用冷水去泼熊梓迦的热情。

"怎么了？"第二眼，熊梓迦看出夏安的不对劲了。

"对不起……"夏安艰难地开口，"小熊……我……不想租了……"

中介一听就炸毛了，不想租了？中介开始各种游说。

熊梓迦叹了口气，斩钉截铁地表态："租！一定要租！"然后她便请中介暂时回避一下。

147

夏安低着头不说话。

"你怎么了？又给我拖后腿了？"熊梓迦毫不客气地质问。

夏安的尴尬无法言说，要她怎么说？

熊梓迦最终还是叹息："你今天来，只要签字就行了，房租我会先付。"

夏安猛然抬头，而后不停摇头。

"夏安！"熊梓迦大声叫她的名字，"走到今天这一步，你欠我的已经够多了，如果你要跟我算，当初第一步就不要走出来，你走到现在，却跟我说不干了？夏安，做人要讲点儿信用！夏安工作室不仅仅是你的，也是我的！我付出了那么多心血，你半途撂挑子不干了？夏安，如果你是真心不想干，那你现在跟我说清楚，我保证不再多说一句话，可是，如果你是因为有困难而放弃，那夏安，对不起，我瞧不起你，你也不配做我熊梓迦的朋友！"

熊梓迦每说一句，夏安的头便低一分，最后被熊梓迦骂得抬不起头来，咬着唇，泪水都已经在眼眶里打转了。

熊梓迦盯着她："夏安，你说话！别给我装鸵鸟！只要你告诉我，你不想干了，我马上走人！你说！"

夏安说不出来，只是一个劲儿地摇头。

熊梓迦看了她半天，表情终于缓了下来，上前轻轻将她抱住："夏安，我能给你的其实很有限。资金、人脉、渠道、平台，这些重要吗？当然重要，可是最重要的是你闯过一个又一个难关的勇气和毅力。都说'得道者多助'，可实际上，成功永远是一场孤独的旅行。这其中太多的艰难、太多的心酸，没有人能够替你去承受，只有你自己去承担，这其中也包括脸面和自尊。夏安，在有限的范围内，扔掉你的脸面、放下你的自尊，让自己的成功来得不那么艰难。"

那个时候的夏安，还体会不深，为什么成功是一场孤独的旅行，至少她这一路，虽然陈森并不支持她，但她有熊梓迦、罗嘉楠、陶奇，她并没有那么艰难。

熊梓迦揉着夏安的头发，轻声说道："说到底，其实陈森还算不错了，这么些年把你养得不经风雨，不像我们，一开始就像一条不知所措的鱼，在大风大浪里挣扎、奋斗，那个时候如果有人拉我一把、帮我一把，我会轻松很多。还有罗嘉楠，当初他开厂的时候，多少次走进死胡同，可他硬是凭着自己的孤勇走出了一条阳关道。正因为我们经历过很多困难，所以我们才慢慢抱成团，彼此提携，彼此帮助，我们也才会这么支持你，就好像，在帮助当年那个焦头烂额、四处碰壁的自己。所以，夏安，在我们还能帮到你的地方，我们会尽我们的能力，以后终有一天，我们帮不到你了，你要记得，要坚强，要比任何时候都更勇敢。"

夏安听着，终于忍不住，眼泪夺眶而出，尽数洒在熊梓迦的肩膀上。这一刻的温暖和适才陈森冰冷的话语形成了鲜明的对比。

办公室和库房就这样签了下来，熊梓迦代付了租金和押金，而且说好是借给夏安的，等她资金周转过来以后还。

熊梓迦精挑细选的办公室和仓库，简单打扫一下就能投入使用，办公设备也相继搬进了办公室，客服和仓库管理员、发货员正式开始上班。因为实在着急，所以招的都是有工作经验的员工，一边上班，一边进行培训，好歹算慢慢上了正轨。罗嘉楠工厂的大货准时出货，运达仓库，当第一批货发出去的时候，夏安亲自在仓库看着，眼看着物流将货取走，渐行渐远，她浑身一松，差点儿瘫软在地。

就在这天晚上，陈森回来了，那是夏安这么久以来第一次没有在忙碌，她正搂着楚楚要给女儿讲故事，然而，却因长期忙碌后突然的轻松而分外疲惫，说是讲故事，自己的眼睛却是半开半合着的，昏昏欲睡。

陈森开门的声音将她惊醒，她脑中也只有一个念头，哦，他回来了，好似他这么久没回来，她并不觉得怎样，一个人习惯了。

她累得一动也不想动，听见陈森的脚步走近，走到门口的时候，陈森停了下来，楚楚惊喜地叫了声："爸爸！"

陈森对女儿始终是疼爱的，点点头，走近摸了摸女儿的脸，俯身而来的气息顿时笼罩住了夏安，夏安偏了偏头，转身。

楚楚却很是兴奋，顺势就抱住了陈森的脖子："爸爸怎么这么久不回家？出差了吗？"

"嗯……"陈森只能这样回答。

"爸爸和楚楚一起睡。"楚楚拍拍床。

"好，爸爸洗澡。"陈森看了一眼夏安，没有当着女儿的面说其他的话。

在陈森情绪正常的时候，他还是能顾及女儿的感受的，可他总会不正常……

但不管怎样，夏安在陈森回来的这一刻脑子里唯一绷着的那根弦也松了，彻底进入了睡眠状态，这段时间，她实在太累了。

陈森没有辜负楚楚，果然是陪着女儿一起睡的，只是，在女儿睡着后，他马上起床去做了两件事。第一是检查了夏安手机上所有的信息往来，第二是去了书房。书房里的这台电脑，他偶尔会用，但大多数时间是夏安在用，从前她只是看看剧、玩玩游戏、上个网，而现在，她只差把她整个人都塞进电脑里去了。

他和夏安之间，少年相恋，彼此信任，从没有想过对方还会有隐私，各种账号的密码不外乎是自己或者对方的生日，陈森很容易就打开了夏安的各种社交软件，包括邮箱。

夏安的邮箱里有着多封和罗嘉楠的来往邮件，陈森一封封地看了，其实并没有什么出格的言辞，但是莫名其妙的，他就是觉得罗嘉楠的字字句句语气有问题。身为一个男人，他自认为足够了解男人的本质，如果无所求，哪个男人会这样去帮一个女人——夏安的每张设计稿都给修改，甚至还给夏安的创业提供资金？

是的，他就是这样认定了，夏安没有从他这里拿到钱，最终还是把事业风风火火地开展起来了，那必然是罗嘉楠给了钱，不管这钱是夏安拿的，还是借的。

看完邮件，他的第一个想法就是冲到夏安面前质问她，到底和罗嘉楠是怎样的关系，但是，他想起了夏安给他的那一巴掌，生生吞下了这股冲动，握拳用力在桌上一捶，他要找出确凿的证据再给夏安好看，否则她不会承认！

150

夏安并不知道陈森背后所做的事，陈森的回家也没给她的生活带来多少波澜，好像她已经习惯了他这样的情绪化。她忙了这么久，还没缓过来，又开始做第二季的设计，拼命赶'双十一'这个电商炒出来的购物节。

这一季的设计她听取了罗嘉楠的好几条意见，另外，因为冬季来临，她在原有第一季的基础上多增了几款羽绒服，并大胆用上了夸张的毛领；在大衣的剪裁上做了改进，推出了泡泡袖的新款；毛衣则增加了马海毛粉嫩色系的款式。

这一季的新款一共增加了十个，设计好之后，同样交给罗嘉楠打版。说实话，夏安把邮件发过去的时候，莫名有种交作业的感觉，还好这次罗嘉楠没有"挑刺儿"，只给她提义，卫衣的款跟上一季略有重合，建议她改用螺纹面料，印花改成手工钉珠。

她都按照罗嘉楠的建议改了，同时也舒了口气，把自己的感觉说给他听。

罗嘉楠发了一串"哈哈"来，让她叫他"罗老师"好了。

她在手机的这一端也笑了，不过却很认真地表示，在这条路上，他的确是她的良师益友，叫"老师'并非不贴切。

罗嘉楠很快就把新款的样衣送来了，陶奇又是一轮拍摄、修图和剪辑，在"双十一"的前一周，终于投入预热，从微博的反应来看，似乎这一季比第一季更受欢迎。

夏安的网店万事俱备只等"双十一"开卖了。在此过程中，第一季的货款渐渐收回，夏安计算了一下，不到一个月，她店里的第一批货卖得最多的一款已卖出了近两千件，最不畅销的也卖出了三百来件，这一个月的营业额竟然达到七位数。

她迅速将罗嘉楠的货款和第二季的预付款、陶奇的设计和摄影费用以及熊梓迦代付的租金和设备费全部付了，还把员工这个月的工资以及各种费用全部预留了下来，剩下的便是她的纯利润了。因为办公室的租金和仓库的租金费用较高，利润大大缩水，但却是她的期待值的一二十倍——想当初，她希望第一个月能赚到一万块！

她看着自己的存款数字，久久都舍不得挪开眼，眉开眼笑的，她觉得自己像个傻子。可她就是这么开心和满足，她甚至每天都要把存款打开，看一看那个数字过过瘾。

带着开场的胜利，她领着她的团队全力以赴奋战"双十一"。

"双十一"在中国电商史上可谓是一个奇迹，在一年又一年刷新销售纪录的大环境下，夏安也创造了属于她的奇迹，这一天的营业额创了她工作室历史新高。

"双十一"之后紧接着又是"双十二"、圣诞节、新年。

到元旦过后，夏安手里的现金已经远远超过当初她和陈森的积蓄。

因为新年的到来，夏安终于不用急着赶下一季上新的设计了，工作室的工作也完全上了正轨，员工们各司其职，井井有条。

得了这个喘息的时间，夏安正式宴请熊梓迦、罗嘉楠、陶奇以及"红烧"。她早就说过要感谢他们，却一直没有凑到大家都有空的时间。

罗嘉楠还得从南方赶过来赴宴，夏安便在前一天和熊梓迦去逛街。

这一回逛街，可跟去年那次完全不一样了，夏安自己赚了钱，走在商场里都挺胸抬头，充满底气，再不是当初那个小心翼翼翻翻吊牌吓得连吐舌头的傻女人了。

夏安觉得自己好像又回到了无忧无虑的少女时代，和熊梓迦一路吃吃喝喝，买各种可爱的小饰品，当然，也买心仪已久的护肤品和彩妆，这种在彩妆专柜各种试色能试一两个小时的乐趣，也只有女人能懂了。

两个女人在商场里泡了一天，夏安一口气买了好几双鞋子，不为其他，马上要出春款了，她得有一批新鞋子搭配新衣服，不然拍照效果怎么出得来？时尚行业，其实也是个烧钱的行业呀，前提是烧得起，而现在的夏安，已经基本没有压力了，当初为了一双几千块的鞋咬牙痛买的窘态再也没有了。

所以，他们从商场扶梯下来时，两手都拎满了东西，边说边笑，意犹未尽。

一楼是卖名牌包的，夏安不是不动心，每次拍照都是借熊梓迦的包，她现在不是没有这个能力，只是还从来没有这么奢侈过，所以尽管一进商场就有想法，但心中还是有点儿虚。此时，她已经疯狂买买买了一天了，再路过一楼，看见橱窗里自己喜欢的包时，就碰了碰熊梓迦的手臂，大步走进去了。

最终，夏安买了两个包，而后满载而归。

陈森当晚回来的时候，夏安和女儿已经吃过了晚饭，母女俩在卧室里，家里回荡着夏安轻柔的讲故事的声音。

这段时间，夏安似乎不再像之前那样成天不是坐在电脑前就是捧着手机了，陈森也知道，夏安的工作室租了办公室、请了员工，所以她自己现在不再昼夜不分地忙，反而是和他上班一样，早出晚归，也正因为这样，家里渐渐恢复了些正常，比如，他现在回来是有晚饭吃的。

他正准备去厨房吃饭，突然发现沙发上堆了一大堆购物袋，虽然他是直男，对女人那些玩意儿的品牌并不熟悉，但是赫赫有名的路易威登和爱马仕的标志他还是认识的。他的眉头瞬间皱成了个"川"字。

他默默吃了饭，坐在那一堆东西旁边打游戏。他连翻一翻那些购物袋里小票的冲动都没有，因为他知道这一堆价值不菲，所以连翻动的必要都没有。

夏安等楚楚睡了以后才从卧室出来，洗衣机里衣服已经洗好，她准备去晾，看见陈森坐在她今天的"战利品"边上。数月之前因为一双鞋子引发的战争还历历在目，大概是有心理阴影了，她的心尖还是忍不住颤了颤，但转念一想，又觉得底气十足，于是，只看了一眼，便继续去晾衣服了。

"夏安。"陈森沉沉的声音传来。

夏安知道，这又是要发作了吧？回顾这半年来的生活，似乎没有过一丝丝温馨，她突然觉得身心疲惫，但，还是转身面对他。

果不其然，陈森眼里是她不想看到的阴郁，连带着蹦出来的话也充满阴冷："现在终于找到给你买奢侈品的人了？"

夏安只觉得无力。这几个月的拼搏，可以说用尽了她的精力，她的脑子里依然想着的是怎么继续扩大营销、提高业绩、设计新品，哪里还有精力来面对这些？

　　她深吸了一口气，尽量理智地说道："陈森，这些是我赚的钱买的。"

　　陈森倒并非不相信夏安的话，只是哪里会想到她已经赚了好几个七位数了，不就是卖衣服吗，一个月几万块已是顶天了，所以赚了些小钱，就开始这样张狂、铺张？他的语气更是充满嘲讽："是吗？所以还是我以前亏待了你，不能满足你的虚荣心，现在终于自己赚钱了，可不是要把以前没能买的通通都买回来。夏安，你这骨子里爱慕虚荣的本质总算是暴露了！从前还口口声声说什么为了这个家勤俭节约受了多少委屈，我可真是委屈你了呀！扔了你一双鞋你是不是现在还耿耿于怀？现在总算报复性地全买回来了！"

　　夏安被陈森那酸酸的语气闹得十分不舒服，再吸了一口气，跟陈森说道："陈森，上次那双鞋，我不想再说更多，就当我错了，我一个没有为这个家赚到一分钱的女人没有资格买那样的鞋！可现在，陈森，我买的东西、花出去的每一分钱，都是我自己赚来的，你现在也同样没资格置喙！"

　　陈森顿时炸毛了："你现在赚钱了！你现在赚的钱属于你一个人吗？我之前养你的那些钱都白花了？别忘了，你现在住的房子还是我的钱付的首付！我的钱在还月供！"

　　那一刻，夏安的心一个劲儿地往下沉，沉到了谷底，陈森的话炸雷一样在她耳边震荡，震得她许久说不出话来，心里有一个声音反反复复地问自己：这还是陈森吗？还是当年那个口口声声说要把她当公主一样宠起来的陈森吗？

　　半晌，她才回过神儿来，微微点着头，说话的时候双唇颤抖："好……好……你的意思……是要跟我算清楚前账，然后搬出这个屋子是吗？行……行……你算算你这几年一共赚了多少钱，卡里还剩多少钱，花掉的我也不跟你分摊了，全部补给你！然后我带着楚楚走，就当这几年，我嫖了你好了！"

　　说完，她头也不回地钻进了浴室，只剩下陈森呆呆地站在原地，看着开着的浴室门发呆，手机也不知何时从沙发上掉到了地上。

这不是他要的结果，他怎么会要夏安走呢？他只是千方百计想要绑着夏安，不让她跟自己分割得那么清楚而已……

第二天是夏安正式宴请的日子，也是周末，难得的是，陈森在家待着。

工作室走上正轨的夏安也有了周末休息时间，上午陪楚楚上兴趣班，下午三点，便开始坐在家里的梳妆台前。化妆、换衣服、整理包，花了一个小时的时间，她便叫上楚楚，母女俩一起出门了。

陈森坐在沙发上，手里拿着手机假装在玩，眼睛却是一直紧盯着这俩人的，盯着夏安的新衣服、新买的包、化妆后艳光四射的脸、在玄关处换上的新鞋……

直到她俩出去，关上门，他才起身，握着手机在客厅里走来走去。他的心里有两个声音在做天人交战，一个说：夏安打扮得这么精致是要去哪里？另一个说：女儿也去了，她应该不会做出格的事的。一个声音又说：女儿什么都不懂，别误把大灰狼当小白兔！

想到这里，他待不住了。当着女儿的面当然不会出格，但背着女儿呢？女儿又不是时时在她身边。他至少要看看夏安打扮成这样是要去见谁！女为悦己者容，夏安像现在这样爱打扮得追溯到十年前刚和他认识的时候了。

陈森紧跟着下楼，还好她们娘儿俩等车还需要时间，他是看着她俩上车的，便立刻驱车尾随而去。

夏安请客的地方在一家高档餐厅，陈森停好车进去的时候，夏安已经不见人影了，服务员问他是否有预定，他试着说了一句"有，夏女士"，服务员便明了地点点头，把他带去包间了。

大概人还没来齐，包间的门是半开着的，里面传来男男女女说话的声音，其中就有夏安，还夹杂着女儿的童音。

他对服务员点头致谢，索性直接推开门走了进去，里面的数道目光齐刷刷地落在他身上。夏安、楚楚、熊梓迦、陶奇，并没有他预想中的那个人，他松了一口气，也不管这四人看他的眼神多么突兀，他硬着头皮坐了下来："刚停车去了。"

假装他是和夏安一起来的，但在座四人，除了楚楚，谁能看不出这其间的套路？只是，熊梓迦和陶奇都不会点破罢了，夏安也不会，在朋友面前，又是这样的场合，她还要脸！

"爸爸！你也来了？！"唯有楚楚，全心全意欢迎爸爸的到来。

陈森伸手摸了摸女儿的头，正要说话，听得身后有动静，一个男人的声音在说："对不起，对不起，路上堵车，来晚了！"

罗嘉楠！还真是有他！

虽然陈森跟罗嘉楠没正面打过几次交道，但这个男人的声音他一听就能辨出来，他的脸迅速垮了下来。

陈森对罗嘉楠没好感，罗嘉楠对他也没好印象，只不过，陈森将自己的情绪写在了脸上，而罗嘉楠看起来云淡风轻罢了。

来的人是罗嘉楠和"红烧"，他俩一边落座一边再次表示晚到的歉意。

"哪儿晚呀，我们也刚刚到。"夏安是知道陈森对罗嘉楠的敌意的，但她问心无愧，既然陈森来了，正好也让他看清楚她和罗嘉楠之间是正大光明的。

因为是夏安请的感谢宴，所以菜上来以后，夏安便站起来敬另外四人。酒入肚肠，酒意却了上心头，三杯之后，夏安说道："我是真的从来没有想过自己还会有今天，我以为，我会一直做一个家庭主妇，在烦琐的家务里，在菜市场、学校和家三点一线的生活里慢慢变老，最后变成一个连自己都嫌弃的老太婆，是你们，把我从没有自我的生活里拉了出来，并且让我变得光彩夺目。我不知道该怎么表达自己的谢意，一顿饭真是远远不够，太不够了……"

夏安的酒量并不好，有了点儿酒意就开始说真心话，酒后的她却没想过这样的话陈森听了会是什么感受。陈森看着眼前这些人，这些他原本就不喜欢的人，始终沉着一张脸。原来，果然是这群人把他老婆带坏了！他不喜欢的人果然都不是好东西！罗嘉楠是！熊梓迦也是！

"又来了。"熊梓迦听了夏安的话白了她一眼，"行了行了，我们对你恩重如山，你下半辈子一定要做牛做马报答我们呀！"

一席话说得大家都笑了，罗嘉楠原本也要推辞夏安这份谢意的，也不说了，拿起酒瓶给夏安又斟了一杯："咱们可是说好了的，今晚不是你的什么破感谢宴，是你的庆功宴！我们都为有你这样的同学而骄傲！"

酒后的人格外容易动容，夏安听了，回想起自己这几个月的辛苦以及和过往的生活一对比，眼圈一红，眼泪吧嗒吧嗒往下掉。

"哎，这是怎么了？别哭，别哭呀！""红烧"赶紧把面前的纸巾递给她。

陶奇难得不孩子气了，劝道："我们都知道你这一路走来很辛苦，可是，辛苦总是有回报的，你看，现在多好！"

说者无心，听者有意，陈森听着这话，只当夏安之前把她当家庭主妇时的经历都当苦水吐给这些人了，一时脸色更沉了。

夏安用纸巾擦着泪，连声致歉："对不起，我……我是太高兴了，所以忍不住……不好意思，失态了，我只是觉得很感动，真的，我从来没想过，自己这失败的人生，还能成为别人的骄傲。"

"谁说你失败了？"熊梓加第一个不同意夏安的观点，"无论是从前当全职太太的你，还是现在事业有成的你，都是我独一无二的夏安、无可替代的夏安！是让我自豪和骄傲的夏安！"

"对呀！"陶奇跟着起哄，"我熊姐说得都对！"

夏安也是无语了，"胖熊"什么时候变"熊姐"了……

"咱们不说这些了，既然是夫功，就高高兴兴地喝酒！"

罗嘉楠挨个儿给他们添上酒，轮到陈森时，陈森冷着脸用手掌将酒杯盖住："对不起，我不喝酒，待会儿要开车。"

虽然这话没毛病，但他语气里的冷漠和僵硬却有大大的毛病。

罗嘉楠是何其聪明的人，立马感受到了，但却不想破坏气氛，一笑，坐下："开车不喝酒是对的，那我们喝吧，祝贺夏安大获成功，前景辉煌！"

夏安正要端杯，陈森将她的酒杯一夺："夏安你也不能喝，我们不是说好了备孕二胎的吗？"

夏安莫名其妙地瞪着他，他们什么时候说好过？

夫妻之间这样的眼神，渐渐地就有了剑拔弩张的意味，罗嘉楠是不希望看到他们夫妻在这个时候闹起来的，忙说道："那夏安就不喝了吧，咱们换果汁。"

夏安也不想在此地出丑，忍了，换了果汁，也稳了心情，继续和他们边喝边聊。所幸，聊天的气氛还不错，聊着聊着，也就把这点儿不愉快给忘记了。

陈森坐在一旁，听着他们聊天，自始至终，一句话也插不进去。他当年一眼就爱上的是学设计的夏安，他娶的是从事时尚行业的老婆，可他却对时尚一窍不通，甚至连他们嘴里的名词都听不明白，什么压花、印花，什么雾霾蓝、宝宝粉，雾霾还能看到蓝色吗？更别提一串的专业术语和英文名词了。

不仅插不了话，他也一口饭都没吃，全程看着眉目飞扬的夏安，那是他似曾相识却又十分陌生的夏安。也许，十年前他曾见过这样的夏安，但却早已随着时间的流逝而淡忘，他熟悉的夏安是什么样子的他也不记得了，但绝对不是眼前这个样子。

他终于极为深刻地认识到，夏安正在远离他，而且越离越远……

当晚回去后，陈森没有和她争吵，而是直接采取了行动，强行把夏安压在身下，无论夏安怎么打他踢他，他都没有妥协，近乎粗暴地达到了他的目的，而且，没有采取避孕措施。

事毕，他紧紧地抱着夏安，微喘着气哑声说道："再生个孩子。"再生个孩子，你就能留在家里，留在我身边了。

夏安咬紧牙关："做梦！"

"生个孩子！"

"滚！"

陈森没有滚，渐渐平息后开始以理服人、以情动人："楚楚这个年纪，正需要玩伴，再给她生个弟弟或者妹妹，两人可以一块儿长大，不然再等楚楚大些，孩子们的年龄差距大了，彼此就没共同语言了。"

夏安沉默不语。

陈森又说了一大堆，夏安都没有反应。陈森急了，逼着她要回复，夏安只给了他三个字：不可能！

陈森点着头冷笑："别忘了你自己答应过我的，楚楚三岁就再给她生个弟弟。"

"我现在不想生了！"

"谁？"陈森揪住夏安，"谁不要不生的？罗嘉楠还是熊梓迦？熊梓迦这个疯子，五年前不准你生孩子，现在又来使坏！自己没有男人要，还要把你带坏是不是？又多了个罗嘉楠！都是不要脸的男男女女！夏安，以后你不准再跟他们来往！"

夏安哪里能忍受陈森这样诋毁自己的朋友，她咬牙呵斥："陈森！你给我闭嘴！"

"难道我说错了吗？"陈森哼道，"熊梓迦那个破鞋，不知道跟多少男人搞过，这样的女人，又有哪个男人愿意娶回家？不过把她当玩物罢了！罗嘉楠也是，这种有点儿小钱的男人我还不清楚吗？万花丛中过，不知玩了多少女人！但凡是个良家妇女，谁会跟这种花花公子来往？夏安，不说守妇道，你也要洁身自好一些……"

夏安听不下去了，也不想和他争论，只想迅速让他闭嘴，而她上一次用的方法很好使，所以气急之下一个巴掌又扇了过去，但这一次却没能扇到陈森脸上，被陈森半途握住了手腕。

陈森气得手直抖："夏安！为了那两个狗男女你要打我？"

夏安觉得已经无话可说，也不再叫他滚，用力抽出手臂，自己滚了——再和他继续待下去，她怕自己会疯……

陈森也气，一头倒在枕头上，关了灯。漆黑的夜里，没有人理解他的苦。他将钱投进了浩子说的那个项目，项目推进却日渐艰难，浩子所说的快回报看起来遥遥无期……

第六章　天高鸟飞，鱼搁浅滩

18

夏安是不可能这个时候怀孕的，第二天去买了紧急避孕药，被陈森发现，又发了一通火，夏安只当没听见，关上门专心画她的设计稿，而后新的一周全身心扑进新的工作里。马上就要过春节了，还有最后一波热卖，她可不能懈怠。

这时候，熊梓迦和陶奇却闹翻了，原来，陶奇这个家伙撒了个弥天大谎，他根本就没有被房东赶，房东那房子早就卖给陶奇了。新的一年，物业提醒业主交物业管理费，被熊梓迦发现，依着熊梓迦的性格，陶奇还能有好日子过吗？

"我把他赶出去了！他不是喜欢被房东赶吗，我就成全他好了！"熊梓迦犹自气鼓鼓，"见过不要脸的，没见过这么不要脸的！我熊梓迦活了三十年，只有我骗人，没有人骗我的！"

两个女人聊天，这天要能聊下去，那么就得在其中一个吐槽某个人或者某件事的时候，另一个跟着附和，帮着她大骂特骂，然后吐槽这位就会觉得找到知音了。

如果是别的事，夏安一定会马力全开，但这事……为什么夏安完全没办法生气，反而只觉得好笑呢？于是她笑了，于是熊梓迦怒了。

"夏安！你到底是不是我朋友？好笑吗？这件事好笑吗？"熊梓迦戳着她，一个字一个字地强调着，"我、受、到、了、伤、害！"

"好好好，宝宝心里委屈，我知道……"夏安抱抱她，却更是笑得无法抑制了。

"夏安！这天咱们算是聊死了！"熊梓迦佯装生气，"友尽！"

夏安总算是控制住了自己的表情，强忍住笑意："好好好，我不笑了，那你告诉我，他为什么要骗你呀？"

"我怎么知道呀？他有毛病！"

"你都没问他？"

"我一气之下就把他扔出去了，哪儿有时间来录口供？"

夏安想了想那画面，又想笑了，这的确是熊梓迦能干出来的事……

"亏我还好心好意为他着想，总不能一直租房子住吧？而且，这个时间点买房子也是最划算的，只怕过了年，这房价又要往上涨一波，所以有个新楼盘开盘，我就给他打听着，地段好、周围配套设施好、小区建设也好，还是学区房，我为他以后的孩子都打算好了，虽然我自己是不婚族，但他可是非常渴望家庭的温暖的，正想着带他去看房呢，结果……哼！"熊梓迦气哼哼地继续吐槽。

夏安一听这话就上了心："这房子在哪儿呀？"

"怎么？你想买房子？"熊梓迦反问。

"嗯！我一直想呢！我们楚楚再过两年也要上小学了，我正为学校发愁，这房子周围是啥学校？"

"市重点呀！我带你去看看吧！"

那房子离熊梓迦的家并不远，地铁四站，离地铁站也不是很远，如熊梓迦所说，周围有非常成熟的商业中心，配套设施完善，精装房拎包入住。现如今能在这样的地段再找到新建小区已经很难了，更难得的是，这小区还临河，周边环境非常好。可以说，夏安一看之下就动心了，在样板房里流连忘返。

"怎样？喜欢？"熊梓迦怎么会看不出夏安的心思。

夏安点点头："真是喜欢，不管是小区、环境，还是房子结构本身，都太合我意了！每一条都符合我的需要和期望！"

"那就买下来呗。"

"我想想……"夏安沉思。

之后，夏安便一直在计算，她买的话，这就是第二套房，首付比第一套付的百分比要多，就她现在的经济状况也不是负担不起，但是差不多也是倾尽所有了。

买还是不买？

陈森回来得晚，夏安彼时也还没睡，在书房里画图设计春款。陈森看着书房半开的门里泄出来的灯光，脑海里便勾勒出夏安趴在电脑前画图的样子，他觉得自己好像一只饥饿的、晚归的猫，那里面是一条鲜美的鱼，勾着他不由自主地蹑着步伐慢慢靠近。

他到底还是推开了门，门里的人抬头看了他一眼，继续画图。

他吸了口气，没有忘记昨晚的争吵，但他此刻身心疲惫，想叫她一声，却说成了"我要用电脑"。

夏安听了，平静地关了画图软件，起身让给他。

昨晚的争吵她也记得，可是她已经麻木，不气，也没有了期待。夏安走出书房的瞬间，想起买房子的事，原本是她一个人的事，但是现在和他还在一个屋檐下，他还是楚楚的爸爸，总觉得是不是要知会他一声，于是说道："我今天看了一套房子……"

她的话没能说完，陈森所有的负面情绪却瞬间被点燃，猛然大喝一声："房子房子房子，你除了知道买房子、奢侈品就不会跟我说话了是吗？夏安！我没有这个能力，我满足不了你，我是个失败的男人，你满意了吗？谁能给你买你找谁去！行了吗？"

夏安怔怔地看着他，看着眼前这个面目狰狞的男子，闭了闭眼，脑海里再回忆不起当初那个背着她在操场里转圈的男孩是什么模样。

她默默转身，回了房间。

陈森抹了一把脸，跌坐在椅子上。就在今天，浩子告诉他，他们那个项目，合伙人卷款跑了，他不知道自己是怎么回家的，更不知道

162

该怎么面对夏安，银行卡里的七位数的存款还剩五位数，他不敢给夏安看，可是，他仍然是渴望的，渴望这个时候夏安能对他温柔地笑一笑，能像多年前他们刚刚结婚的时候那样抱着他说："我们现在没钱没关系呀，只要我们努力，日子总会一天比一天好的，老公，我看好你，加油……"

那些字字句句还在他的耳畔，眼前却是夏安冷漠的脸，她冷漠地告诉他：今天看中了一套房子……

他手一挥，台灯掉在地上。这盏他们结婚时两个人一起挑的台灯，陪伴他们多年，终于和他们的婚姻一样，支离破碎了。

19

夏安是个雷厉风行的人，从当初毫不犹豫辞职当全职妈妈，到如今出来创业，都是说做就做，全凭一腔热血。此次买房子也是如此，她只是犹豫了一夜，第二天就下了决心，赶在年前把约签了，首付也付了，虽然卡上已经没有什么钱了，但一套房子在手的满足感是什么都替代不了的。

熊梓迦全程陪着她，办完手续后还提议要庆祝一番，夏安心情大好，当即便订了晚餐，顺便还邀请了陶奇。自从熊梓迦把陶奇赶出去以后，夏安还不知道他俩到底怎样了，借此做个和事佬吧。

结果熊梓迦一听陶奇也去，立马翻脸了："不去了！有他没我，有我没他，你选！"

夏安在她面前向来是赖皮的，笑着挂在她的肩膀上："我当然两个都要呀！一个帅哥，一个美女，舍弃哪个都不行！"

"你你你你……就是个重色轻友的家伙！"熊梓迦戳着她，舌头都打结了。

"哎，你们真的就这么绝交了？你再没见过他？"夏安好奇地问。并非她多管闲事，而是陶奇这个人是难得的朋友，在她看来也没犯什么原则性错误，对熊梓迦更是毫无保留，熊梓迦没必要这么绝情吧？

熊梓迦却气得差点儿翻白眼："哪里没见过呀？没见过比他更贱的

163

人了！把他赶走第二天，就来我家里说要整理行李，整理就整理吧，姐也不是不讲道理的人是吧？可你不一次整理干净是几个意思？一会儿落了剃须刀，一会儿还有条内裤，一会儿又差个镜头，烦死人！"

夏安听了，真的很想忍住不笑的，但是，忍了半天，想着那个画面，还是没忍住，在大街上笑得捂住了肚子，惹来熊梓迦的一顿追打。两个三十岁的女人，一如十八九岁的时候，在街上追来追去，毫无形象可言……

晚上陶奇如约而至，自然少不了又和熊梓迦一番唇枪舌剑，谁也没能讨到便宜，熊梓迦还气鼓鼓的，倒是让楚楚受了惊吓，拉着夏安悄声问："妈妈，干爹干妈怎么了？"

"楚楚，干妈欺负干爹……"陶奇马上换上一副可怜相。

熊梓迦见不得他这样，一个大男人，不好好地顶天立地，卖萌是几个意思？还卖到五岁的小朋友这里来了？袖子一卷："我欺负你是不是？我今天就让你好好看看什么叫'欺负你'！"

眼看一场大战就要爆发，陶奇跑到楚楚身后，用楚楚小小的身体挡着自己，还大喊着"楚楚，救命"。

楚楚顿时正义感爆棚，挺起了小胸脯，老鹰护小鸡似的把这只硕大的公鸡护在自己身后，一板一眼认真地对熊梓迦说道："干妈，老师说打架不是好孩子，干妈不打人好不好？"

"你……"熊梓迦指着在楚楚身后挤眉弄眼的陶奇差点儿一口气喘不上来，"'短腿奇'！你好意思躲楚楚后面吗？你要脸吗？要脸吗？"

正在此时，熊梓迦的手机响了。

"我等会儿再收拾你！"熊梓迦甩下一句话去接电话，一看电话号码，脸色却不好了，拿了手机去外面接。

不一会儿，熊梓迦接了电话回来却开始收拾东西："夏安，我有点儿事要先走了，下回我请你。"

熊梓迦的脸上是带着微笑的，夏安从她的表情里什么也看不出来，可是夏安知道，一旦真遇到事的时候，她才是这样的，用假装的镇静和

164

温和来掩盖自己内心的不平静，你看，她连回来收拾陶奇都忘了，笑得那么"正常"，好像压根儿没跟陶奇闹过。

"小熊……"夏安不放心，想跟她一起去，被她严词拒绝了，并且说夏安跟去会很不方便。

和夏安一样了解熊梓迦的还有陶奇，陶奇对夏安说道："你带好楚楚，我跟去看看。"

他一路追出去，熊梓迦十分不喜，也不耐烦："你跟着我干什么呀？"

陶奇难得不贫嘴，尤其没在熊梓迦面前贫嘴："你是不是有什么事呀？"

"没有！"熊梓迦面色冷淡，一个字也不想多说。

陶奇不傻，而且对熊梓迦十分了解，平时那副嬉皮笑脸之态全收了起来，真诚地说道："小熊，有什么我可以帮你的？"

"你别烦我就是给我帮大忙了！"熊梓迦指着他警告道，"别再跟过来了！否则从此友尽！"

"友尽"这个词，熊梓迦不知跟他说了多少次了，斗嘴的时候说、被她赶出家门的时候说，可说时没有一次像今天这样认真过，陶奇不敢再上前，眼睁睁地看着她开车离去。

熊梓迦去了医院住院部，病房走廊上，一位愁眉苦脸的老妇人颓然而立，不时往电梯口张望，看见她出现的一瞬间，眉目才一展，暗淡无光的双眼明亮了些许："燕子，你来了……"

熊梓迦始终板着脸，口气也不好，一开口火药味十足："叫我来干什么？住院费已经交了，特护也请了，还叫我来干什么？"

是的，她曾经叫燕子，随父姓，在这个不负责任的男人与母亲离婚以后，她就改了母姓，自己重新取名"熊梓迦"。

熊母在盛气凌人的女儿面前有些畏畏缩缩的，试探着嗫嚅道："他到底……是你爸……"

"我爸？"熊梓迦冷笑，"我怎么不记得我有过爸？"

熊母一怔，垂下头深深地叹了一口气，不再说话。

熊梓迦打开包，掏出钱包，把钱包里所有的现金往熊母手里塞：
"拿着吧，我会往你卡里再打钱的，没什么别的事就不要叫我来了！"

熊母并没有接钱，只是一脸愁相。

"拿着呀！"熊梓迦把钱硬塞过去。

熊母犹豫了一下，捏着钱，还是嗫嚅："燕子，我还有钱……"

"那就行！"熊梓迦转身欲走。

熊母急了，拉住她的袖子："燕子，你爸……不……老头子……医生说没多少时间了……"

熊梓迦的脚步顿了顿，冰冷的表情却没有任何动容，淡淡一声哦，便没了下文。

熊母知道女儿的性格，也明白多说无益，虽然不甘，但最终还是松开了她的袖子，在熊梓迦身后，长叹一声。

熊梓迦自然是听见了，只是，这么多年独立成长、独自打拼的经历，已经让她的心坚硬如铁，她背对着母亲，冷淡地说了一句："其实你该庆幸才是，你也总算要解脱了！"

说完，她再未停留，大步离开，只留熊母站在原地，凝望着她的背影，良久，抹了一把眼睛，进了病房。

熊梓迦驱车离开后，住院部前的花坛后，闪出一个身影——陶奇。

20

熊梓迦就这样离开了，夏安一直都不放心，到家后打了好几次熊梓迦的电话都没人接，夏安也了解熊梓迦的性格，她一向独立，不喜人窥视她的心理和弱点。

楚楚在浴室里喊妈妈给她洗澡，夏安便放下手机进浴室了。陈森就是在这时候回家的，习惯性地去厨房找饭吃，又是冷锅冷灶，他心里便不大痛快，回到客厅的时候，正好看见夏安的手机屏幕一闪，有人发消息过来了。

他快步走过去，只见屏幕上来自熊梓迦的消息还亮着：安安，我刚才没听到手机响。我没事，恭喜你新宅到手！

新宅?

陈森一头雾水，再往周遭一看，沙发上，她新买的名牌包边上，一个文件袋赫然在目。

他取出来一看，可不是夏安新买了一套房子嘛，其他的他都只粗粗扫了一眼，全然被吸引的是夏安的签名和首付款的数字——巨额的首付款，他觉得这个数字对夏安来说应该是天文数字……

这笔钱从何而来？他心里一动、强烈的酸意涌上来，于是拿起夏安的手机开始查看，解锁密码从一开始他就知道，轻易地进入了夏安的世界。

这不是他第一次窥视夏安的社交来往，夏安的邮箱他只要有时间就会登录查看，但手机，因为不离夏安的手，他能拿到的次数不多。

夏安的微信里，联系最频繁的就是熊梓迦，其次是罗嘉楠、陶奇以及她工作室里的那帮客服。

他快速地滑动着聊天记录，看见近期熊梓迦和夏安谈论得最多的就是房子，种种迹象表明，这套房子是熊梓迦怂恿夏安买的。

他的心里顿时起了怒火。夏安此时刚好从浴室里走了出来，准备去阳台取新洗的浴巾，虽然已经换了家居服，但是妆容未卸，头发虽然只随意披散，却也说不清是为何，比从前素面朝天的样子多了妩媚和时尚，分明还是夏安，却也分明不再是他熟悉的夏安。他的余光还能看到夏安扔在沙发上的包，灯光下，爱马仕的标志金光闪闪，像是在嘲笑他的无能。

他忽然觉得眼前的夏安还是有些熟悉的，为什么熟悉呢？他看见如今的夏安便如同看见了熊梓迦。是的，在他看来，眼前的夏安已经宛如另一个熊梓迦了。

他陷入深深的沉默，一直坐在沙发上一动不动。夏安忙着女儿的事，直到忙活完了，才发现陈森坐在沙发上，手里拿着她的手机，眼睛盯着购房合同。

夏安突然滋生出一种扬眉吐气的情绪，好像这些年在陈森面前受到的轻视和委屈，都在这一瞬间得到了释放，陈森曾说过的"你有什么资格"依然声声在耳，可她却终于能在陈森面前挺直脊梁了，若陈森今天还与她说这句话，她可以一字一句、掷地有声地回过去：我有资格了！

但陈森今天却没有说这句话，只是用一双幽深的、波涛汹涌的眼睛看着她，然后将手机摔在购房合同上，冷笑道："果真有出息了，我这条破船已经容不下你了。"

夏安对于这些无谓的争吵实在是厌倦极了，适才的扬眉吐气感也没了乐趣，苦笑道："我们大概是不能好好说话了。"

一句话，让陈森心中危机感更浓，不能好好说话了吗？那你跟谁能好好说话？话里便带了讽刺："是呀，都能买豪宅了，哪里还能跟我等穷人好好说话。"酸是酸，一个男人说话尖酸刻薄的背后是什么，他说不出口，心里充满苦涩。

夏安不再说话，也无法再跟陈森说下去。她喜欢的陈森是踌躇满志、宽容温和的，而不是这个让她抵触的、不可理喻的尖酸男人。

可陈森心里憋着一口气，哪里能就这样放过夏安？他害怕，总觉得夏安在渐渐远离他，他只有缠着她、闹着她，才能阻挡她前进的脚步。眼看夏安脸上带着无奈就要进房间，他快步上前一把抓住了她："等等！"

夏安回过头看他，两人近期鲜有近距离相对，夏安看着他深陷的眼眶、发黑的眼圈和泛着红血丝的眼睛，心里莫名还是一软，语气也软和了下来："你最近很忙吗？"

陈森心里冒着酸气，总算发现他状态不好了吗？只是他没有脸说自己彻夜难眠是因为把家里的钱亏得几乎分文不剩，只是低声嗫嚅着："活儿……多……"

夏安点点头："其实你不用那么拼了，房子我已经买了，钱我也有，你好好休息下吧。"她完全是出于好心，骨子里她仍是个传统的女人，至少到现在为止，陈森没提过离婚，她也不会真正想跟他分开，不管怎样，他始终是楚楚的爸爸。

但这话听在陈森耳里就没那么顺耳了，只觉得字字句句都像响亮的耳光，啪啪打在他的脸上。他松开了夏安的手，呵一声："是呀，有本事了，房子说买就买，连通知我一声都不用！"

夏安暗暗摇头，买房子之前她可是跟他说了的，他怎么答她的他忘了吗？

"你别无理取闹了。"她转身进房间。

"我无理取闹？"陈森的话忍不住也往外蹦，"那谁不无理取闹？罗嘉楠吗？"

夏安再次扭头。她现在对陈森无理取闹的态度已经麻木了，如果说还有什么能激起她的怒气的话，就是陈森对她和罗嘉楠的诋毁："陈森，别用你肮脏的小人之心来度别人的君子之腹！"

陈森笑了，话里充满讽刺："我小人？他君子？夏安，你别搞错了，都是男人，谁不知道谁？风光的背后，谁不是有着一颗充斥着欲望的肮脏的心？我早就警告过你，可你一意孤行！是，我陈森没本事，不能给你赚大钱，不能给你改设计稿，不能给你所谓的创业提供便利资源，更不会一趟一趟飞过来帮你选布料……"

陈森一项一项列举，还没说完，夏安就难以置信地瞪大了眼睛："陈森！你偷看我的邮件！"

"偷看？"陈森冷笑，"我正大光明地看！你是我老婆，有什么是我不能看的？还是，你和他真有见不得人的事，不能让我看见？"

"陈森！别让我瞧不起你！"夏安看着这样的陈森，是真的不愿意承认，眼前这个满口怨毒之词的男人，她不但抵触，而且真的有些瞧不起。

"瞧不起？"陈森被这三个字刺激了，"那你瞧得起谁？罗嘉楠？当然，毕竟我不能给你钱买房子呀！罗嘉楠能，是不是？他给了你多少钱买房子？借的还是给的？"

他冷笑道："夏安，你别忘了，你再瞧不起我，我也是你的丈夫，你是我的老婆！我陈森再没本事，也会守住自己的领土，寸步不让！"

夏安气得捏紧了双拳。她这是用尽了力气在控制自己不朝他扇巴掌，怒吼道："陈森！我明明白白地告诉你，我的每一分钱都是我辛辛苦苦赚来的！不要用你卑鄙下流的想法来侮辱我的人格！"

169

吼完，她再次打算进房间，却被陈森又一次拉住了。

"你还想干什么？"夏安回头怒道。

"不想干什么。"陈森抓紧她的手腕，"要我相信你的人格？行，如果你真的想要证明你的人格，那就不要再跟罗嘉楠见面！"

夏安用力挣扎，从齿缝里挤出两个字："无聊！"

"我无聊？"陈森抓得更紧了，"我是你丈夫！我不高兴你和别的男人走得太近！我有这个权力要求！如果你还想跟我过下去，就不能再和罗嘉楠来往！"

夏安挣不脱，又被陈森的话气得气血翻滚，低头在他手上用力咬了一口，才总算摆脱了他的纠缠，冲进房间，关上了门。

手腕被陈森捏得通红，她轻轻地揉着，只觉得这空间里仿佛缺了氧，憋得难受。

卧室的床上，楚楚眼巴巴地看着她揉手，小心翼翼地悄声问："妈妈，爸爸又欺负你了吗？"

夏安心中一阵酸楚："没有，楚楚……"

楚楚虽然小，但有自己的想法，妈妈的反应和刚才那么大的动静，她怎么会不明白爸爸妈妈在吵架？但是她不敢说，怕妈妈伤心，一双眼睛里充满了担忧。

夏安爬上床，将女儿搂进怀里，深深自责，她总是强调不想伤害女儿，可是，却总是让女儿在她和陈森之间噤若寒蝉……

第七章　没有温度的港湾

21

春节将至，四处都有了过年的气氛，若是从前，陈森和夏安已经在规划回老家过年的事了。通常是两家轮着来，今年去你老家，明年就去我老家，而今年应是轮到回夏安的老家了，但是，两个人谁也没提。

夏安忙于年前最后一波热销的发货，还有不到十天，快递就要停运了，这一批预订款的大货刚刚才运到，存在仓库里，明天开始发出去。她也考虑过回老家的事，但是一想到要和陈森商量她就开始头疼，他们俩，似乎真的不能好好说话了，于是她把这个念头放到一边，索性先专心把工作做好。

那天晚上，她和平常一样苦着楚楚入睡，到了后半夜，她的手机急促地响了起来，迷迷糊糊地去接，甚至没看是谁的来电，只听手机里传来急呼："老板，仓库着火了！"

"什么？"睡意正浓的她，一时没反应过来。

"仓库着火了！我们的货大概保不住了！"

她这才彻底惊醒，听明白是仓库管理员的声音后，夏安立即在睡衣外披了件羽绒服就跑了出去，出门后，她才意识到自己没有穿鞋，但是门已经关上，她慌乱之下钥匙也没带，返回去拼命拍门，把陈森给拍醒了。其实陈森早就醒了，他最近睡眠一直不好，在她手机铃响的时候，尽管隔了一堵墙，他也被吵醒了，听见她匆匆忙忙出去，他也跟着起来了，再听见她敲门，他便给打开了。

夏安也没解释，穿上鞋再次往外奔，陈森愣了一愣，她已经乘电梯下去了，他皱了皱眉，还是搭下一趟电梯跟了下去。

她在外面等车，寒风中睡裤配羽绒服，十分焦急地不停看手机。

他追过去问："怎么了？"

"仓库失火了。"虽然已经跟陈森到了话不投机半句多的地步，但在这样的寒风里，在无助的慌乱中，夏安还是实话实说了。

陈森点点头："叫到车了？"

夏安摇摇头。

"我送你去吧。"陈森转身去开车。

夏安搭陈森的车到仓库之后，简直无法相信自己的眼睛。消防车早已来到，火势也已经控制住了，空气里弥漫着浓浓的烟味和大火被扑灭后的雾气，那些被烧得焦黑的残垣断壁都在告诉围观者刚才经历了什么，这一整排的房子都曾被火灾肆虐，夏安的仓库就在其中。

电线老化、低矮平房、仓库密集、易燃……

夏安从旁人的议论里听着这些零碎的词句，脑子里一片混乱，只回荡着三个字：怎么办？怎么办？

损失惨重的不仅她一人，因为租金低，许多商家都把仓库选在这里。

夏安不知道自己是怎么回家的，她差点儿奔进废墟去找她的货，这一大批货刚刚才从工厂运过来，她甚至只付了预付款，就在这场大火里化为了灰烬。

"你进去连一个布头都找不到！"这是陈森死命拉着她，在她耳边吼着的话。

她算是被吼醒了，是呀，一个布头都没了，大火烧毁的不仅仅是衣服，还有她的心血，她新店几个月以来积累的信誉，当然，更是人民币……

而后，她便被陈森塞进了车里，带回了家。那个晚上，陈森抱了她一夜，在她耳边说："别怕，安安，你还有我……"

混乱中，夏安闻着他身上熟悉的气息，短暂地忘记了她和他之间的磕磕绊绊，静静地靠在他的怀里，和也一起彻夜未眠。她想着她的事业，他想着他的投资，这么长时间投资挫败的阴霾里，难得升起淡淡的欢喜，如果这一场大火能让夏安回归他的怀抱，回归平凡，他觉得这真是一件因祸得福的事。

但，夏安不可能在他怀里躲藏一辈子，该面对的总要面对，哪怕她想龟缩、逃避都不行。第二天，电话、消息轰炸般响着找她，所有人都等着她去解决问题。

老板，几千个订单等着发货怎么办？

老板，有个仓库保管员昨晚被烧伤了怎么办？

老板，顾客催单怎么办？

老板，老板……

夏安只觉得脑袋里嗡嗡直响，快被"老板"这两个字给逼疯了。怎么办？她能怎么办？她第一个想到的人就是罗嘉楠，可她还欠着人家的尾款呢，现在有什么脸再去求人家？

消息扩散得很快，她的电话还没拨出去，熊梓迦就打电话来了："安安，你怎样？"

她还能怎样？只能强打起精神："我没事。"

熊梓迦舒了口气，颇为自责："对不起，安安，这都是我的责任，当初选仓库时应该更谨慎些。"

怎么能怪熊梓迦？她沙哑着嗓音说道："别傻了，小熊，如果没有你，我连走出创业的第一步都难，何谈人生价值？只能说我运气不好。"

陈森在一旁听了，心中了然，果然是熊梓迦带坏了夏安，难怪他觉得夏安越来越像熊梓迦。他再一细想，夏安的变化就是从熊梓迦带着她参加同学聚会并认识罗嘉楠开始的，他暗暗冷哼，熊梓迦这个祸水，当初他不喜夏安跟她来往果然是对的，只是自己当初为什么不更加坚定一些？

熊梓迦虽然心中愧疚，但现在最重要的是找到解决问题的办法：

"安安，不要急，这一遭亏损是必然的，但是谁创业没有挫折呢？"

"我知道。"夏安一夜未眠，思虑过度，头痛欲裂，"这么多人等着我，我总要想办法的。"

"你有什么打算？"熊梓迦在那端关切地问。

一想到那几千个订单，夏安心里就焦虑不安："我不知道……道歉？延迟发货？"

"道歉是肯定有必要的，但是延迟发货，至少一个月内是发不出去了，我问过罗嘉楠，他们工厂已经停止接订单，各家快递公司马上就要放假了，至少要过了元宵节才正式开工运转。"

这正是夏安起初想给罗嘉楠打电话谈的事情，熊梓迦给了她答案，既然要放假了，那她的打算也就落空了。一个晚上犹豫不决的事情瞬间有了决断，她呼了口气："也好，我有打算了。我现在就去工作室。"

她在群里通知所有员工马上开会，而后换了衣服，叫上楚楚，准备带着孩子一起去工作室。她已经习惯这样了，每一次加班，楚楚都在她身边，很多次，楚楚都是在办公室的沙发上就睡着了，她将楚楚抱着回家，现今楚楚放了寒假，她更是去哪儿都带着女儿。

"楚楚就别去了吧，我今天休息，在家看着她。"陈森忽然说道。

夏安这才想起，今天是周末，不过，陈森肯带孩子，倒是破天荒头一遭了，她没心情再去纠结，点了点头，独自出去了。

其实昨晚想了一夜，做了各种打算和假设，现在她果断选择了最糟糕的一种。

工作室会议室里，夏安一改在家中时的焦虑，坐在会议桌首席，单薄的脊背挺得笔直，好似挺得越是笔直，就越能多几分勇气似的。

她环视一圈，客服、售后、仓库、运营等部门的员工已到齐，当然，除了昨晚被烧伤的仓库保管员，大家的眼睛里，全是不亚于她的焦虑。

她努力挤出一个微笑，她不知道是不是比哭还难看，但这么多人看着她，她不能先乱了阵脚。她故作轻松地吐了一口气，开始说话："好了，我知道大家都很着急。我们工作室自创业至今，时间不长，但在座的诸位却和我一样，曾为它废寝忘食、日夜奋战，我们看着它从一个小

174

小的嫩芽，以极快的速度生长、开花、结果，这过程，我们无往不利，所向披靡，可是，世界上没有哪一件事是永远一帆风顺的，就像天空不可能永远晴朗无云一样。我很感谢今天坐在这里的每一位同仁，陪我一起面对我们遇到的第一个难题，也许跨过这个坎儿，我们需要付出一些代价，但请你们相信我，相信工作室，一如你们当初来到夏安工作室，对它的成长充满信心时一样。"

夏安顿了顿，见大家都等着下文，便继续说道："这次大火，连块布头都没给我们留下。工厂面临春节放假，已停止接订单，补货已无可能，我们唯一能做的就是向顾客说明实情并道歉，告诉顾客，这批货要年后才能出来，愿意等的顾客我们给优惠券折扣，并赠送礼品，不愿意等的顾客，直接办理退款。"

员工们都没出声，心里却默默算着一笔账，几千个订单，满满一仓库衣服，这次损失对于他们这样才起步几个月的电商工作室来说，可算是巨大了。

没有人说话，会议室里静得落针可闻，夏安又说道："离春节放假还有十来天，这段时间又要辛苦大家了，会后就请大家回到岗位，各司其职，一个小时后，先将微博和店铺主页的道歉信给我看，然后再开始全面的解释及退款工作，拜托大家一定要对顾客负责，确保通知到每一位顾客。有没有问题？"

"没有！"

员工们的士气并没有因为这场大火而被打消，回答夏安的问话时还算得上斗志昂扬，夏安心里稍稍安稳，其实，只要有了方向，不管结果如何，都不会太慌张，不是吗？

员工这边的事情安排好了，剩下的事，就该她这个老板一力挑起来了，迫在眉睫的，至少有三件：第一，去医院看望受伤员工，并且承担员工全部的医药费。这是最容易的一件了，散会后夏安就叫了另一个员工陪她一起去了医院。第二，员工这个月的工资，以及年终奖，这是不能拖欠的。第三，付给罗嘉楠的尾款。这是最大的一笔开销，这一批大货是连年后的销售量都预算在里面了的，货款得上七位数。原本计算着年前这一批货销售出去，员工的工资和尾款都不成问题，但这火灾一出，订单一退，账面上的钱就不够了，但是她也不怕，因为她做好了卖房子的打算，而且事不宜迟，她一定要在春节前把房子给卖掉。

所以，在工作室的事情一一安排好之后，她便急急忙忙去了房产中介公司。

刚到，她的手机就响了——熊梓迦。

"你在哪儿？罗嘉楠过来了！我们在你工作室呢！"

"我……"出于自我防护的本能，夏安没有说自己准备卖房子，"你跟罗嘉楠说，年前我会把货款给他的。"

熊梓迦有些生气："这个话我是带不到的，你自己跟他说，他就在我旁边，我把手机给他。"

于是，手机里传来罗嘉楠低沉的声音："喂？夏安？你在哪儿？"

"对不起，罗嘉楠，我现在忙着善后呢，那个尾款，我晚点儿给你，年前一定给。"她急匆匆地说道。

罗嘉楠沉默了片刻："现在不方便说话吗？"

"不是……"夏安说道，"只是忙着而已，你也知道，工作室刚刚遭遇了大火，很多事情等着我……"她看着面前等着她讲完的房产中介。

罗嘉楠便没有再说什么："那好，祝你一切顺利，有什么我们能帮到你的，就联系我们，不要客气。"

"好！谢谢！"夏安挂断了电话，便急急与中介沟通。

另一端，熊梓迦摇头："这个夏安，又把自己藏起来了！她向来如此，一旦不好了，就把自己包裹起来，生怕别人看见她的窘迫，她糟糕的时候我们见得还少吗？"

罗嘉楠默然，不予置评。

"她要给你付货款，但她现在已经弹尽粮绝了，哪里来的钱？"熊梓迦皱着眉，灵光一闪，"完了，她一定会去卖房子！这时候卖房子可亏大了，过了这个春节，房价有一波大涨！"

熊梓迦见他还是不说话，不禁瞟了他一眼："喂，说句话呀，你不会真惦记着你的货款吧？"

罗嘉楠这才淡淡一笑："怎么会？只不过正如你说的，夏安这个人，又固执，又好面子，在她没有到走投无路的时候，不愿意欠任何人情债，更不愿意被人同情。"他的眼前浮现出多年前夏安面带自信笑容的模样，"她那么骄傲的一个人。"

　　"是呀……"熊梓迦叹息，"这么久了，我也就到了现在才知道她这几年过得不太好，她也是憋屈得不行了才愿意跟我说，现在好不容易事业起步，从头活一遍，又遇到这样的挫折，我也是心疼她。"

　　"她会走过去的！我们看着她好好地走吧！上车！"两人已经出了夏安的工作室，罗嘉楠晃了晃手里的车钥匙。

　　"去哪儿呀？"

　　罗嘉楠大步走在前头："陶奇请我们吃饭呀！"

　　一听陶奇的名字，熊梓迦就变了脸："我不去！"

　　罗嘉楠回头，笑道："哟，还有你不敢赴的约呀？难道你怕陶奇？"

　　"我怕他？"熊梓迦一脸"天大的笑话"的表情，"我会怕他？我怕他脸大呀！"

　　"那还等什么？吃饭地点我选，宰陶奇一顿狠的，也算有仇报仇了。"罗嘉楠暗笑。

　　熊梓迦歪头一想："也对！"

　　"那还等什么？走呀！"

　　熊梓迦迅速踩着高跟鞋跟着罗嘉楠走了。

　　熊梓迦选的餐厅，"红烧"先到，已经在里面候着了。罗嘉楠和熊梓迦进包间的时候，"红烧"眯着眼笑着，一个劲儿伸长了脖子往他俩身后瞧，见再没人来，使劲冲罗嘉楠挤着小眼睛。

　　罗嘉楠被他挤得忍无可忍了："你眼睛怎么了？"

　　"红烧"眨巴了两下眼睛："眼……眼睛疼……"何止眼睛疼，还心疼哪老板！听见人家出事千里迢迢飞来，结果连面都没见上！没见过比你更冤的老板了！

　　"对不起对不起，来迟了来迟了……""红烧"正挤着眼睛呢，陶奇风风火火地来了，"不好意思，大家久等了。"

177

熊梓迦斜睨着他："不，你来早了！你两个小时以后来就刚刚好！"

言下之意就是只需要他来买单？陶奇欠欠地笑着说道："不，我来得正好，我不来，谁来伺候女王大人您用膳？谁帮您虾去壳、鸡去骨、鱼去刺、西瓜去皮、火龙果去籽？谁做您永不过期、永久保修、强壮有力的坚实臂膀？"

"嗯，谁给你洗衣、做饭、刷碗、拖地？"罗嘉楠从容补刀。

陶奇瞪他一眼："你懂什么？你会吗？会吗？你这样的人永远不会懂得劳动的乐趣！"

"红烧"笑了："都能千里迢迢扛着布当快递员、业务员，怎么会不懂得劳动的乐趣？"

三个男人说来说去，熊梓迦却一直看着手机，没什么心情。

"怎么了？"陶奇的注意力都在她身上。

熊梓迦叹了声："不知道夏安怎么样了，也没发信息给我。"

"夏安怎么了？"陶奇还一无所知。

"你都不看新闻的吗？人家罗嘉楠都千里迢迢地过来了，你还啥都不知道！"熊梓迦白了他一眼，把事情跟他说了。

罗嘉楠摆摆手："不用太担心她，没到最坏的时候。我们一路走来，谁不是跌跌撞撞坎坎坷坷？她已经够顺了，现在遇到的难处不过是钱，套一句大俗话，能用钱解决的事都是小事。"

熊梓迦瞥了他一眼："土豪都是这么嚣张的吗？你有钱固然站着讲话不腰疼，夏安现在要卖房子！"

"那你说怎么办？我现在跟她说暂时不要付我货款她会同意吗？我倒是想过去把她的房子买下来再还给她，事后她会感激我还是觉得欠我太多？现在不是她刚刚起步的时候，那时候她每接受我们一点儿帮助都还忐忑忑忑的，手上一有钱马上就还！现在，只要她还有退路就不会轻易求助于人！放心吧，房子没了还可以再买，夏安是个有韧性的女人，有韧性的人，弯得下去，也弹得回来！"

熊梓迦皱了皱眉："我跟她做了那么多年的朋友，还没你了解她

178

吗？我只是担心而已……"

正说着，"红烧"又在那儿挤眉弄眼了。

"干什么呢？眼睛疼就赶紧去买眼药水！"罗嘉楠呵斥。

"夏……夏安……""红烧"指着罗嘉楠身后的门口。

众人回头，果然看见夏安站在门口。灯光下，她的双目隐约有泪光。

"哎！夏安，你怎么来了？"熊梓迦惊喜之余，赶紧把夏安拉进座位坐下。

"我叫她来的！"陶奇举手。

熊梓迦觉得"短腿奇"这事办得还不赖，所以没打击他，只是关切地看着夏安。她看见夏安悄悄抹去了眼角的泪痕，顿时心疼了："你看你，哭什么呀，不是还有我们吗？多大的事？刚才罗老板还说了，只要能用钱解决的事就都是小事！你不好意思欠罗嘉楠的，还不好意思欠我的吗？差多少，我拿给你！"

夏安红着眼眶微笑，目光在每个人脸上扫过，看见一张张真诚的脸，虽然三个男人没说话，但他们脸上的表情和熊梓迦是一模一样的，好像都在说：对，还有我们呢……

夏安摇摇头："我没有觉得难，真的，我就是觉得感动，刚才你们说的话我都听见了。这半年的经历，比我前二十九年都丰富，相信我，不管成功还是失败，我收获的比失去的多。可以说，活到现在我才觉得自己这三十年没白活，欢笑、眼泪、奋斗、艰难、喜悦、成功、失败……人生百味，不一一经历，又怎么称得上完整？而我完整的人生里有你们，就是我最大的幸运。有两个字我曾经说过多次，今天我还是要说，谢谢。谢谢你们为我所做的一切，以前的我就不赘述了，我夏安记在心里，永不忘记，今天要谢的，是你们对我不离不弃的关爱，以及毫无保留的信任。小熊，我知道你对我有多好，你说过的，你吃饭我就绝不会喝粥，可是，小熊，我也想要有自己买饭吃的能力，然后让我有机会可以给你吃我锅里的饭，这不是你希望的吗？独立、强大、自信、坚韧的夏安你会喜欢对不对？"

熊梓迦被她说得眼眶发红，抱着她用力点头。

"还有罗嘉楠，谢谢你对我的了解，谢谢你信任我的韧性，是，这次的事没有那么难，以后的路，我还会遇到坎坷，但是有你们在我身后，我就有无惧无畏的勇气，我不会辜负你们所有人的期望和心血，努力成为最好的夏安。"

罗嘉楠没有说话，只是用充满欣赏的眼神看着她，微笑颔首。

"陶奇，还有你。"夏安微笑，"在陪着我一起二度成长的朋友里，你是最辛苦的，虽然你从来不说，但我知道，进度赶得那么紧，你用了多少通宵帮我剪视频、修照片，以后，可能要麻烦你的时候还有很多，希望你不要嫌弃我。"

陶奇咧嘴一笑，露出雪白的牙齿："怎么会？你是'美熊'的姐妹，就是我的姐妹呀！"

夏安扑哧一笑："怎么是'美熊'了？不是'胖熊'的吗？"

"他敢！"熊梓迦扬起了下巴。

"是是是，他不敢，你最厉害！"夏安捏了捏熊梓迦的脸。

"红烧"一双眯眯眼红红的，眨巴眨巴："我呢我呢？没我什么事吗？"

"怎么会没有你？"夏安笑道，"我的布料，一次次要重染，打版反反复复修改，你们老板呀就是发号施令，具体都是你在帮我的，你看看你，帮了我这半年，人都瘦了一圈呢！"

"红烧"眼一眯，满足地乐了，可转念一想，不行呀，得给老板争取加分呀，马上又使劲睁大眯眯眼，郑重其事地说道："不是不是，我们老板才是最辛苦的！你不知道他给你改设计稿有多认真，把工厂所有事都推给我了，还亲自下厂看样、看大货……"

罗嘉楠啧了一声："多嘴！"

"知道知道，我都知道！"夏安叫来服务员开酒，"所以，相信我，我已经都处理好了。我的确是要卖房子，这房子也很好卖，估计几天就会有回音，可不要替我觉得可惜，我也不是不把你们当朋友，拒绝你们的帮助，正是因为珍视你们这样的朋友才不轻易浪费你们这几条求

180

助热线，放心，以后我还有找你们的时候呢。俗话说，救急不救穷，没有理由我自己坐享两套房子，却跟你们说我没钱了，请你们帮帮我，这不地道是不？而且我相信以后我有能力买更好的房子。年底了，咱们今天好好聚一聚，然后休假，新的一年，祝我开年大吉吧！"

大家都是意气相投的创业人，被她说得热血沸腾，这顿饭意外地吃得非常开心。原本应该最郁闷的夏安，大概是因为这高度紧张的半年终于结束，反而轻松了，尽管结束的方式有不尽人意，但还能怎样呢？从头再来吧！所以，夏安倒是喝得最畅快的一个，陪着她一起的还有熊梓迦和罗嘉楠，陶奇和"红烧"见这三人如此有兴致，自觉地没有端杯，这酒后保驾护航的任务还得靠他们呢！

喝着喝着，熊梓迦便不知不觉喝得多了，散席的时候，走路都有点儿晃了。陶奇赶紧扶住她，回头说道："我带着她先走了，'红烧'，你老板和夏安交给你了呀！"

"没问题，你小心着点儿！""红烧"急忙说道。

"嗯！放心！"陶奇驾着熊梓迦离开了餐厅，一直把她送到了家。

他的钥匙在遭熊梓迦逐出家门的时候就已经被没收了，指纹他早就试过，也被熊梓迦取消了，他是抓着熊梓迦的手指把门按开的。进去后，他一开灯，一时雪亮刺眼，熊梓迦被了皱眉，似乎有些清明，向四周看看，再看到陶奇，眉头皱得更紧了。用力将他一推："你怎么又来了？又忘了什么东西？陶奇，你还要脸吗？"

说完，她却重心不稳，一下跌到在沙发上，她顺势躺了下去。

陶奇走到她身边蹲下，凝视着她的双眼，鼻息间溢出的浓浓酒意让空气里都弥漫着陈酿的味道，吸入一口，便不由自主地沉醉。他情不自禁地伸手轻抚她的脸颊，将她鬓边几缕散乱的长发拨至耳后，鬼使神差地用他自己都陌生的温柔语气说："嗯，我还落了件很重要的东西。"

"什么呀？"躺下来的熊梓迦觉得舒服了不少，只是耳朵边痒痒的，甩了甩脑袋躲避着。

陶奇顿了顿，目光胶着在她眼睛里："你呀。"

熊梓迦却明显已喝到脑袋死机，点了点头："哦，那你自己去找

181

吧，找到就拿走，不要再来了！"

陶奇这好不容易说出口的话，在她清醒的时候他也不敢保证自己是否还敢说，于是握住熊梓迦的肩膀摇了摇，见她的眼神有些聚焦，忙道："小熊！小熊！你看清楚眼前的人是谁！我是谁？"

熊梓迦看着他，目光迷离地笑。

"'胖熊'！"他气得大喊一声。

熊梓迦火了，心里还是有一点儿清明和记忆的，顺手一巴掌拍在陶奇头上："你还叫'胖熊'？"说了不叫的！

陶奇被打得脑袋里嗡嗡的，抓住她的手，另一只手扒开她的眼皮，不让她就这样又睡过去："好好好，'美熊'，你对夏安都这么掏心掏肺的好，你不是一个冷漠的人呀，为什么对家人这么冷淡呢？"

"家人……"熊梓迦迷迷糊糊地呢喃，"家人……老师……别问了……我没有爸爸……"

怎么又扯到老师身上了？"小熊，小熊？"

他撑着她的眼皮也没用了，她睡着了……

陶奇暗暗叹息，握着熊梓迦的手，良久，低头缓缓在她手背上印下他的吻。

这晚陶奇没有回去，把熟睡的熊梓迦抱回卧室后自己抱了被子睡在他之前住过的房间里，却发现只剩个光秃秃的床垫，于是转至沙发。被角扫过茶几，将熊梓迦的包带落到了地上，包里零零碎碎的女生用品滚了出来，包括熊梓迦的小化妆镜、口红等。

陶奇蹲下帮她捡东西，拾起口红时却突发奇想，对着小镜子，在自己脸上描了一个红唇印……

夏安则是由"红烧"送回去的，和罗嘉楠一起，三人同车。

罗嘉楠还好，微醺的状态，但夏安的情形却和熊梓迦差不多，走路都需要人扶了。

"红烧"见此情形犯了愁，摇着夏安问她家的地址，好在夏安虽然醉了，这个问题还是能回答的，然后她睁眼往外一看，确实是到地儿了，摆摆手："我没事，我自己能走……"

说着她便打开车门，可脚刚迈出去，身体便东倒西歪软下去，所幸趴在了车门上，才没有摔倒在地。

"红烧"一看，这怎么行，赶紧下车将人扶住，回头跟罗嘉楠挤眉弄眼，示意老板这个时候不表现什么时候表现。

罗嘉楠一脸"你脑子有坑"的表情："你送她回家吧。"

"红烧"眨巴了几下眼，似乎明白了什么，摇头叹息，扶着夏安走了。

夏安还知道按电梯呢！

进电梯后，她一边按一边嘀咕："没事！不用你送！你看，我还行吧？"

"红烧"无语望天："好好，你行、你行。"

夏安嘿嘿一笑，靠在电梯壁上，慢慢闭上了眼，身体不受控制地往一边歪，"红烧"只好赶紧又扶住了她。

电梯一响，到了。门开，夏安却迷迷糊糊闭着眼睛没有感觉，"红烧"扶着她喊："夏安！夏安！咱们到了呀。"

"红烧"刚刚说完这句话，就看见了在电梯门口的陈森，陈森的脸阴沉得可怕。

"红烧"还是第一次和陈森这样近距离地相对，下意识地便觉得冷，暗道难怪老板不肯上来……

四目相对下，电梯门缓缓地合上了，"红烧"这才反应过来，用力按住，哎哎直叫。

电梯门再次打开的时候，"红烧"赶紧把夏安往陈森怀里推："陈森，夏安的工作室出事了，心情有点儿不好，所以喝了点儿酒，后面的事就拜托你了呀！"

陈森顺手搂住夏安，只觉得怀里抱了一大坛酒，酒味直冲，阴沉的脸却没有半分转晴的迹象。

"那个……我就先走了啊！""红烧"笑得眼睛眯成了一条缝，按了电梯。

电梯门关上后，他才收起笑容，吐了吐舌头："这浑蛋，摆脸色给谁看呢？如果不是为了夏安好过些，谁会笑给你看！"

而电梯外，陈森却依旧阴着脸把夏安弄回了家。说是去解决工作室

183

问题的，却一去不回，好歹她也是他老婆，他在家里也是担心的，这大晚上的，他已经开门出来看了几次了，却原来是喝酒去了，还是和这些人喝！"红烧"他怎么不知道，那是罗嘉楠的狗腿子呀！心情不好？心情不好不跟他这个正牌老公倾诉，去跟外面的野男人喝酒？

陈森的心里燃起了熊熊烈火，可这火却没有发泄的地方，罪魁祸首人事不省，他就是此刻把她撕碎了她都没反应，他能怎样？

他满腔愤怒地把她扔到床上，她嘴里还在念叨着："小熊……相信我……我不会让你失望的……我会成为……一个不需要男人……独立自主的女人……我……我不会再做老公、孩子的奴隶……我……我要让……陈森……见鬼去……"

这是胡言乱语还是酒后吐真言？明显，陈森更相信是后者。熊梓迦，你个不知检点的女人，要把我老婆教得跟你一样吗？还有罗嘉楠，都是些什么浑蛋玩意儿！

陈森盯着横陈在床的夏安，占有欲突然高涨，他不顾一切地扑了上去……这个夜晚，结束在他一个人的迷乱里。

22

宿醉，使得夏安第二天睡到快中午才起来，家里有电视机在放卡通台的声音，她的头有些痛，但清醒过后，她立即意识到昨晚发生了什么，而且，陈森没有采取措施。

她猛然坐了起来，奔到客厅，发现女儿坐在地板上看电视，她爸沉着脸陪坐在沙发上。

"妈妈！你起床啦！"楚楚欢欢喜喜地朝她挥手。

夏安勉强笑了笑："是呀，妈妈不乖，今天睡懒觉了。"

"不是！是妈妈工作辛苦了！"楚楚很懂事地替妈妈找理由。

夏安再次一笑，这回的笑却多了几分真心，为这样懂事的女儿："妈妈先去洗脸，然后出去有点儿事，下午陪你玩。"工作室的事年前就算告一段落了，客服们忙着退款退单，她只盼着房子能在年前卖出去，赶紧拿到钱。

楚楚拍着小手高高兴兴地应了，夏安迅速洗了脸，也没化妆，匆匆拿了包要出门。

"你上哪儿去？"陈森耐不住了，问道。

"几分钟就回来。"夏安心里虽然不乐意，但不愿在楚楚面前不搭理这个人，说完，开门就走了。

陈森脸色一变，立即意识到了什么，穿上鞋便跟了出去。

夏安刚进电梯，他还是赶上了，眼看电梯门就要合上了，他伸手一挡，冲了进去，电梯门再度合上，电梯里的气氛变得沉闷起来。

"你想干什么？"陈森的脸色十分难看。

夏安便明白他猜到了，抬头气狠狠地看着他："你明知道我这几天是排卵期！"

"那又怎样？不准去！"陈森扭住了她的手臂。

"你放开！"夏安挣扎，两个人在电梯里扭打起来。

到了楼下，陈森还死拽着夏安不放，夏安的力气比不过他，挣扎无效，一时气急："陈森！你不可能永远这样拽着我！就算我今天不吃药，我哪天发现怀上了也会打掉！"

夏安的话如同声声惊雷，震在陈森头顶，隆隆作响，当年那个坐在他怀里一脸憧憬地掰着手指头对他说"我们以后要生两个小孩，一男一女，凑一个'好'字"的单纯姑娘，真的不在了……

一种类似于绝望的疼痛，自陈森的心底往上蹿："我再认真地问你一次，真的要去买药吃？"

夏安点点头，坚定地回答道："是。"

"呵！"陈森点着头，"夏安，你变了。"

这种台词，有些老套，甚至有些可笑，可也算得上经典台词，她坦率地承认："是，我变了。"

"谁教你的？"陈森不依不饶，眼里甚至燃起了怨怼。

夏安奇怪地看着他："需要人教吗？"

"是熊梓迦对不对？"陈森想起这个名字就觉得可憎。

"关熊梓迦什么事？"夏安觉得莫名其妙。

"熊梓迦这个莫名其妙的女人！宣扬自己不婚，却天天跟各种各样的男人厮混，现在也教着你往这方面发展？独立？不靠男人？不做老公和孩子的奴隶？你告诉我，什么样的叫不做老公和孩子的奴隶？这么些年委屈你给我当奴隶了？让你在家里享清福，天天闲着没事干，光煮几顿饭就是当奴隶了？那这奴隶的生活也太好过了些吧！"

　　话题又回到了原地，只是，如今的夏安已经不是过去那个成天哭着喊着跟陈森争论自己做家务、带孩子不只是做几顿饭这样简单的家庭主妇了。她只是默默听着，而后冷笑："你要这样想，我也没有办法，只不过，我知道我自己现在要什么，我也知道我的人生价值该如何实现了。"

　　"人生价值？你要什么？夏安，你结婚了，你最大的人生价值就是做一个好妻子、好妈妈，而不是成天跟你那群不正经的时尚圈人士瞎混！"陈森实在不喜欢她那些同学，打扮得奇形怪状不说，思想也标新立异脱轨得厉害，末了，他又补充道，"你要实现你个人的价值，出去工作也不是不可以，但非要涂脂抹粉跟一群没有羞耻观的人在一起吗？夏安，你要守妇道，做一个好女人！"

　　这话把夏安气得不轻，如果不是楼道里有人来了，她非得再扇一巴掌过去不可，同时，她也深刻地意识到，要说服一个人、改变一个人的想法有多么困难。她只能冷着脸对他说："陈森，请你尊重我的专业！尊重我的朋友！"自始至终，陈森就不喜欢时尚人士，从一开始不主张她和熊梓迦来往就能看出，可既然这样，何必娶她？

　　陈森也觉得站这里吵架不太像话，可他不甘心，非得逼着夏安表态："那好，你现在做一个选择。我和熊梓迦，你选谁？选我，选楚楚，要这个家，就跟熊梓迦和那群奇怪的人断绝来往；选熊梓迦，我们散伙。"

　　夏安气极，毫不犹豫地回答道："选熊梓迦！你现在可以放手了吗？"

　　陈森完全没想到，一怔之下有所松懈，夏安已经挣开，大步朝着小区里的便民药店而去。

陈森遭到前所未有的打击，尽管内心崩溃，可看着她的背影，还是不舍，也顾不得面子了，忍不住大喊："你是认真的吗？夏安！有些话不能乱说！"

夏安用片刻的时间琢磨了一下，内心的失望已经不屑提起："如果你的问话是认真的，那我的回答也是认真的。陈森，在我伤心、难过、需要支持的时候，熊梓迦始终站在我身后，而你，我只能说，我所有的伤心和难过都是你带给我的。"

一句话，算是击毁了陈森所有的希望，他忽然觉得他不知道自己活着是为了什么，从前的努力和奋斗是为了老婆、孩子更好地生活，而他老婆却说，他给她的只有伤心和难过……

虽是正午，天空却灰蒙蒙的，陈森叫了一声，痛，却哭不出来。

有人打电话找夏安，他看见她接电话，隐约听见她在说："有人要房子是吗？好，太好了，我等下就过来。"

这才想起，他原本是打算早上问问她工作室的事情解决得怎样了，可是最后却成了这样。都是她的错，如果不是她要吃药，他们怎么会吵起来？原来她要卖房子了？真好，卖了房子，她就安分了！

同样是酒后醒来，熊梓迦那边又是别样惊天动地的动静。

首先，是熊梓迦发现陶奇睡在她家的沙发上，盖着她新买的粉红色被子，一双臭脚露在被子外，脚上还穿着袜子，一看就是昨晚没换洗的袜子呀！

有洁癖的熊梓迦顿时整个人都不好了，冲上前一把掀掉被子，凑近一闻，下意识地便觉得被子里全是臭脚丫子味！她气得将被子一扔，一脚踹在陶奇身上："你给我起来！"

陶奇从美梦中惊醒，熊梓迦一眼便见到了他脸上盖着的红唇印，顿时呵呵冷笑："哎哟，这是在哪里惹的桃花运，被人盖章了！"

陶奇摸了摸脸，想起自己昨晚干的事，暗爽，却勉力绷住了脸，一脸忧愁的样子反问道："你自己干的好事，想吃了就不认账了？"

"我？"熊梓迦一脸惊愕，她不是没有怀疑过自己酒后失德，细细把昨晚的事情回忆了一遍，可只回忆到陶奇扶她上车就想不起后来的事了。

"不是你是谁？"陶奇还故作委屈地继续说道，"你自己昨晚说要尝尝窝边草的味道，现在把人家吃干抹净就想不负责任了吗？"

熊梓迦不是蠢女人，片刻的疑惑后，盯着他脸上的红唇印冷哼："是吗？那我怎么评价你这窝边草来着？"

"你说……"陶奇做了个羞涩的动作，"嫩……鲜美……"

"哦？"熊梓迦呵呵笑着，顺手操起了茶几上的剪刀，"窝边草是吗？呵呵，呵呵……"

陶奇见状，吓得一蹦而起："你干什么？想杀人灭口吗？"

"不，我只是想，斩草除根！"熊梓迦咬牙，举着剪刀追了上去。

熟悉的猫和老鼠的追逐游戏在熊梓迦偌大的房子里展开，从客厅到卧室，再到厨房、洗手间，只听见陶奇鬼哭狼嚎地喊救命，熊梓迦愤然："借老子喝醉了来糊弄我！姐姐我如果连睡没睡男人都分不清，就白活这三十年了！"

最终，陶奇连人带被子都被熊梓迦扔出了家门。

陶奇纳闷儿："被子招你惹你了？"

"一股你的臭脚丫子味儿！我不要了！臭男人！"

而后，砰的一声关门声，差点儿砸歪陶奇的鼻子。

陶奇在外面猛砸门："喂，我们之前说好的，春节出去旅行的，别忘记了！我机票、酒店都提前订好了！"

他俩之前还在和谐"同居"的时候，还是做了一些小小的规划的，毕竟他们能结成长久且稳定的闺密关系，彼此是志趣相投的，相处也是颇为愉快的，而且在过去的这么多年里，他们一直是旅行的好伙伴，不说别的，就陶奇这样专业而又任劳任怨的摄影师，就很难得了。但这回陶奇在外砸门砸得震天响，熊梓迦也没搭理他。

188

第八章　毁灭与涅槃

23

夏安新买的房子很快就脱手了，并且顺利地在春节放假前拿到了钱。连房产中介都摇头说："只见过涨价卖房子的，没见过转手价格比买入价还低的，怎么会卖不掉呢？抢着要呀！唉，这房子要是等着春节后卖，每平方米至少得涨个两千块。"这是在为她扼腕叹息呀！

夏安笑笑，的确略有亏损，可是她等不起，她必须在年前拿到钱！

顺利地将欠罗嘉楠的货款转了账，也把员工的工资和奖金发了下去，她的手里还有少量剩余，够明年交货款的预付款了。

最后一次盘底，年尾这笔订单，退单率达到了90%，只有10%的顾客愿意等到年后再发货。这10%算是死忠粉了吧，虽然和微博上夏安庞大的粉丝数量比起来，这只是很少的一部分，但她还是很感动，工作室年前最后的工作就是给这1.%的顾客每人寄一份新年礼物，礼物不是什么贵重的东西，连带着她和客服的亲笔手写书信一起，寄给顾客，算是表达她的歉意和感激。

至此，开始了真正的木偈。

对夏安跟自己的一次大吵，陈森没有释怀，夏安的选择如塞在他心头的石子，陈森觉得有必要找到解决的办法，所以，他去找了熊梓迦。

对于陈森的到来，熊梓迦是惊讶的，她知道，陈森一贯不怎么喜欢她，但他是夏安的丈夫，至少现在还是。

"大家都很忙，我就开门见山了。"陈森坐下来说。

"你说。"熊梓迦的直觉告诉她，陈森来者不善，但既然来她公司了，她还是给他倒了一杯水。

陈森并没有喝水的打算："熊梓迦，明人不说暗话，你也知道我们俩一直不大对盘，但夏安说你是她最好的朋友，所以我也从不反对她和你来往，甚至，我女儿还认你做干妈，但你这个当干妈的，当闺密的，也该有点儿做人的原则，你自己喜欢过怎样的生活，是你的事，奢靡散漫也好，放荡不羁也好，那都是你的事，我们无权干预，也无权指责，可是，请你不要对别人的生活指手画脚，更不要把你那些对生活、对自己都不负责任的思想灌输给我老婆。夏安是有家、有老公、有孩子的人，她的所言所行不仅仅是她一个人的事，更是我们全家的事，她要做的也不是像你这样的女人，而是一个好妻子、好妈妈！"

这还不是指责？这简直只差把她浸猪笼了好吗？熊梓迦也是第一次遭遇这样的情况，一时间竟愣住了，只觉得好笑："所以呢？"

"所以，如果你不能给夏安正面影响的话，以后就不要再和我们来往了吧。"陈森站起身，一副"言尽于此，就此告辞"的架势。

"等等！"熊梓迦在职场打拼多年，见惯了各种奇葩，虽然她觉得陈森已是奇葩中的极品，但还不至于暴跳如雷，"陈森，你是夏安的老公，你来，我招待你，你胡说八道，我也不会放在心上。但是，作为夏安的好朋友，我还是想说，希望你花点儿时间好好了解夏安，毕竟你是答应过给夏安幸福的男人。不送。"

"我不了解夏安？我当然了解她！只不过，现在的她让人越来越看不懂，她如同被你洗了脑一样，所以，我只拜托你以后不要再来打扰我们的生活，别忘了，你是挂着'总监'这样高大上头衔的人，不要总干拉皮条的活儿！"

"拉皮条"三个字把熊梓迦惹火了："陈森！"

190

"陈森！"有人和她异口同声。

陶奇怒气冲冲地冲了进来，直接将陈森推开，自己挡在了熊梓迦前面："你在这儿胡说八道什么？一个连自己老婆都养不起的男人，有什么资格到别人老婆面前来指手画脚？"

连自己老婆都养不起的男人……陈森敏感的心被这句话刺伤，只觉此刻自己的尊严被陶奇踩在脚下践踏，一时脸都气得变了形，酸溜溜的话也脱口而出："别人老婆？她是谁的老婆？一双破鞋能是谁的老婆？你的？那可真恭喜你头上绿光冲天！"

陶奇直接不跟他说了，一拳挥过去，稳狠准地揍在了他的脸上。

陈森何堪其辱，上前便要反击，只是陈森一IT人士，常年坐在电脑前死磕，而陶奇一热爱生活的摄影师，旅行、健身从不落下，陈森明显不是对手，挨了陶奇好几下。

眼看着俩人就要纠缠下去，熊梓迦看不下去了："够了！再闹我就叫保安了！"

好歹算是把他俩给扯开了，陶奇还在那儿放狠话："早想替夏安揍你了！简直不是个男人！"

陈森只觉羞辱无比。这是替夏安出头的？夏安把他们夫妻之间的事都说给这些人听了吗？呵，家丑不外扬她不懂？

"你快走吧，再闹下去只会更难看！"熊梓迦拉着陶奇，免得他俩再起冲突。

陈森有些魂不守舍的样子，恍恍惚惚地就出去了，到外面后，摸了摸唇角，有着黏黏的湿意，一看，竟然被陶奇打出血来了。这个样子，他不想回家，也不知道去哪里，开着车满大街转悠。

他走了以后，熊梓迦才向陶奇发作："你跑到我公司来干什么？还不敲门就进来，还有，什么老婆不老婆的，你又在胡说什么？"

陶奇满身雄性斗志在单独面对熊梓迦时瞬间消失，秒变软萌乖巧小可爱："嘿嘿，我就那么一说，你迟早要成为别人的老婆呀。"他其实想说，你迟早要成为我老婆的……

熊梓迦直接变脸："我不想在我办公室跟你强调我是不婚族这个问

191

题，以及批判你们为什么都不信，你赶紧给我滚蛋，有多远滚多远，别让我赶你！"

"小熊……"

"赶紧的呀！我忙着呢！不做完工作都不能休假了！"她不耐烦地挥着手。

"好好好，我走，我走，不影响你，别忘了我们后天就要出发了呀！年假、春节一起休，请好假没？"

熊梓迦还是没理他……

陶奇最终还是走了，可熊梓迦这一整天却都惦记着夏安，陈森没在她这里讨到好，也不知道回去以后会不会为难夏安。

她怀着这份忐忑，到了晚上睡觉前，还是给夏安发了条消息：夏安，睡了没？

夏安很快回了：没有，怎么了？

那边是个什么情况，熊梓迦并不清楚，可她也不想把陈森来闹她的事告诉夏安，他们的婚姻本就在风雨飘摇中残喘，她希望夏安所有的决定都是因为夏安和陈森两人本身的问题，其中不要有她的因素。

她正犹豫着，夏安的电话却打过来了，她只好接了。

"小熊，我没事了，你不用惦记我，钱全付出去了，员工也提前放了假，整个工作室好好休整一下，过完年再创新的巅峰！我现在整个人都轻松极了，每天陪着楚楚玩一玩，特别惬意，我算是明白你们放假的心理了。你呢，有什么打算？过年回家吗？"

熊梓迦听着夏安的声音，觉得好像陈森不在家呀，不然能这么惬意地跟她煲电话粥？她想到陈森离开时嘴角都在流血，顿时有些担心，陶奇不会把人给打坏了吧？不知道陈森会不会倒在哪里……

于是她连忙说道："我可能要去旅行吧，顺便休个年假，对了，陈森不在家？"

"嗯，一大早上班去了，还没回来呢。"

完了完了，会不会真的出事了？熊梓迦忐忑地说："夏安，都这么晚了，陈森还没回来，你也不找找他？"

不是没找过，这么多年了，她都找累了，尤其前几年，她一个人带孩子累得半死，晚上想他早点儿回来，打个电话他还嫌她打扰他工作，她早就习惯不找他了。何况，他们的婚姻如今还是这么个情况。夏安掩饰着情绪，故作平静地回答道："有什么好找的呀，他经常这样，加班呀，和朋友喝酒呀，我都习惯了。"

熊梓迦只好说道："夏安，我今天白天其实看见他了，觉得他好像不太好，你还是找找他吧，我不跟你说了呀，晚安，拜拜。"

熊梓迦就这么把电话挂了，实在奇怪。

夏安莫名其妙地拿着手机，还是拨了陈森的电话，却是关机。她的心中生出疑惑，熊梓迦这么提醒她，应该真有什么事，可她现在能上哪儿找陈森去？她想来想去，想起了陈森的好朋友——浩子。

好在她存了浩子的电话，一个电话打过去，浩子蒙着呢："呀？嫂子，我没跟森哥在一起呢！他这么晚没回呀？电话也关机？那我出去找找他呀！"

"好，那拜托你了，浩子，我也不知道上哪儿找他去，家里又有孩子，我也走不开。"

"嗯，我去就成！我大概知道他在哪儿。那个，嫂子……"浩子想起什么，却欲言又止。

"什么？"

"那个……森哥这段时间心情很不好，待会儿我找他回来，麻烦你多担待一些。"浩子边说边拿起外套准备找人去。

心情不好？她哪里知道他心情不好！

"唉……"浩子本就是个话多的人，起了头便在那边叹息，"要怪的话就怪我吧，嫂子，是我对不起你们，你别生森哥的气。"

"怎……怎么能怪你呢……"夏安一头雾水，敷衍着浩子套他的话。

"真的真的！那个投资是我拉着森哥做的。森哥一直想要再买一套房子，缺钱，在公司也做得不开心，还被排挤到别的部门坐冷板凳去了，我刚好结识一个老板，要做个项目，就拉着森哥一起入伙，结果那个老板跑路了，我们投进去的钱也都打了水漂，就在上周，森哥还从公司辞职了。你也知道，森哥那个人，一贯要强、要面子，这算得上他人生最失败的时段了，虽然亏了这么多钱，但钱毕竟还可以再赚，你要怪就怪我吧，森哥自己也很难受，他也不想这样……"

家里的钱自从上回陈森把卡拿走后，她就再也没看过，没想到居然都亏完了！他将工作也辞了？难怪他最近有时间在家带楚楚……

陈森那个人，还有谁比她更了解呢？一路顺风顺水，学霸、高管，一向都是光芒万丈让她仰视的人物，在她面前有着强烈的优越感，从不曾跌倒的人一旦跌倒，那种滋味只怕他还没有她的承受能力强，也难怪他越来越尖酸刻薄……

她静静地听浩子说完，才说道："我知道，我不会怪他的。"

"嗯，那就好。嫂子，那我先不说了，我找他去了。"浩子算是放了心，出门直奔他常和陈森喝酒的地方。

陈森果然在那里，已经喝得半醉了。

"哥，咱们不喝了！回家了啊！"浩子过去架起他。

陈森甩开他的手："走开。"

"哥！哥！咱们回去了啊！嫂子在家着急呢！"浩子不管三七二十一，结了账，连哄带拉，总算把他给拉走了。到了光亮处一看，陈森这脸上还带着伤呢，浩子也不敢问发生了什么，只想着把人先送回去再说。

他开着陈森的车，总算把人给弄到了家。浩子敲开门，暗暗指了指陈森的脸，提醒夏安注意，然后便告辞了。

陈森还没醉到自己不能走的地步，在夏安来扶他的时候，甩开了她的手，自己进了家门，在沙发上坐下，闭着眼，呼出的气息全带着酒味。

夏安看着他，心中暗暗叹息，倒了杯温水，递到他手边："你也没必要这样呀，钱没了还可以再赚，工作没了还可以再找……"

她话只说了一半，陈森便将她端着水杯的手一推，起身往书房走了，脑中一个声音嗡嗡在说：她知道，她全知道了，难怪，全世界都

194

知道了……他眼前浮现出陶奇那嚣张而讨厌的样子，拳头狠狠砸在他的脸上，他的脸和自尊都碎了一地，还有陶奇说的那句话，魔咒一般在他耳边回响：连自己老婆都养不起的男人……连自己老婆都养不起的男人……

呵，他是个没用的男人！是个一败涂地、连自己老婆都养不起的男人！砰的一声，他将自己关进了书房。他不想看见这些人，这些外表光鲜、内里藏污纳垢而又讨厌、肤浅的人！陶奇！熊梓迦！罗嘉楠！每一个都是！

夏安端着水杯，眼睁睁地看着他走进书房，她的手背上，洒满了溅出来的温水。

2

第二天，夏安醒得很早，听见房间外有动静她就起来了，出去便看见陈森进了浴室，一阵水响后，陈森从里面出来，脸上带着淤青，可还没等她问出口，陈森又回了书房。

不一会儿，陈森从里面收拾了个行李箱出来，看样子，是要出远门。

"你要去哪里？"夏安挡在他前面问。

陈森低着头没回答，绕开她直接开门出去了。

"陈森！"她追出去，跑到电梯口，却发现电梯一直在下。这么快？

当她追到楼下时，陈森的车已经不见了。

他就这样不告而别了？算什么？

她回到家里，再打陈森的电话，倒是开着机，只是没人接听……

她没了办法，只好再打电话给熊梓迦，问问昨天小熊看见他时到底发生了什么。熊梓迦虽然不想自己成为夏安夫妻俩之间有影响力的变数，但事已至此，也只有和盘托出了。

夏安听了，也没说别的，只是对熊梓迦说了声抱歉。

"咱俩谁跟谁呀，说什么抱歉呢？要说抱歉的话还得'短腿奇'来说，他也忒野蛮了一些！陈森没事吧？"

"没事……"就是不见了。

陈森是真的不见了。起初他的电话还能打通，只是不接，夏安多打了几次后就关机了，这一回，她再求助浩子，浩子也没了办法。直到三天后，陈森妈妈打电话给她，她才知道，陈森回了老家，而且是开车去的，一个人，大概是开开停停，三天才到。

婆婆问她怎么没一起回去，她不知道陈森会怎么说，只好说自己新开了个工作室，事忙，脱不开身。

婆婆在那边颇为惋惜："想看看楚楚呀，我都一年没见到孙女了，陈森也是，你没时间，他不会把楚楚带回来呀！"

"楚楚……她们春节要表演节目呢……"夏安继续瞎编。

"哟，那电视上能看到吗？"婆婆来了精神，跟她唠了一大通。

她也陪着唠，最后老人家说："你们母女俩单独在那边也要注意身体呀！忙归忙，身体还是最重要的！你呀，一个女人家，开什么工作室呢，有陈森赚钱养着你，你光享清福不好吗？不会享受！你也是闲不住的命！好了好了，不说了，节省话费呀，你自己多注意身体。"

"好，我知道了，您和爸爸也是。"

知道陈森回了老家，夏安悬着的心也落了下来，一心一意带着女儿过春节、逛庙会、游公园，闲下来画画设计稿，时间倒也过得飞快。

熊梓迦最终还是跟陶奇一起去旅行了。一路吵，一路闹，也一路乐，前一秒两人还在斗嘴，下一瞬就凑在一起看陶奇给她拍的照片，当然，没有一张得到熊梓迦称赞的，不是这张拍得太胖，就是那张拍得太丑，或者这张拍得脸大，那张显腿粗……

陶奇欠惯了，找死地打击她："你自己长得胖，怪我拍得不好？"

这下算是捅了马蜂窝了，熊梓迦追了他一条街要揍他，只是，在下一个街口看见卖冰淇淋的小店，两人又相携着一人买了一个球，陶奇还死皮赖脸地凑到她面前试她的。

傍晚，两人在酒店露台上共进晚餐。

热带冬天的傍晚，长满爬藤植物的露台，头顶星光闪烁，植物之间间飞着一只只小萤火虫，两人饭毕躺在躺椅上看星星。陶奇用一本书盖着脸："你好像很久没有男朋友了呀？"

"嗯……"玩了一整天玩累了，熊梓迦这么躺着，昏昏欲睡。

"为什么呀？清心寡欲了？"

"滚！"

"不是，情况不妙呀！你不是喜欢上我了吧？千万别呀！"

"滚滚滚！"

"那是为什么？说说呗。"

"没我看得顺眼的呗！"

"哟，你什么时候眼光这么高了？"

这话说得。

"难道我以前眼光不好？"

"可不是！就瞧瞧你找的那些人，我都想带你去看眼科！"

她来了兴致："那你说说，要找怎样的才算眼光好？"说实话，她也觉得那些人不怎么样，不然怎么最后都以分手收场呢？

"嗯……"陶奇故作高深地思索了一会儿，"首先吧人品要好是不是？"

第一条熊梓迦就给否决掉了。"我又不跟人结婚，就谈个恋爱，高兴了就在一起，不高兴就分开，人品好不好的，我管得着吗！"

陶奇暗暗翻了个白眼，却还得拍她的马屁："不是呀，你人品多好，你这么好的人品，遇到个人品不好的，万一吃亏了怎么办？被人骗财骗色！"

熊梓迦挥挥手："我是那等低智商的蠢人吗？能被人骗财骗色？"

陶奇再次翻白眼，心里说，在感情这件事上，你还真是个低智商的蠢人。不过，这一条算翻篇了，他只好继续说："那第二条，就是要身体健康！这条你可不能反驳我了！身体不健康万一给你传染病可怎么办？再者，身体不好，那啥……"他凑到她耳边轻轻说了几个字。

"去你的！"熊梓迦没给他好脸色，不过这条她算是同意了。

"第三，要爱运动，爱旅行，会做饭、爱做家事，拍照拍得

197

好……"他逐一解释，"爱运动和旅行，是因为你喜欢，这样才能和你志趣相投。会做饭，爱做家事就可以照顾你，毕竟你是家务白痴呀！然后你那么美，没有一个会拍照的男朋友多郁闷呀，旅行都少了乐趣。再者，如果是同一个圈子里的就更好了，工作上还可以相辅相成，你说是不？"

这回熊梓迦倒是没反驳，只是拿一双亮晶晶、看透一切的眼睛盯着他："我怎么觉得，你说的那个人就是你呀！"

陶奇哈哈大笑，半开玩笑半认真地说道："那你考虑考虑我也行呀！不如……今晚我们就住一个房间试试！"

"滚！"熊梓迦眼看要一巴掌拍过来了，她的手机却响了，"这会儿还有谁打电话呀？"

她一看，是她妈……

她的眉头下意识地皱了起来，接听，那端传来她妈的哭声："燕子呀，你在哪里？你爸爸快要去了……"

25

大年初三，整个世界还是一片喜气洋洋的过年气氛，陶奇却载着熊梓迦急驰在去殡仪馆的路上。

车里的气氛有些沉闷，陶奇开着车也不甚专心，不时看一眼熊梓迦。熊梓迦面无表情，一直目视前方，脸上跟平常一样，化着精致的妆容。

这妆，是陶奇看着她化的，在她接到她爸爸即将离世的电话以后。彼时，他俩正在露台上穿着T恤、拖鞋吹晚风。熊梓迦难得地素面朝天，她披散着头发，极是休闲。在接到电话之后，她沉默了一瞬，而后平静地对他说："我们回家吧。"

之后，他收拾行李，她便坐在镜子前化妆，一丝不苟，不紧不慢，好像刚刚她是接了一项工作，她要光鲜地去见客户。她从来就没有过忙碌的时候，永远都是美丽而从容，包括此刻。

只是，她没有再说一句话。

第一次，陶奇不知道她心中有何想法。他知道她跟家里人关系不好，但父亲即将离世，她还是有点儿难过的吧？

"熊……"他轻轻地咳了一声，"如果心里不舒服，就说出来吧。"他本想说，如果想哭就哭出来吧，可是，他真的无法想象熊梓迦哭起来会是什么样子，他见过各种各样的她，强势、睿智、果断、欣喜、愤怒、端直、魅惑，她偶尔也会像个小女孩那样娇嗔地追着他满房打转，可是，他当真没有见过她哭起来的样子。她美得如一朵玫瑰花，一朵无论风雨、阳光都铿锵开放的玫瑰花。

熊梓迦涂了睫毛膏的长睫毛颤了颤，还是什么都没说。

陶奇无奈地暗暗叹息，继续开车。

他俩到医院的时候已经是深夜了。走在医院的走廊里，便能听见轻轻的啜泣声。陶奇是来过这家医院的，知道啜泣声的来源是哪个病房，下意识地想加快脚步，却发现身边的人仍然不紧不慢。陶奇觉得，自己从前还是太过自信了，自己到底是不怎么了解熊梓迦的。

他随着她的步伐不紧不慢地进入病房，便能听见啜泣声中夹杂着的低语："燕子就回来了……就回来了呀……"

病床上躺着弥留的老人，面色灰白，张着嘴，吸着氧，唇色也是颓败的灰紫色。在病床边啜泣的是熊梓迦的母亲，侧影老态，且消瘦。

那一刻，陶奇看见熊梓迦脸上有些微动容，浅浅的一句，"妈，我回来了。"打断了熊母的啜泣。

"燕子，你回来了！"熊母转过身来，脸上泪痕斑斑，绝望中带着一丝欣喜。

熊梓迦抱住了母亲，然而，下一秒，熊母却把她拉到了病床前，颤颤地对病床上的人说："老许，燕子回来了……回来了……"

陶奇这才知道，原来熊梓迦的父亲姓许，她不是跟父亲姓的。

而熊梓迦脸上那些微的动容，也在这一瞬间消失殆尽，脸色变得冷漠。

病床上的老人的眼角滚出了一滴泪，嘴张着，想要说什么，却说不出来，勉力抬起手，似乎想要握住熊梓迦的手。

熊母抓着熊梓迦的手往老人手里递："燕子，你爸爸就想跟你说声对不起……"

没想到，熊梓迦却用力抽回了手，紧抿着的唇和冷淡的眼神都在表达她的抗拒和漠然。

熊母瞬间流泪："燕子，他毕竟是你爸爸！给了你生命！"

熊梓迦的目光淡得像看着一个陌生人："我来，是因为你，不是因为他，我没有爸爸！"

床上躺着的人，眼中聚起的那点儿光，在熊梓迦说完这句话后终于散尽，手垂落，床头柜上的监护器上的心率迅速下降，而后，归于平静。

"老许！"熊母大喊。

再无回应，病床上的人张着嘴，睁着眼。

死不瞑目。

熊母顿时崩溃了，哭着大喊"老头子"。

熊梓迦表情冰冷，站在原地一动不动。

办白事的时候，熊梓迦也是一样的态度，虽然没有化妆，但衣着讲究，引来议论无数。

"这是老许家女儿吧？"

"哎哟，怎么打扮成这样？"

"就是，跟来参加婚礼似的……"

"你们不知道，老熊家这个闺女就跟没有一样，从来没喊过爸！"

"那可真是不孝……"

"就是，听说老熊家老头儿住院，这闺女从没去看过。"

"不是听说这家女儿可能赚钱了？给老熊很多钱花呀，还给老熊买了老大一套新房子。"

"会赚钱有什么用？人品不好！你们知道吗？这都三十岁的女人了，也不好好嫁个人，成天在外面跟各种男人厮混……"

"啧啧，那她那些钱只怕也来路不正……"

"可不是，还不都是当小三、二奶得来的，成天打扮得跟个妖精似的……"

议论声不大，却隐隐约约地都进了陶奇的耳朵。陶奇气得当场就要过去质问，被熊梓迦一把拉住了。

他也知场合不对，但他心里那口气哪里消得下去？用眼神狠狠瞪了那群妇女一眼，那些人倒是收到了他眼里的恶意，撇了撇嘴，不出声了。

熊梓迦并没有像寻常孝女那样下跪上香，更别说哭了，她杵在灵堂就如没见到上面那张遗像一样，这样的态度，当真是连来悼念的客人都不如。

最后，在老人下葬以后，在熊梓迦给母亲买的房子里，熊母对着老伴的遗像，再度崩溃："你为什么就不能原谅他？他都这样了你还不原谅他？我都原谅他了，你还这么固执干什么？"

熊梓迦没有说话，任由熊母斥责她，也任由熊母捶打她，直到熊母发泄完了，她才抱着熊母："妈，搬去跟我住吧？"

"我不去……"熊母冷静下来，"你去吧，我不要你陪，我想一个人待着……"

"伯母，先……吃点儿饭吧？"陶奇端上来热气腾腾的饭菜。熊母自然是没心情做饭的，熊梓迦又不会，陶奇手脚勤快，一早就忙活开了。

熊母看看陶奇，默然地点了点头："谢谢你，放下我等会儿吃，你们先走吧，也没什么事了。"

他俩几乎是被轰走的，回去的路上，熊梓迦轻声说道："这几天辛苦你了，也……让你看笑话了。"

陶奇一愣："怎么会？"

熊梓迦连续漠然、僵硬的脸终于绽开了一丝苦笑："你是不是也觉得我冷血无情？"

"不会。"陶奇立刻否认，他的确没有，只是觉得好奇。

熊梓迦瞟他一眼。

"真的没有。"陶奇一脸认真地补充道，"咱俩什么关系？别人不懂你，我还不懂你？你的所言所行，纵使离经叛道，在我看来，都有你的理由，不了解的人有什么资格指指点点？"

"指指点点的资格是有的，谁也管不了别人的嘴里说些什么，只是我不在乎罢了。"熊梓迦眼中波澜不惊，有着一种坚定和冷淡。

陶奇是十分相信她的这份睿智的，反倒是他，还不如她淡定，想了想，说道："反正对我来说，你永远是对的。"

熊梓迦听了，扑哧一笑。

陶奇看见她的笑容，松了一口气，老人去世，是一件严肃而悲伤的事，这几天他的心都是紧的。

气氛瞬间发生了变化，让人想起前几天南国的黄昏，她躺在躺椅上，头顶上是深灰的暮空，周围被白色暖光淡淡笼罩，他在身边吹着口哨，混着夜来香花香的晚风在他的哨声里缠绕。

"陶奇。"她忽然想说说话，前所未有、一本正经地叫他的大名，"我是一个固执、刻薄、一条路走到黑的人，是一个讨厌的人，也是一个不懂得原谅的人。"

陶奇刚想反驳，她便摇摇头："我并没有觉得自己这样有什么不好，如果我不是这么讨厌的性格，你大概永远也遇不到一个叫熊梓迦的人。"

她靠在车椅背上，闭上眼睛，车里的暖气融融环绕："我爸年轻的时候在厂子里做业务员，要么很久不在家，要么回家来就是赌博、喝酒。他喝醉了、赌输了，就打我和我妈，时不时地，还有不知哪里的女人打电话来找他，他赚的那些钱，不是输了，就是养了野女人。每次有野女人来纠缠，我妈就和他闹，闹起来不是打就是骂，我的整个童年记忆，就是他俩永不停止的打骂和争吵，很多时候，我还会是那条被殃及的池鱼。打得最激烈的一次，我妈被推倒在地，遭受拳打脚踢，我在一旁瑟瑟发抖，看着血从我妈身下流下来，我以为我妈被打死了，扑上去大哭，那些拳脚落在我身上，我到现在都还记得，疼，很疼……"

"小熊……"陶奇停了车，心里针扎般疼，他从来不知道，熊梓迦坚强的背后，有这样的经历。

熊梓迦睁开眼，看着他伸过来的手臂，摇摇头，推开了："我不难过，也不需要谁来心疼我。后来我才知道，我妈那时候肚子里有了一个小弟弟或是小妹妹，被我爸给打掉了，也就是在那一次之后，我妈哭着问我，她跟爸爸离婚就我们母女俩过好不好？我拼命点头，我爸对我来说就是一个恶魔，能离开他我求之不得。他俩终于离婚了，我妈文化水平不高，原本在厂子里就收入微薄，厂子后来还垮掉了，她一个人带着我，做过很多份工作，也做各种小生意，很辛苦。我一边上学，一边帮我妈做事，那时候我就发誓，一定要让我妈过上好日子，所以我努力念书，拼命工作，疯了似的赚钱，就是凭着我这固执而坚定的性格，我才没有长歪，从一根草长成了一棵树，不依靠谁，在风雨中伸展，哪怕电闪雷鸣，宁折不弯。而在我终于可以给我妈养老的时候，我爸又回来了。"

熊梓迦脸上浮起一个不知所谓的笑，连陶奇也蒙了："所以，他们又复合了？"

"没错，这也是我百思不得其解的地方，我妈那些年，也是被我爸虐出阴影了，更怕继父对我不好，所以一直一个人，我爸这么一回来，也不知道是怎么磨的，我妈竟然原谅了他。我反对过，我妈也犹豫过，但我爸最后还是回来了，听说他这十几年在外面过的都是浪荡日子，跟好些女人鬼混过，也没攒下什么钱，一身凄凉地回来了。我问我妈到底为什么，我妈说，年纪大了，搭个伴过日子。所以，婚姻是什么？搭伙过日子吗？那怎么过不是过？"

"小熊，你太片面了……"陶奇试图说服她。

熊梓迦摆摆手："世上大多数的婚姻都是如此，我爸妈是上一辈的人不说了，你再看看陈森和夏安，曾经的白马王子和小公主，呵，王子成了皇帝，公主也变成了保姆，现实就是这么残忍。"

她看到陶奇还想说服她，笑了："算了，扯远了，不说这个，我本来是想说，我这个人，轻易不会生气，也不易与人有芥蒂，工作中、生活里寻常矛盾，沟通了，过了，也就忘了，但一旦生了嫌隙，我的字典里就没有'原谅'两个字，所以，我永远也不会去原谅一个人，比如我爸，我凭什么要原谅他？他做的那些事，对我和我妈造成的伤害，我妈原谅了，但我永远不会忘记，我永远记得他在我成长中的缺失，他没有尽到父亲的责任，凭什么我要给他以父亲的尊敬？我妈说他给了我生命，得了，都是成年人，谁还不懂？给我生命不过是偶然并非恩情，说白了不过是因为他图一时的爽顺带生了我。还是因为他快死了，他做过的事情就可以一笔勾销了吗？不可能的，在我这里是绝对不可能的。”

陶奇眨了眨眼，没有再反驳她，心中却有了主意。

“眨什么眼？”熊梓迦瞪他，“我就是这么记仇的小人，所以呀，你以后敢得罪我的话，就别指望咱们还能一笑泯恩仇，到时候你有多远滚多远。”

陶奇举手投降：“不敢不敢，女王大人万岁。”

熊梓迦拍他脑袋：“开车吧你！”

“对了。”陶奇坐直了继续开车，“下个月我家里办酒席，邀请你参加呀！”

“什么酒席呀？你结婚？”

“怎么可能？我结婚前肯定得把女朋友带给你审核审核呀！没经过女王大人同意，我敢结婚吗？”

熊梓迦笑：“那是什么？”

“我爸大寿！怎么？咱们这么好的姐妹关系，你不想送礼？”

他们认识这么久，熊梓迦还没见过他家里人呢，不过想想，陶奇的确是她最好的朋友之一了，这份礼不送的确说不过去：“好呀，到时候记得提醒我，我一定去。”

陶奇微微一笑，眼中有狡黠的光芒闪过。

第九章　死局

26

初八一到，夏安的工作室便复工了。

在火灾中被焚毁的那一批货重新推出预售，给罗嘉楠工厂的订单也付了预付款。店铺首页诚恳地再次贴出道歉信及售新通知。全体客服都信心满满地准备重新打一场漂亮的翻身仗，夏安自己也开始筹备她的春季新款初步造势。

一切仿佛都跟这节后的天气一般，欣欣向荣，充满希望。

然而，这场仗却完全没有夏安预期的效果，售新三天，订单寥寥无几，夏安初时觉得可能是刚刚年后的缘故，一心扑在新款的设计上，也不曾在意。

然而，一天天过去，订单还是没有增长，某客服有一天在工作室员工群里传了张和顾客的聊天截图，原来顾客嫌她们家的衣服太贵，并且列举了好几家的价格，同样的衣服比她家便宜至少好几十，最离谱的一家竟然便宜了一半。

夏安算是明白了。虽然她才刚刚起步做电商，但在这之前她也曾以剁手族的身份沉迷网购多年，电商看起来红红火火，但毕竟才起步，在品牌维权、知识产权保护这一块很不健全，她从前网淘的时候也是看过满网同款，也曾货比三家挑最便宜的一家买，对于仿制甚至抄袭的现象，目前还真是无可奈何。

工作室立即组织相关员工开了会，大家提的解决办法无非是跟着降价或者在宝贝页面列出正版和仿版对比。

降价是不可能的，除非夏安从此以后一路跟人打价格战，长此以往，必然会降低衣服的品质。夏安是一个有要求甚至追求完美的人，要她降低品质去迎合有点儿难。

会议的最后，她做出决定：立即通知罗嘉楠，老款大量缩减订单，同时在宝贝页面做出正版仿版对比，尽量挽回顾客，而后，她加快推进新款，争取用新款打个翻身仗。

之后，夏安便全身心投入了新款推广，并且在最短的时间里将新款上架。新款一上架，夏安紧张得几乎时时盯着订单，前几天还不错，虽然比不上之前火爆，但也有了大半顾客回头，她紧悬的心稍稍得以松弛，然而，好景不长，一周不到，市面上再度出现仿款，价格比她的便宜一大截。

"老板，其实还好，这批货我们还是有一半老顾客市场的，没有老款那批顾客流失得多。"客服看着她忧愁的样子安慰她。

她点点头。订单数据怎么样，她心里有数，只是，她很不喜欢眼下这种市场状况。在此之前，她不太关注仿款这个现象，也许是因为，她这颗小星星刚刚升起，那些专做仿款的卖家才把注意力放在她身上，但现在一旦被人开始仿，那以后就逃不开被仿这张网了。订单毫无疑问是会受到影响的，也许总有一批死忠粉会一直支持她的店，但这样的被模仿、被"偷盗"对夏安来说，损失的又何止是订单？

她设计新款的创造力爆发的速度永远赶不上别人追着她的脚步"借鉴"的速度，她每天、每晚坐在电脑前绞尽脑汁设计出来的东西别人轻而易举就能窃取，然后以更低廉的价格抢她的顾客，这件事让她很不舒服。可她又能如何？还真是束手无策。就如客服劝解她的，"路易威登和爱马仕都有无数仿款、盗版，何况咱们呢。"

她暗暗叹息，路易威登和爱马仕有再多的人翻版，它们依然是路易威登和爱马仕，没有人能撼动它们的地位。买路易威登和爱马仕正品的人和买仿品的永远不是同一个群体，可她夏安工作室出品不是，任何一个仿品小作坊都能取代她，都能抢走她的客源。

这就是品牌，而她夏安，什么时候才能成为别人无法替代的品牌？静谧的夜里，楚楚已经睡着，她坐在电脑前苦笑，真是胡思乱想，她这辈子也不可能呀！

忽然听到隔壁卧室传来楚楚的动静，她立即奔回了卧室，开了灯，只见楚楚光着脚跳下了床，站在地上揉眼睛。

"怎么了，楚楚？"她一把抱起女儿，重新把她放回床上。

"喝水……"楚楚揉着眼睛打了个哈欠。

"等等，妈妈马上给你倒水来。"夏安给女儿盖好被子，摸了摸她的额头，才去给楚楚倒了水来。

楚楚喝完，眨了眨眼睛，软软地贴在夏安怀里："妈妈，我梦见爸爸了。爸爸给我带好吃的，我就醒了……"

夏安这才猛然想起来，陈森回老家，一去都快一个月了，还没回来！

"妈妈，爸爸什么时候回家呀？"楚楚温热的脸贴着她，小嘴嘟了起来。

"楚楚想爸爸了？"夏安抱着女儿躺了下去。

"嗯……"楚楚软乎乎的小胳膊搂住了她的脖子。

"那妈妈明天打电话问问爸爸，现在，咱们先睡觉。"夏安轻轻抚摸着女儿柔软的头发。

"好……"楚楚乖巧地睡在夏安的怀里，不一会儿，真睡熟了。

夏安低头吻了吻女儿的额头，关了灯，在黑暗中想起陈森，心底莫名拂过凉意，陈森不在家里这么久，她竟然都没有半点儿知觉，是她这段时间太忙了，忙到忘记了时间、忘记了陈森吗？

她失眠了。

第二天上午，她给陈森打电话，那边响了许久才有人接，响起陈森闷闷的声音："喂？"

她愣了一下，这个声音真的很久没听到了，陈森离开的这段时间，她脑子里每时每刻充斥的全是她的设计、工作室，原来，他们这么久以来通电话的次数寥寥无几……

"陈森，你在哪儿呢？"反应过来的她忙问道。

那边的陈森沉默了一会儿，阴阴地回了一句："你还记得我呀。"

夏安对这样的语气很是无语，莫名觉得有种怨妇的口吻，不是吗？她承认自己这些天忙于工作的确疏忽了他，可是他也没往家里打过几个电话呀。"我这些天太忙了。"她还是尝试着解释了一下。

"是吗？我还以为你忙着跟人共度好时光，没了我碍事，更惬意呢。"陈森在那端说着话，鼻子里冲上来浓浓的酸意。他怎能不酸？自他年前回老家到现在，快一个月了，她没有主动给他打过一个电话。如果过年期间不是他忍不住打了两个电话给楚楚，大概他们之间已经断了联系了，所以，夏安心里还有他？他除了怀疑夏安另有新欢，还能有什么想法？

"陈森！"夏安最不喜欢的便是陈森这样无中生有的猜疑，也不欲再跟他多言，说道，"楚楚说想你了，问你什么时候回来。"

陈森心里愈加不好受了，女儿想他，她就一点儿也不想？"不回了！"说完，他把电话挂了，想起女儿，再想起夏安，只觉字字扎心，他回去干什么？抱老婆吗？老婆没准儿有了新欢！上班？他已经没班可上了，他一个IT狗，在IT技术更新得如此快的时代，他根本不是什么不可取代的人物，相反，他这个年纪，远不如年轻人受欢迎，他也不想再受公司那些人的气！他辞职了！

放下手机，却听见身后响起母亲的声音："阿森呀，你和安安是怎么了？吵架了？"

陈森一怔，忙说道："没有，没吵架。"

"唉……"陈母叹息，"你不用瞒我了，妈不傻，这大过年的你一个人跑回来，夏安说她忙，妈知道是借口，你这一待都快一个月了，别把工作耽误了，赶紧收拾收拾回去吧。"

"妈！我没和夏安吵架，我只是……只是想多陪陪您……"陈森说着，心里酸意直涌。

"妈不要你陪！妈好着呢！"陈母打开柜子开始帮他收拾，"妈知道你们在大城市不容易，不用惦记家里，好好把工作做好，把你们的小家经营好就行了，你们好，妈比吃什么补品都舒坦，赶紧回去吧！回去哄哄安安，两口子生气你一大老爷们蹲老家不回算怎么回事？"

"妈……"这话说得陈森心里更酸了。

陈母很利索，三两下就帮他收拾好了，并收拾了一大堆土特产，整个后备厢都不够放，车里后座还给装满了。

"哪儿要这么多。"陈森看着这一满车，各种腊制品、干菜不说，地瓜、土豆都装了两麻袋，新鲜蔬菜也不少，忍不住指着说，"这些就不用了吧？"

"怎么不用？楚楚喜欢吃地瓜，夏安喜欢吃土豆炖牛腩，还有腊猪肉、腊牛肉、干豆角那些，都是夏安喜欢吃的。"陈母瞪他一眼，关上车门。

"现在哪儿不能买呀。"尤其是这么多土豆和地瓜，得吃到啥时候？

"买的和自家的能一样？我这可都是纯天然的，腊肉、干菜也是土做法，没加任何添加剂，你们大城市不是讲究安全食品吗？我这就是！快去吧！别耽搁了！"陈母直接把他塞进车里，眼看着车发动了，眼眶又红了，眨了眨眼，把不舍掩去，叮嘱道，"你和安安忙归忙，要注意身体，没有什么比身体更重要，挣再多的钱，身体不好也没用，知道吗？"

"嗯，妈，我知道。"此去，还不知家里是什么情形，陈森心里闷闷的，更是留恋母亲这里的温暖，只觉得心头都是湿的。

车缓缓驶离，陈母一直望着车尾，直到再也看不见了，泛红的眼睛里才淌下一滴泪来，叹了口气，回屋。想了会儿，她走到电话机旁，给夏安打了个电话。

"安安呀，在哪儿呢？"

夏安正在浏览网上的一则通知，一听是婆婆的声音，忙回答道："妈，我在工作室呢。"

"那……不耽误你工作吧？"陈母在那边有点儿小心翼翼。

"妈，您有事吗？"夏安停下了鼠标，"不耽误，您说吧。"

"我也没啥事。"陈母说道，"阿森今天回去了。"

回了？早上他还莫名其妙的呢！"哦……好，我知道了。"

"安安呀……"陈母欲言又止。

"妈，您是不是有事呀？"夏安明显听出陈母有话要说。

陈母这才说了："安安，陈森那小子呢是我惯坏了，从小什么都不会，脾气也不太好，你让他改呀！他要是不听，你就告诉我，我帮你教训他！"

"妈……"夏安着实感到意外，好好的，婆婆怎么会这么说？难道陈森回去把他们之间的种种都说了？不可能呀，陈森那么骄傲的一个人。

"安安，妈看得出来，你们俩吵架了，妈还知道，肯定是陈森的错！你放心，妈一定会站在你这边的！他哪里做得不好，你告诉我，我给你出气！"

陈森的母亲是一个善良的传统女人，陈森又是独子，夏安嫁进陈家多年，婆婆虽没跟他们住在一起，却也一直对他们关爱有加，婆媳之间相处得也算融洽，但远没到亲如母女的地步。

不过，婆婆能这么说，夏安心里还是涌起了一阵暖意："妈，您别担心，都是小事，楚楚在这儿呢，您要跟她说话吗？"

"要的！要的！"

楚楚上的幼儿园还没开学，现在每天跟着夏安工作室和家两头跑呢，听见是奶奶，正自个儿在玩的她笑逐颜开地跑过来接电话，软软的小童音喊着："奶奶……"

夏安的注意力重新回到电脑屏幕上。她看的是熊梓迦发给她的一则通知，著名视频网站平台风奇视频在策划一个时尚综艺节目，将邀请几位服装设计师参加设计比赛，大赛设计师合作的对象都是名模和明星。

熊梓迦极力鼓动她参加，并且承诺帮她报名，一定能让她入选。

这个消息来得恰是时候，此时此刻的夏安需要的就是一个把夏安工作室打成品牌的机会。她想参加这个比赛——迫切地想，不管比赛结果怎么样，她都不能放过这个机会。

她认真地把参赛规则又看了一遍，当即便回复熊梓迦：我要参加！

因为已近报名截止期，熊梓迦便带着她去了节目组报名，还与节目组的工作人员谈了许久，其间，楚楚一直乖乖地坐在角落里玩手指，夏安给她买的点心已经吃完了，剩了个盒子放在一旁，还是工作人员发现，好奇哪里来的这么乖的小女孩，夏安才意识到自己把楚楚遗忘在一旁这么久了……

自从她开始办工作室，已经记不得有多少这样的时候了，给女儿扔点儿吃的、收拾点儿玩具就让她自个儿待着，楚楚那么懂事乖巧，晚上、周末，都自己一个人默默地玩，还总是用软软的声音对她说："妈妈工作楚楚不吵，楚楚是乖宝宝。"

有时候，"乖宝宝"当真是让人心酸的一个称谓。她真想说，宝贝儿，妈妈宁愿你没那么乖。

如果，如果每天晚上或者周末的时候，家里能再多一个人陪着楚楚，就不会是这样的境况了吧？她想起那个指着她、对她说休想他帮着带女儿的陈森。

她其实已经没有太多痛感了，只是心疼女儿。创业艰难她懂，她只是觉得不公，女人创业往往要比男人牺牲得更多，除了自己要付出双倍的努力，还要牺牲孩子的童年。

"妈妈，忙完了吗？"虽然楚楚一直要做一个乖宝宝，但妈妈不忙了，她还是很开心的，开心得眼睛都明亮了起来。

夏安愈加愧疚，亲了亲女儿，抱起她："忙完了，走，妈妈带你回家。"

楚楚欢喜地抱住夏安的脖子："妈妈，爸爸今天要回家，现在到家了吗？"

"应该到了吧。"她并不是那么愿意想起这个令她不开心的人，也不知道今晚回去面对的将会是什么，又一场争吵吗？好像，这半年来，他们之间除了争吵便只有冷战了。

陈森的确已经回来了。

夏安和楚楚回到家的时候，家里的灯是亮着的，楚楚一进家门就兴奋地大喊："爸爸！爸爸！"然后，她便钻进各个房间去找。

陈森从浴室开门出来，刚洗过澡，楚楚扑进他的怀里，许久不见，亲情自然流露："爸爸，我好想你。"

陈森把女儿抱起来，亲了一口："宝贝儿，爸爸也想你。"而后，他从夏安身边走过，如同没看见她。

夏安鼻端飘过一阵熟悉的沐浴露的香味，定定地在原地站了一会儿，看着陈森抱着女儿去了卧室，听着女儿软软的声音在说："爸爸，今天和楚楚一起睡。"

夏安去了厨房，看见摊开的外卖盒，还剩些残渍，而她的肚子里传来咕咕咕的叫声，所以，有些事情，是永远不会改变的。她把外卖盒收拾干净，扔进垃圾桶，然后开始给自己和楚楚煮饺子。

等她端着饺子去找楚楚的时候，看见陈森闭着眼睛躺在床上，楚楚正把被子往他身上拉，还冲着她嘘了一声，悄声说道："爸爸睡着了。"

"嗯，出来吃饺子吧。"夏安说道。

在楚楚出去以后，陈森睁开了眼。

那一晚，夏安和陈森都失眠了。夏安把卧室留给了"睡着"的陈森和一心要跟爸爸睡的女儿，自己在书房辗转反侧，想得最多的，是即将到来的综艺节目，兴奋、不安、忐忑，却又充满期待。而卧室里的陈森，却想着自己的一败涂地，还有隔壁那个人，不过一墙之隔，仿佛隔了冲不破的网，身边女儿小小的人儿贴着他，他这半生，就剩这一点点温暖了吗？他忽然觉得不甘心，一坐而起。

夏安看见书房的门被打开了，一个黑影出现在门口，她知道是谁，没有出声。

陈森走到床边，黑暗中和她亮晶晶的双眼对上，喑哑的一声："你

212

没睡？"

　　她没有说话。

　　陈森俯下身来，抱住了她，并顺势睡到她身边。夏安没有动，心里一片平静，平静得连反抗都不想。

　　他抱得更紧了，下巴贴着她的头发，问道："新房子又卖了？"

　　"嗯。"

　　"工作室是不是不太好？"

　　"嗯。"难得他关注她的工作室，夏安想了想又说道，"也还好。"

　　"其实何必呢？房子卖了就卖了，工作室不好做就不要做了，看着你这么辛苦我也心疼，我说过我养你，像从前那样不好吗？实在是楚楚上学了，你觉得无聊，去找份轻松的工作，朝九晚五的，还能顾着楚楚，顾着这个家，你说呢？"

　　陈森低声劝慰着她，前面说的几句话还能听，说到后面夏安便越听越难受了："你的意思是又要我回来当保姆？"

　　"啧！"陈森不同意了，"怎么能这么说呢？我怎么把你当保姆了？我把你当老婆，当爱人，舍不得你出去忍受风吹雨打，创业不易，好好在家享福不好吗？做做饭，带带孩子，多轻松。"

　　这些话，很耳熟。五年前和五年后，说辞都是一样的，只是夏安再不是当初那个初涉婚姻、一心做梦的女孩了。幸福的泡沫破碎后，只剩一片宁静，她静静地看着他："是吗？那我们可以换呀，你在家做做饭、带带孩子、享享福，我愿意出去忍受风吹雨打，不好吗？"

　　陈森瞬间变脸了："那怎么行？我一大老爷们靠女人养？吃软饭吗？"

　　夏安动了动唇，有话想说，忍住了没说出来。

　　陈森又道："外面创业环境多残酷呀！你一直娇生惯养，在家里做个家务都喊累，怎么有这个本事去打拼？你看，最终还不是失败了？安安，没那个本事就别逞强，我当年喜欢你的时候看中的就不是你的本事，还是好好等我养你吧。"

夏安终于忍不住了，盯着黑暗中他的下巴，脱口而出："你现在拿什么养我？你卡上的钱有我卡上的多？"

"你……"

她看见陈森的下巴瞬间收紧，而后搂着她的手一甩，将她甩到床上，他的身影则旋风似的刮了出去。

她知道，她这是伤到他了。他是一个自尊心极强的人，结婚以来，她一直以他为尊，即便吵吵闹闹，也从没有像今天这样伤害过他，只有他用言语暴力伤害她的份儿，她想过很多次，如果她也给他心头上扎刀，他会怎么想？今天她终于将刀扎下去了，可是，她却丝毫没感觉到快慰。

她和陈森，好似陷入了一个死局。

但是，她没有那么多时间去思考，她将所有的精力都投入到了即将到来的综艺节目里。

27

综艺节目的录制紧锣密鼓地开始了，跟她合作的是一位名模，而出乎她意料的是，她竟然在录制现场遇到了罗嘉楠。

当罗嘉楠笑着跟她打招呼的时候，她惊讶极了："你怎么也来了？"难道他也是参赛的设计师？

罗嘉楠却冲她眨了眨眼睛："我是买家。"

原来如此！这个综艺节目就是让设计师和买家同台，通过竞价的模式来获得设计师的作品开发销售权，她却没想到，罗嘉楠会坐在买家席里。

"加油，我看好你！"罗嘉楠站在那里，跟她保持着一米的距离，眉眼温和，恰似这融融春日。

如果说，夏安原本还对自己缺乏信心的话，在看到罗嘉楠的这个瞬间，她的心安定了不少，至少，她觉得，这偌大的舞台，她并不孤单。

第一期的主题是亲子装。这个是夏安比较擅长的，夏安心里又踏实了些。

正式开始录制以后，夏安更加忙碌了，好在楚楚的幼儿园已经开学，她白天把楚楚送到幼儿园后自己才能全心投入工作，有时录制得太晚，就是熊梓迦替她接楚楚，虽然很累、很忙，倒也方方面面都顾到了，除了陈森。

陈森的生活陷入了前所未有的低谷，夏安的繁忙更是衬托了他现在的窘境。他曾经把忙碌当成一种负担，而现在，他多么怀念曾经忙碌的时候呀，忙碌，其实也是一种幸福。

他渴望再度忙碌起来。他去找工作。做履历、面试、托同学、请人吃饭，重新做这些大学毕业时做过的事情，他有一种啼笑皆非的感觉，他从没想过，他陈森，三十多岁还会沦落到被人调侃的地步。

晚上仍是和浩子在酒吧里，浩子都见不得他这样子了，劝他："哥，咱们还是早点儿回去吧，嫂子会担心呀。"

陈森冷笑，担心？现在的夏安忙得成天不见人影，还能分出心来担心他？而他，更不愿在这样的时候出现在夏安面前，衬托他的失败和无能吗？

"你能陪我就陪，没时间就去忙你的，我自个儿待着。"

浩子还能说什么？只能舍命陪兄弟了："哥，我知道你心里不好受，可工作这事，咱不能急，你在业内这么厉害，怎么可能找不到工作呢？是不是？"

"呵！"陈森再度冷笑，"找工作很容易，长江后浪推前浪，咱们是被淘汰的一批了，我要找个工作还不容易？就看我愿不愿意而已！只是想让我再从技术员做起，怎么可能！"

"不能呀！你这样的，怎么也得是部门负责人，领导一个团队！"

陈森没有再说话，只盯着杯中红色的液体，灯光倒映在里面，泛出七彩光华。

夏安的节目录得越来越顺利了，第一场节目结束，她的作品出乎意料地受人欢迎。如果说，只有罗嘉楠一个人捧她的场，她还会觉得是友情支持，但她没想到，六个买家，五个出了高价，那便真的是对她作品的肯定。

嘉宾也对她的作品给予了很高的评价，其中一个评价夏安记得很清楚：她的作品和同节目的大设计师的比起来，在艺术性方面有所缺失，但是她的作品很好地诠释了什么叫"爆款"，也就是说她的系列每一个单品都会大卖。这个评价和她给自己的定位相吻合，她本就是做电商爆款的设计师。

这个节目是设计师的秀场，但也是商业活动，买手们看中的除了艺术性，能卖爆更是他们追求的目标，所以，夏安的作品毫无疑问成了买家追逐的热点。第一期，在激烈的几轮竞争后，罗嘉楠以高价拍下了她的系列，她成为第一期竞价最高的设计师。这个系列将打上她的品牌标志，在网络上销售。

第二期、第三期虽然她不是竞价第一，但受热捧的程度丝毫未减，买家们也是经过了一番激烈的竞争。最后，她的系列由罗嘉楠拿到了第二期，另一个买家拿到了第三期。

综艺节目惯有的手段来了，主持人开始问罗嘉楠力挺夏安的缘由。

罗嘉楠毫不避讳地称赞她："我喜欢她的设计，是因为我在她的作品里看到了初心。我是一个在时尚界打拼了多年的人，而她的作品给我的感受，就好像是一个初入时尚界的精灵，带着热情、憧憬和最大的诚意，虽然尚且稚嫩，但有着如同当年的我一般不顾一切的勇气。因为未知，所以神秘；因为勇敢，所以绚丽。"

"所以，罗总在夏安的设计里看到了自己的青春和情怀？"主持人这般解读。

罗嘉楠也坦然承认了："是，青春无价，千金难买，所以我会尽我最大的能力挺夏安到底。"

节目是边录边播的，在录完第三期后，第一期便播出了。播出那天，夏安和楚楚在家里看，楚楚不断惊叹妈妈好漂亮，夏安看着屏幕上的自己，心里被填充得满满的，她确定那个光彩夺目的夏安才是她想成为的人，她从没有像现在这么坚定过！

而此时此刻，陈森常去的酒吧，竟然也在播这个节目，浩子指着屏幕失声大喊："哎！那不是嫂子吗？"

陈森的目光终于聚焦在了屏幕上，电视里的她，打扮精致，妆容典雅，这么看上去，气质根本不亚于任何女明星。

　　夏安是漂亮的，他一向都知道，否则当年也不会一眼就钟情于她。可是，他却从没见过这样的夏安，他的夏安是柔顺的、娇憨的，甚至是无理取闹的，而绝不是屏幕里的那样，自信、坚定。

　　不，这不是他的夏安，不是……

　　他的心里涌起苦涩，将钱往桌上一扔："不喝了！走吧！"头很晕，脚下也不稳，他知道自己醉了。

　　就在他即将转身的时候，猛然看见屏幕上出现了罗嘉楠的脸……

　　他定住脚步，全程看着罗嘉楠和其他几位买手竞争，打价格战，也拼口才。

　　罗嘉楠的眼神他太熟悉了，就是对女人的倾慕和欣赏，还有他口中的夏安，将夏安的设计比喻成春风化雨、春林茂盛，充满生机。

　　他可以确定，如果罗嘉楠此时站在他面前，他一定一个勾拳就挥过去了！然后他还要把罗嘉楠按在地上揍！可惜，罗嘉楠不在他面前，他只能捏紧拳头，手背上青筋暴起，喝下去的酒变成了烈火，在他的胸中燃烧。

　　他这把火，在罗嘉楠应邀上台、穿上夏安设计的系列里男女同款的大衣时烧到了顶点。一个亲子系列，罗嘉楠穿一件，夏安穿一件，他们中间站着个穿着同系列的儿童模特，这么看上去，男的俊朗帅气、意气风发，女的美艳动人、气质超群，当真是天作之合的一家三口！

　　陈森心里这股火烧得他又酸又痛，如烈焰焚心，再难忍受。屏幕里的罗嘉楠也仿佛变成了真人，在他眼前晃来晃去。他拿起桌上的酒杯就往屏幕上砸过去，快得浩子来不及阻拦。

　　哐当一声，玻璃杯碎了，众人惊了。

　　他还叫嚣着要上去和罗嘉楠斗个你死我活，被酒吧里的员工给拉住，报了警。

　　这个夜晚，夏安享受着成功的喜悦．这份喜悦达到了她三十年人生的顶峰，这一夜，仅仅一个晚上，她这个亲子系列的订单就被抢光了，她的名字被大众所熟悉，连带着，她的店铺也收获了一大批订单。

而陈森，却在这样的夜里，因为酗酒闹事，被警察带走，在派出所里和浩子相对无言。

陈森成了这个节目的忠实观众。从第一期到第三期，他守着电视机看，看完电视上播出的，还在电脑上反反复复地看。这对他来说是一种煎熬，他觉得他把自己架在火上烤，每多看一次他就被多炙烤一遍，从皮肤到肌肉到内心，都被烤得发焦，他甚至仿佛听见自己的皮肉在烈火上滋滋作响的声音，那是他内心最深处的伤痛在燃烧，可明明那么痛，他却无法让自己的视线从节目里挪开。

这是一种恶性循环，他越看越痛，越痛越看，尤其是第三期里罗嘉楠说的那番话，像针一样，字字扎他的心。罗嘉楠所说的青春，所谓的情怀，在他看来，都是对夏安的表白，甚至不是隐晦的，而是明目张胆的表白。

他愤怒，他感觉受到了羞辱，他更憎恨。这种愤怒、羞辱感和憎恨甚至已经超过事业带给他的痛。他像一只受伤的、渴望复仇的兽，蛰伏在黑夜里，随时准备发动攻击。

三期节目播出之后，夏安的热度大增，微博粉丝数量大幅度上涨，店铺关注度也翻了几番，完全扭转了年初低迷的状态。

她终于松了口气。

综艺节目的最后一期录到很晚，楚楚在录制现场睡着了，是罗嘉楠帮夏安把楚楚抱起来的，他本来还想和她庆功，这么晚也只能作罢了。

"我送你回去吧，这么晚了，你还带着孩子。"罗嘉楠抱着楚楚往他的车的方向走。

"不了，谢谢你！"夏安连忙说道，"我已经叫车了，楚楚给我吧。"平时都是熊梓迦等着她，送她回去，但今天是陶奇父亲的生日，熊梓迦把楚楚送来就去赴宴了。

罗嘉楠无奈，只好说道："那我帮你把孩子抱上车。"

夏安没再拒绝，上车后，她小心地接过孩子，便和罗嘉楠道了别，乘车而去。

罗嘉楠是在原地看着她坐的车消失在城市的灯光里的，虽然从不曾想过占有，但还是有些怅然。这个谨慎而聪明的女人，他不信她什么都不知道，但是，她却总是能将他们之间的关系控制在适当的距离，人家说友情以上，恋人未满，其实，他自己也想达到这个程度，但她的态度，只要越友情哪怕一毫米，她都会马上后退。

陈森在这样的夜晚一个人在家里看她的微博，她回来的时候，家里一片漆黑，唯独沙发亮了一角，是他手机的光，照在他的脸上，有种奇怪的平静，静得没有一丝波澜，谁也不知道心里是怎样的波涛汹涌。

夏安抱着孩子站了会儿，没见他说话，也没见他过来接孩子，于是自己抱着孩子进了卧室。

<h1 style="text-align:center">28</h1>

熊梓迦自毕业后纵横时尚界七八年，参加过无数的派对、晚宴，却是第一次参加这样的宴会。温暖、平和、舒心，这是她在这个宴会感受到的，不同于以往的任何社交活动。

陶奇的家在郊区，有一个小院子，篱笆围起来的院子里种了菜，种了花，就连篱笆上也爬满了植物，已是初夏，满篱笆的蔷薇花苞星星点点，很美。

一大家子人，就挤在陶家的院子里吃饭，摆了三桌，两桌大人，一桌孩子，熊梓迦一进院就感到了喧闹的气氛。

其实熊梓迦是一个怕吵的人，当孩子的球飞过来砸到她身上的时候，她碍于陶奇的面子没有当场表示不满，但心底已经对这个生日宴没有期待了，或者说，本就没有什么期待，来赴宴当真是为了她和陶奇这些年的友谊。

不过，那些孩子过来取球的时候鞠了个躬，跟她说了声对不起。然后，陶奇所有的亲戚，都热情地和她打招呼，并且安排她坐下，这种有些过度的热情，对熊梓迦来说很陌生，她感觉不太舒适。她的社交习惯，是跟人保持一定的距离，就连跟关系最好的夏安和陶奇，她也只对他们打开她的世界里的某一扇门。

陶奇是了解她的，悄悄跟她解释："我们家的人就是这种很质朴的热情，没坏心，比较直率，别介意。"

　　熊梓迦摇摇头，表示并不介怀，毕竟萍水相逢，以后也没啥机会再打交道。

　　陶奇怕她尴尬，索性远离这些亲戚带着她逛院子，给她介绍每一种植物的名字。

　　"你还懂得挺多的。"熊梓迦随口表扬他。

　　"当然！这些植物都是我爸亲自种的呀！"陶奇说道，"本来我们家也住市区的，我妈喜欢这样的院子，老两口就搬到郊区来了，我妈那样的人，打理这院子还不得靠我爸呀！"

　　"你妈是哪样的人呀？"她逛着小花园，指着花园里的秋千和亭子，"这些也是你爸做的？"

　　"当然！我爸可是全能型选手！"陶奇一脸自豪，接着回答她的第一个问题，"我妈是哪种人？我想想呀……这么说吧，有一首老歌，应该是你们女生的心声吧，歌词说，'哪怕我们老到哪儿也去不了，你还依然，把我当成手心里的宝'。我妈就是这种人，我爸手心里的宝。"

　　熊梓迦扑哧笑了。

　　"哎，你别笑呀！"陶奇说道。

　　"我不是笑你爸妈，我只是觉得……"熊梓迦摇摇头，觉得老头、老太宝来宝去的很滑稽。

　　陶奇一脸怨念地瞪着她。

　　她忍住笑，哄了他半天才算过去了，不禁叹道："'短腿奇'呀，你这幼稚的毛病，以后跟谁结婚，怕是到老了以后，别人都要把你当成手心里的宝呀。"

　　"那是自然！我爸也是我妈手心里的宝呀！我这个正宗的宝宝向来都是靠边站的！"

　　熊梓迦想象了一下，不得不点头承认，陶奇的家庭环境必然是和谐的，否则也养不出陶奇这样傻白甜的儿子，而当她见到陶奇的爸爸妈妈的时候，印证了这一点。

陶奇的父母是手挽着手出来的，站在屋子的廊檐下，面对一大家子人的目光和祝福。

熊梓迦的目光被陶妈妈吸引了。她是时尚行业的，眼光最是毒辣、挑剔，陶妈妈怎么算也是奔六十的人了，可气质、状态却完全超乎了她的想象。

精致的卷发，淡淡的妆容，均匀、纤细的体型，一袭优雅得体的小礼服裙，颜色不浓不淡，恰恰适合她的肤色和年龄，搭配得当的小高跟鞋，从头到脚都诠释着这个女人有品质的生活。这样一个女人，和这精美的庭院如此契合，不知是庭院因她而生色，还是她因庭院而愈加动人。

那一刻，熊梓迦就好像看到了自己一直在追求的终极生活，忽略陶母身边的男人，这就是她理想中的自己，即便老去，也要优雅从容、美丽动人。

"看看，我妈是不是你憧憬的自己？"陶奇实在太了解她了。

她无话反驳。

陶奇把她介绍给母亲认识，两个女人竟然十分投缘，话题却是从陶妈妈询问熊梓迦口红的色号开始的。

熊梓迦真是大开眼界，她想起了自己的母亲，一生围着锅碗瓢盆转，一生活在一个渣男的伤害里，一生活在眼泪里。

她被陶母拉着坐在了身边，靠近了，她闻到了陶母身上淡淡的、熟悉的香水味，正是她不久前才入手的小众香水，今天她身上喷着的就是这款……

陶母也闻到了熊梓迦身上的香水味，拍着她的手背笑着说："看来我们还真有缘！"

熊梓迦失笑，与陶母的距离近了不少。她们后来的交流就十分顺畅了，陶母真是相当玲珑的人物，既没有冷落其他客人，又恰到好处地照顾到了熊梓迦，她们聊天的内容也十分有趣，两人甚至还约了下次一起看电影或者看话剧的时间。

陶奇笑了："敢情你们俩成忘年交了？把我给抛弃了？"

"什么叫'忘年交'？"熊梓迦也是八面玲珑的人物，"我跟阿姨这么走出去，看着就像是姐俩！"

说完，她还对一旁的陶父说道："叔叔对不起，我这么说可没有半点儿不敬的意思，实在是阿姨太年轻了！"从外到内，从身到心，全都年轻！

陶父看着自己妻子的眼神充满宠溺和自豪："那是自然！我们一起走出去还有人说你阿姨是我女儿呢！"

一时间大家都笑了。

宴席正式开始的时候，陶母还给陶父送了礼物，细心地用紫色的包装纸包着，还打了漂亮的结，熊梓迦不知道里面是什么，可就这份用心，在老年人里她真是没见过。陶母的祝词也十分真挚，大约是说，感谢陶父这一生的陪伴和宽容，让她一生幸福、满足。

满足，其实是多么不容易的一件事。

因为陶妈妈，之前那些热情的亲戚带给她的不适都消失了。

陶奇送熊梓迦回去的时候问她："我妈是不是和你很像？"

熊梓迦笑而不答，像，又不像。

"我早就想介绍你们认识了，又怕唐突，我觉得你们俩肯定合得来。"陶奇想了想，又说道，"不过，我妈跟你还是有些不一样的。"

"哦？哪里不一样？"她倒是想听听她的这个好"姐妹"是怎么看她的。

"你们都向往并且经营着一份高品质的生活，甚至是好些女人达不到乃至不敢想的生活，但是，你是坚硬的，我妈，是柔软的。"陶奇认真地说道。

"呵……"想不到他还真说中了。

"而这份差异，来源于你是一个人在努力，而我妈，根本不用努力。你从头到脚每一个细胞、每一根头发丝都斗志昂扬、充满战斗力，我妈，从年轻时到现在，一直都是从容不迫、不疾不徐，这其中，我爸的作用不小。"

"呵！"这一声呵可就跟刚才意义不一样了。

"你别呵呀！"陶奇说道，"当然，我并没有否定你的意思，无论哪种生活方式都没有对错，我只是说说而己，就比如，你妈妈那样的一生你也不能说她错了，只是你不喜欢自己那样过而已。"

熊梓迦点点头："的确，并不是说我妈妈一辈子围着锅台转就错了，人要吃饭穿衣，谁也避不开油盐酱醋，你看你妈妈也没有撇开锅碗瓢盆仙女似的光吃露水，不一样的是你妈在锅碗瓢盆、人间烟火的日子里过得满足，而我妈的脸上你永远只能看到眼泪、可怜兮兮、哀怨！我不否认，造成这样不同的原因之一是是否嫁对了男人，但这世上还有一种生活是不嫁男人！毕竟嫁人就跟赌博似的，你嫁之前可不知道对方是人还是鬼，等知道的时候就已经晚了！所以，不如不嫁，不嫁就永远不会嫁错！"

陶奇没有再跟她争论，过了一会儿便笑着和她说他爸妈之间的趣事，还说道，他俩也常常拌嘴，但是拌嘴后的甜蜜更是能齁死人，就在前一天，他爸还惹他妈生气了，然后写了一张道歉卡，甜言蜜语齁死人。像这样的卡片，他妈一辈子都收了几抽屉了。

熊梓迦也只是听着，笑笑而已。

29

夏安在第四期节目里表现不俗，又拿了第一。节目播完后的那个晚上，她甚至上了热搜，留言和点赞很快就破万了。

以前她还能把大部分留言看完，现在是真的有心无力了，浏览部分以后，回复了一些，便早早休息了。

她怎么也没想到，零点，在她睡着以后整个网络舆论发生了翻天覆地的变化。

第二天清早她还在睡梦里，就被一阵急促的电话铃声吵醒了，来电人是熊梓迦，她在电话那端急切地问道："夏安，你看今天的微博热搜没有？"

"还没呢，怎么了？"夏安以为还是好评如潮之类的消息，虽然高兴，但并没有太多惊喜。

"你录节目时是不是得罪谁了？昨天半夜开始全网黑你，现在热搜都已经爆掉了！"

夏安简直一头雾水，完全不明白什么叫被黑，加之刚刚被叫醒，整个人都是懵懂的状态。

熊梓迦急了："你去看看吧！内容简直不堪入目！"

夏安这才意识到事情的严重性，也没空跟熊梓迦多说了，挂了电话便去看热搜。

果然，爆掉的那一条标题就是：夏安，黑幕。

她不知道自己到底有什么黑幕，点开热搜细看，多个大号都在爆料她和罗嘉楠有不正当关系，理由就是罗嘉楠在比赛中对她不吝言辞的夸奖和总是出高价竞拍她的作品，罗嘉楠在第一期中上台穿她设计的那款衣服的截图，也被人炒成了和她穿的情侣款。

她一条条往下看，简直各种无中生有，一张又一张的截图都被诠释成莫须有的别有深意，就连罗嘉楠看她的眼神都变成了含情脉脉，而她每一场秀的编排、使用的音乐，也变成了她对罗嘉楠的告白。

还有人扒出了所谓的她和罗嘉楠的过去，说她夏安在大学时就是个玩弄感情的高手，所交男友无数，跟罗嘉楠更是有一段不可告人的过去，连她大学期间为罗嘉楠打过胎的谣言都出来了，说她从此在学校名声大臭，最后，是现在的老公当了接盘侠，娶了她回家。

如今，她要参加比赛，又和旧情人勾搭上了，而罗嘉楠正是为了她没有原则地抬高竞拍价格，一路送她飘红，这就是这档节目中，她，一个离职多年的家庭主妇能牢牢占据优势的原因。

更搞笑的是，还出来好几个所谓的夏安的大学同学，证实她那段过去都是事实，证明她在校时不好好学习，专业一塌糊涂，乱搞男女关系，名声怎么怎么不好。

总之，她夏安就是一个不守妇道、玩弄男人于股掌之间、为了比赛获胜不惜牺牲色相的虚荣女人。

爆料无耻而令人恶心，但更让人心寒的是网友评论。

各种谩骂污水一般向她泼来，其言语之污浊、恶毒，她平生所未见。那些人当中甚至还有些她熟悉的ID，曾经在她的评论里摇旗呐喊：永远支持你，夏安。现在，全部变成了对她的讨伐。指责她这样的女人为什么不去死，不配活着，不配有老公，然后附上了一张她的照片，被制作成了遗照。

每多看一条评论，她的心里就扎上了一针，一路看下来，一颗心已经千疮百孔了，然而，这还不是最糟的。竟然还有人辱骂她的父母，说什么是她母亲与动物杂交才生下她这样不要脸的人！

她气得手机都拿不住了，握着手机的手在发抖，往下看居然还有骂楚楚的，说什么楚楚肯定不是她和现任老公生的，不知道是哪个野男人的贱种，而且，还配了楚楚的照片，也修过了，楚楚手里举着个牌子：找爸爸。

她心里发苦，眼泪哗啦啦直流。她当初走的就是互联网路子，靠的就是粉丝经济，网络本来就纷繁复杂，既然走了这条路，该面对什么样的风雨她都会努力去扛，可她父母和楚楚做错了什么？为什么要承受这些侮辱？

她气不过，发了一条微博：青天白日，浩然天地，身正不怕影子斜！造谣者，请自重！另：罪不及父母，祸不及儿女！请键盘侠留情！

她刚将这条微博发出去，陈森就在外面敲门了。

夏安心里一紧，觉得陈森大概也看见了，虽然陈森大男子主义越来越严重，但她倒是不担心陈森会误会她，因为大学时的她是怎样的，他知道得清清楚楚。

但她现在很气恼，也很难过。陈森既然过来，必然是要说这件事的，她看了一眼还在熟睡的女儿，强忍心里的怒火和悲伤，轻手轻脚地下床，开了门。

门外，陈森铁青着脸。

"陈森……"她手里手机的页面正是楚楚被修图的评论，她喉咙一哽，差点儿哭出来。

"你还……"

陈森一开口便是打雷似的两个字，吓得她赶紧把他推出了房间，关

225

上房门："你小声点儿，难道要让楚楚听见？"

陈森一双眼通红，冒着火："你也知道丢人？"

"太过分了！这些人太过分了！骂我就算了，把楚楚牵涉进去算怎么回事？"她把手机给陈森看，"还有我父母！"

她跟陈森这段时间以来交流极少，甚至已经陷入一种莫名的死局，但是，他始终是她的家人，就像上一次仓库火灾，她惊慌失措的时候，看见陈森的身影，哪怕陈森所言所行后来并没对她有所帮助，但那一刻她是渴望看见他的，而此时，不管她和陈森的关系到了怎样的地步，至少，陈森是楚楚的保护神，在爱护楚楚这件事上，她和他是一样的！

她，是这么认为的。

她期待陈森怒斥这些键盘侠，然后想想该怎么办，采取具体的办法来保护她和女儿。

陈森接过手机一看，脸色顿时巨变。

夏安以为他是心疼女儿，眼泪流得更凶了。

然而，她却听见陈森咬着牙，冷森森地说道："所以，你是不是自作自受？你自己不听劝一意孤行自食恶果也就罢了，还把女儿连累进去，你现在知道我是对的了吗？"

夏安怔住，没有等来他的办法，他还把所有的过错都推给她？

"我有没有跟你说过，外面风大雨大，事业不是那么好打拼的？我有没有跟你说过，不听我话，在外面吃了苦不要来我面前哭？"

夏安觉得简直不可思议，摇着头："所以，你现在的意思，是这件事证明你是对的？"

"难道不是吗？当网红？你自己看看，哪一个网红不是十几二十岁，结了婚的女人有几个还在外面涂脂抹粉、搔首弄姿当网红的？你要工作要上班，我说不准了吗？我让你安安分分找一份工作，你不愿意，偏要学人家出风头！模特？网红？录节目？你果然还是大学里那个不曾长大、爱出风头的你！一个三十岁的女人，穿着十八岁少女的衣服，在舞台上疯疯癫癫，你自己不觉得丢人吗？现在还惹出来这么一堆祸事，让父母抬不起头，让家人抬不起头！你让我以后怎么出去见人？人人看我头上一片草原！你让楚楚怎么去幼儿园，老师、同学看她跟看怪物似的！"

夏安怔怔地看着他，他的话和网上那些人的污言秽语重叠在了一起。

"三十岁的老女人回去好好煮饭吧！"

"大妈！就不要出来勾搭人了！"

"老女人还以为自己十八岁呢？"

"为了圈钱什么都干得出来！"

"还带女儿出来圈钱！"

"要钱不要脸呀！"

"也不知道她女儿是不是跟别人私通生的呀，同情她老公！"

……

网上那些话，一条条在她眼前自动播放，到后来，她已经分不清哪些是网上说的，哪些是陈森说的了，最后，她连陈森了什么都听不见了，只看见陈森的嘴皮子在不停地动，他的声音化成一片嗡嗡嗡、嗡嗡嗡……震得她头皮发紧，紧得发疼……

她觉得眩晕、头疼，就像被唐僧念紧箍咒的孙悟空，周围的一切都变得混沌起来，天花板仿似在转圈。

她觉得无力，缓缓蹲下去，用双手捂住耳朵，想把陈森的声音隔绝掉，也想把所有泼给她的污水隔绝掉，终于，陈森的声音越来越小……

"太好了……"她心里闪过一个念头，终于不用再听见这个声音，终于可以解脱了……

而后，便陷入一片安静的黑暗之中。

夏安醒来的时候是躺在医院里的，陈森守在她身边。

她有一瞬间的恍惚，仔细一想，才想起晕倒前发生的事，再看陈森，眼泪便止不住地流。

如果说，网上的评论让她愤怒、难过，可真正伤到她、让她崩溃的人却是陈森。

人事纷繁，众说纷纭，这世上的人要如何评说她，她是无法堵住悠悠众口的，只能硬着头皮挺起胸膛去面对这一切，众口铄金，不过是些无关之人，千疮百孔，那也只是皮外之伤，可陈森这一刀又一刀扎到的，是她心里最深的地方，只因，人，总被身边的人伤得最深。

"醒了？"陈森问她。

"楚楚呢？"她开口，声音嘶哑。

"在幼儿园。"

她听了一坐而起便要下床，起身的时候头却再度眩晕，手背上也微微一疼。

"你别动呀！"陈森按住她的肩膀，"你看，针都出来了！"

她这才发现，她正扎着针，针已经从血管里蹦出来了，血直溅。

陈森手忙脚乱地按铃叫护士，她却冷静地扯掉了胶布，找到一支棉签，自己按住血管，穿上鞋便往外走。

"夏安，你去哪儿？"陈森追着她问。

她没有说话，似乎已经没有了与他再做任何交流的必要，不是吗？

她走到走廊的时候，护士迎面而来，拦住她："哎，这是怎么了？是你按铃的吗？"

她摇摇头："我没事。"说着，她便继续往外走去。

护士一直在后面叫她，陈森也追了出来，大喊："夏安，你还病着，你去哪儿？"

她进了电梯，将身后所有的声音关在了电梯外。还病着又怎么样？她在过去的几年里，即便病着也从不娇气！哪一次生病不是一样做饭、洗衣？哪一次生病不是自己一个人扛？有一回她和楚楚两人一起病，一起躺在床上发高烧，他也不曾给她们母女端过一回热粥！

她上了辆出租车。司机问她去哪儿，她却呆住了，她要去哪儿？怔了好一会儿，她问司机："现在几点了？"

"下午一点。"司机看她像看着怪人。

下午一点，离接楚楚还早……她在心里盘算着，说了个地址，那是熊梓迦上班的地方。

司机载着全程发呆的她到了目的地，她这才想起，她这么出来，身上一分钱没有，也没带手机。

她哑住了。

"是这儿吗？"司机问她。

她点点头。

司机便终止了打表。

她盯着计价表，厚着脸皮解释道："对不起，我刚从医院出来，身上什么也没带，可不可以请你在这儿等一会儿，我上去找朋友拿了钱再下来给你？"

司机看着她，一脸的不信任。

她也知道自己有些不要脸，想了想，又说道："那可不可以借你电话用一下，我打电话叫朋友下来付？对不起，实在是不好意思……"

司机也没了办法，只好把手机给她。

她拨了熊梓迦的号码，当熊梓迦的声音在那头响起的那一刻，她也不知为何，情绪突然就失控了，在车上便大哭起来："小熊，我在你公司楼下，你能下来一下吗？记得带钱！"

熊梓迦吓坏了，连忙说道："我马上下来！你怎么了？别害怕呀，有我呢！再大的事都有我呢！"

夏安脑子里乱乱的，也不好在司机面前说太多，一说完便挂了电话，眼泪一时也止不住，捂着脸哭个不停。人在悲伤的时候，总是容易把情绪放到最大，她甚至想着，自己为什么就落到了这个地步，这偌大的城市，她真的没有了容身之处 离开那个家，她和楚楚连栖身之地也没有……

司机一直看着她哭，差点儿想说："你别哭了，车费我不要了行吗？"

熊梓迦就在这时候来了，火急火燎的，还带着两个保安。

司机往窗外不住地打量，这时候看见了熊梓迦他们，问夏安："是不是你朋友来了？"

夏安一看，赶紧打开车门下车，用力摇手，一边摇一边哭："小熊！我在这里！"

熊梓迦招招手，和两个保安急速走过来，边走边问："怎么了？有人欺负你了？谁欺负你了？"熊梓迦这架势俨然就是带着人来打架的……

"没有没有！我忘了带钱，没钱付车费……"她搂着熊梓迦号啕大哭起来。

熊梓迦松了口气，拍着她的肩膀，安慰道："我还以为出什么事了呢！"说着，她一只手搂着夏安，一只手去掏包，手提袋里一包的钱……

她只听说夏安要钱，也不知道出了什么大事，要多少钱，又想着是不是非要现金才能解决，所以从公司出来的时候，搜刮了一路，把同事的现金都给搜来了……

熊梓迦付了车费，搂着夏安进了大厦。

夏安一直哭到熊梓迦的办公室，还在抽泣。熊梓迦也知她一路走来不易，虽然心疼她，却也任由她哭，让她好好发泄一番，直到陈森打来电话。

陈森给自己打电话，既在熊梓迦的意料之外又在情理之中，意外是因为这么多年，陈森就没给她打过电话，意料之中则是因为，夏安这个样子出来，他也只能想到她这个他瞧不起的老婆的闺密了。

"熊梓迦。"陈森对她能直呼大名已经算客气了，"夏安来找你了吗？"

"来了。"她看了眼一双眼睛红肿的夏安。

"她是从医院跑出来的。她早上在家晕倒了，可能是劳累过度，再加上急怒攻心。"陈森第一次斟酌着言辞，"我很担心她，你在公司吗？我来接她。"

熊梓迦的办公室里很安静，夏安隐约听到了几个词，明白了陈森的意思，抢过熊梓迦的电话便说道："不用了，我想自己待一会儿。"

"安安……"

"没事就这样吧，给彼此留点儿尊严，别让人家看笑话。"她想起自己哭这一路，已不知是多大的笑话了。

230

"那楚楚呢？你难道连楚楚也不管了？"

"不会，下午放学我会去接楚楚。'女儿是他的撒手锏，她的软肋，同时也是她的支柱和强心剂。哭过了，痛过了，她想起女儿，总能生出新的力量，斗志昂扬。她愈加认识到，她必须努力，不仅仅为她自己的人生，也为女儿以后不必像她这样被动。

说完她便把电话挂了，也知道陈森不会再打来，他要他的尊严，尤其在她的朋友面前。

她长长地呼出一口气，看向熊梓迦时，眼眶又泛了红。

熊梓迦抱了抱她，拍着她的背："没事，有我，有我在……"

夏安靠在她的肩头，眼睛再次濡湿："小熊，我差点儿以为我错了，我这一路都在想，是不是我错了……是不是我就该老老实实地在家里做饭、洗衣，不该出来闯什么事业……"

熊梓迦默默叹息，轻轻拍着她，说道："安安，我的观点一向就是，人生没有对错，只有选择，选择了，你觉得快乐，那便是对的，哪怕你是个快乐的家庭主妇，你只要知道你的快乐在哪里就行。"

熊梓迦想起到了陶奇的母亲，那个在平凡的油盐酱醋茶里依然生活得像个仙女般的女子。

"我知道！"夏安松开熊梓迦的肩膀，含着泪，却已换上了微笑，"快乐的源泉其实很多，我的工作室，我的楚楚，其实……"

她没有说完，她想说的是，其实，陈森也让她快乐过，但现在走到这一步，这份快乐大概是永远也回不来了。

她苦笑："我们还是聊聊昨晚的这个事吧，不管网络怎样黑，我都不会放弃我喜欢的事情，相反，我要做得更加出色，让世人看看，我夏安会越走越远，越走越稳！"

熊梓迦都被此刻坚韧的她感动了，生活这把利刃，到底是让从前不谙世事的软萌小公主成长了。她不知道这到底是不是好事，只有经历过苦难，人才会成长，可作为夏安最好的朋友，她宁可她的夏安一直活在幸福的粉红泡泡里。

你看，人生，就是这么矛盾。

夏安下定了决心，接下来要做的事就是考虑怎么办。

她借熊梓迦的手机登录了自己的微博账号，翻看自己昨晚澄清的那条微博，她以为情况会有好转，没想到，底下的评论更加不堪入目。不得不说，她刚刚树立的信心又塌下去了不少。

熊梓迦把手机收回去，握住她的手："很正常。你算是网红起家的，有网红必然就有网黑，风口浪尖，没有谁能逃脱。面对全网黑这种事情，即便甩出实证还是会有人不信，何况你只是空口辩白几句，往往只会越描越黑。"

"你的意思是清者自清吗？"夏安其实有过这个想法，她是卖衣服的，是做设计的，踏踏实实做好自己的事情就行，关了网络再不去管是是非非。

"可以这么做！黑到深处自然白！很多女明星都是这么走过来的！无论是与非，只做好自己，用实力来说话，信任你的人自然信任你，支持你的人不需要解释，而有些人你解释得再多也没用！我一早打电话给你，就是想知道到底是谁在背后操纵，咱们可以被黑，但咱们要明明白白，不能当傻子！"

夏安点点头："我懂你的意思！只是我也不知道自己得罪了谁，整个节目录制过程大家也相处得很愉快，完全没想到会发生这种事！"

"当然，还有第二种方法，那就是用法律的武器来保护自己，发律师函，告几个转发得最多的大V造谣，揪出根源来，这样的反击更有力，不过耗时长。"

她俩正说着话，熊梓迦的电话又响了，这一回是罗嘉楠打来的，看来大家都看到热搜了。

熊梓迦看了夏安一眼，接电话。

"这个事情，我会去查。夏安第一次遇到这么大范围的黑料，我现在已经不方便出面了，只怕夏安自己也不愿意见到我，你负责把夏安安抚好，等我查出到底是怎么回事，我们还是要反击的！起诉是必然的！"

熊梓迦再度看了看夏安，认同罗嘉楠的话，这个时候夏安见到罗嘉楠只怕会觉得很尴尬，只问了一句："确定要起诉？"

"确定！当然，这件事也可以听之任之，夏安也不是明星，人们的关注点不会时时在她身上，过了这个热度大家就忘记了，但是，我……我们不能让夏安被人这么污蔑、亵渎！"罗嘉楠在那端说得斩钉截铁。

熊梓迦便微微点头，两人说好分头行动，便挂断了。

熊梓迦没有隐瞒，告诉夏安："是罗嘉楠打来的。"

想起那些关于她和罗嘉楠的污言秽语，夏安皱了皱眉。

熊梓迦欲言又止。

夏安倒是瞧见了，笑了笑："这又怎么了？难道因为别人说辣椒辣我就不吃辣椒了？因为别人造谣我和罗嘉楠我就跟他绝交？我是那么愚蠢又无情的人？那可不正中了那些人下怀？还是那句话，清者自清，我和罗嘉楠之间清清白白，我就不怕人说。这些年，陈森一直说你不好你也知道呀，我有跟你绝交吗？"

熊梓迦也笑了："你能想通最好，罗嘉楠现在呀，只怕都不敢见你！他倒不是怕流言，只是怕影响你！"

她俩就这件事又细细商量了一番，下午便去接了楚楚。今天才发生的事，楚楚又不上网，还什么都不知道，开开心心地和妈妈、干妈一块儿吃了顿饭，干妈还给她买了好几套新衣服，小家伙欢喜不已，直到夏安带着她住进酒店，她才疑惑着问道："妈妈，我们为什么不回家？"

夏安不知道怎么回答，想了想，只好撒谎："妈妈最近有很重要的工作要做，在家里不方便，我们暂时在这儿住几天。"

别看楚楚年纪小，却是什么都懂："是要和干妈一起做的工作吗？"

夏安点点头。

楚楚也表示明白了："知道了，爸爸不喜欢干妈去我们家……"末了，她又有些沮丧，"爸爸为什么不喜欢干妈呢？"

这个问题可就难倒夏安了："每个人都有自己的喜好呀，比如妈妈喜欢吃辣的，楚楚不喜欢吃，但这并没有什么关系，妈妈和楚楚都没有错。"

楚楚皱着小眉头，似懂非懂地点点头。

总算把小家伙糊弄过去了……

夏安忙乱了一天，也累极了，和楚楚两个人洗漱后早早就睡了。

大哭了一场，将负面情绪释放了个干净，心里也仿佛静了，兵来将挡水来土掩，抱着这样的心理，夏安倒是睡得很安稳。

第二天，夏安如平常一样带楚楚在酒店吃了早餐，将楚楚送去幼儿园，想着回家收拾点儿东西，便打车回了家。

夏安出来的时候没带任何东西，用指纹开了锁，进门，好像听见了陈森的声音，不是很清晰。

她不想跟他吵架，甚至不想惊动他，轻轻关上门，然而，走近了些，却隐约听见他提到她的名字。

她不由得走向书房，陈森的声音也渐渐大了起来。

"你帮我？浩子，你确定你是在帮我，而不是在害我？现在全国人民都知道我戴绿帽子了，我很有面子吗？"

夏安愣住了，本来准备推门的手搁在门把上没有动。

不知道浩子说了什么，陈森的语气软了下来："浩子，我跟你吐槽是想让你帮我想办法，可是……可是……你不先问问我就这样做合适吗？我只是想让你教训下罗嘉楠，但这种方式的教训伤敌一千自损八百呀！你说说，我能从这个绯闻里得到什么好处？"

"森哥，现在嫂子这么火，已经成为公众人物了！公众人物是要维护自己的形象的！她以前的热度就是靠营造亲子关系和夫妻恩爱炒起来的！如果这个人设崩了，她这个网红就做不下去了！她要继续维护这个人设就得跟你在一起，至少表面得和你好好的，说不定还要拉你出去危机公关，她跟姓罗的就成不了了！这个时候你一定要记着表现得大度一点儿，用心去呵护她、陪伴她，让她感觉到你是最理解她、相信她的人！"浩子在那边说。

陈森冷笑道："我戴绿帽了我还去温暖她、理解她？我是疯了吗？我还出去给她危机公关，天下人不笑死我？"

"哥，你现在也不确定你到底有没有被绿是不是？你管网上的人怎么说，这些这个出轨、那个艳遇的事网上每天一大堆，一个月以后新的热度出来人家就把你们给忘了！但咱们的目的达到了呀！哥你一定要记着，这个时候一定不要和嫂子闹，要大度、大度！要让她感觉到你的温暖，如果你还想嫂子回归的话！你听见没？"

"听见了！"陈森闷闷地回答，"我想想。"

夏安并没有听见浩子在那边说什么，但至少明白了一件事，这次闹得这么全网风雨，始作俑者竟然是她的好丈夫！

她打开了门。

陈森是对着窗户打电话的，听见门响猛然回身，心中有鬼，连声音都在抖："夏……夏安……"他立即挂了电话。

夏安看着房间里的这个男人：穿着一身家居服，头发没打理，乱蓬蓬的，一脸络腮胡子，该是好几天没弟了，他那看着她的眼神里，没有疼爱，没有温暖，有的，居然只是惊慌。房间里弥漫着浓浓的烟味，书桌上的烟灰缸里堆满了烟头。

她从没有像现在这一刻这般觉得他陌生，陌生得好像她从来就没认识过他……

陈森捋了捋头发，走到她面前，挤出一丝笑容："安安……"

"我们离婚吧。"僵硬无力地说出这几个字的时候，她的心里撕裂开一条伤口，仿佛有鲜血从里面流淌出来。

第十章　正是人间好时节

30

两年后。

夏安乔迁之喜，新居里好不热闹，熊梓迦、陶奇、罗嘉楠、"红烧"，这些在她最困难的时候一直在她身边的朋友一个也没少，还给她带来了贺礼，同时，每人还送了楚楚一份礼物，因为，楚楚九月就要上小学了。

夏安手里端着一杯香槟，拥着楚楚，坐在好朋友中间，一脸的恬静与满足。

她已经想不起曾经那个满是怨气、满身狼狈和戾气的夏安是什么样子了，如今的她，通过自己的努力，有了自己的新居，学区房，楚楚上学的问题迎刃而解。最重要的是，她找到了属于自己的位置，不用仰人鼻息、卑躬屈膝，肆意地活在这天地间，和女儿一起，感受这世界的美好。

她很庆幸，自己在这一场场风波里没有倒下。

"幸亏有你们。"她举起杯，由衷地说道，"不然我夏安一定走不到今天。"

"这些话就不用说了吧，咱们什么关系？再说，我马上就走人了！"熊梓迦笑道。

"好！不说！今晚只喝酒！"夏安的目光在他们每个人脸上掠过。

可是不说，她就能忽略了吗？

两年前在她风头最劲的时候冒出丑闻，很长一段时间里，她都把自己封闭起来，不去工作室，不登录社交账号，怕见人，怕别人的眼光，哪怕走在租住的小区里，她也会觉得每个人都在嘲笑她。

是他们，眼前这群可爱的人，来看她，来陪她，甚至带她去看心理医生；也是他们，鼓励她再度站起来，走出家门，去看看外面的世界，早已不是她想象中的样子。

是呀，身正不怕影子斜，网络暴力击不倒真正勇敢、坚强的人！从此她专心做自己，不去搭理流言蜚语。

罗嘉楠对她说："你不是明星，你是设计师，你唯一能拿出来证明你自己的就是你的作品！如果你的心思全在网络这些事上，你就再也出不了好作品了！夏安，你的脚步始于网络，但绝不能止于网络。"

罗嘉楠的这番话将她唤醒，她只是一个做衣服的人，她的使命就是做好看的衣服给大家穿！

有时候，她觉得她得感谢浩子带给她的这场浩劫，让她真正冷静下来思考，从一个因为一时走运依靠粉丝经济而取得小小成就的电商成长为真正的独立设计师，今后的路还很长，她会一步一个脚印，走得更好、更稳。

"你的APP做得怎么样了？这可不是我们的功劳了，我们的手伸不了那么长。"熊梓迦笑问。

"还行，顺利进行中。"夏安笑道，"累着陶奇了。"

是的，她决定做自己的APP，所有的摄影工作全都是陶奇在负责，这得让他累上好几个月。

"我？不累不累！摄影是我的工作，对我来说更是享受不是辛苦，就好像你做设计，常常做到深更半夜，对你来说，乐大于苦。"陶奇笑道。

夏安很赞同："没错，人生最大的幸福就是可以做自己喜欢的事！"她真喜欢现在的自己。

聚会到半夜才结束，楚楚已经先睡着，朋友们尽兴，夏安送他们到电梯口。

电梯门口，罗嘉楠却停住了脚步，让其他人先走。

酒过数巡，大家都有些醉了。

"夏安。"喝进去的酒，好像精华都涌进了他的眼睛里，走廊的微光下，醇厚而透亮，就连嗓音都带了平日里没有的沙哑，"两年了，有没有想过……这样的夜晚有人陪你？此后晨昏风雨，有人与你携手共进？"

夏安微笑："我有呀，一直有呀，有小熊，有你，有陶奇，有'红烧'，还有我的楚楚……"

谁都不傻，罗嘉楠瞬间明白了她的意思。

罗嘉楠笑道："嗯，我们会是一辈子的好朋友！很晚了，你早点儿回去休息吧。"

"晚安。"夏安脸上的笑容愈加轻松。

"晚安。"

最终，还是夏安看着他进电梯，电梯门关上的瞬间，他回身，跟她挥手。

楼下，"红烧"还在等着他，一脸兴奋地问道："怎样，老板？我快有老板娘了吗？"

"嗯，快了。"罗嘉楠轻轻吐出一口气，有点儿失落，有点儿心酸，可是莫名的，也有点儿轻松，就好像跑长跑，跑了很久很久，终于到了目的地，虽然成绩没有及格，但终于跑完了。

"真的？答应了？""红烧"高兴得差点儿跳起来。

"嗯，我准备答应了。"凉风一吹，罗嘉楠的酒意有些上头。

"你？你答应？准备？""红烧"听不明白了。

"是的，我妈给我相了个姑娘，听说挺不错，我准备答应她去看看。"

"什么？喂！喂喂！老板……"

"老板！那夏安……""红烧"简直恨铁不成钢。

"夏安是我们的朋友，我的，也是你的，并没有什么不同！一开始就是，不是吗？"

238

夏安回到房间，原本已经睡着的楚楚又从床上坐了起来，迷迷糊糊地在揉眼睛。

"怎么了，楚楚？怎么醒了？"她上前抱住女儿。

楚楚还不是很清醒，在她怀里低语："我梦见爸爸了……"

她亲亲女儿的额头："爸爸明天不是要来接吗？还说好带你去买学习用品！你好好睡一觉，明天就能见到爸爸了。"

"嗯，妈妈抱……"小家伙越发娇气地往她怀里钻。

后来，娘儿俩是抱在一起睡的。这一晚，大概是受女儿的影响，夏安也梦到了陈森，一个飘飘忽忽的影子，她看不清到底是校园里那个陈森，还是后来成为她丈夫的那个人。

第二天陈森一大早就来接楚楚了，把自己收拾得利利索索的，一股香味朝夏安扑面而来，是他常用的刮胡水的味道。

他们现在鲜少交流，他来接楚楚通常也是接了立刻就走，晚上按时送回，左不过一句"你好"，一句"再见"，再无多话。

他们最近的一次接触是什么时候呢？是离婚那天从民政局出来的时候吧？陈森突然从后面抱住她，很用力很用力地抱住她，那一刻，她没有让陈森看见，她的眼泪哗哗而下。她不痛吗？她也痛呀！如同皮肉分离！

不过，都已经过去了，爱也好，怨也罢，她如同攀登一座很高很高的山，途中的辛苦、艰难已成往事，已经站在峰顶的她回头看脚下都已不过是寻常。

平时陈森接楚楚出去一般吃过晚饭就会送回来，但这次天黑了还不见人影。

她离开电脑，正琢磨着，陈森的电话就来了，号码还是从前那个。

说话的却是楚楚："妈妈，我和爸爸今天去游乐场玩了，玩到现在还没吃晚饭呢，我现在还回不来！"

"嗯，那你们吃过晚饭再回吧，没关系，妈妈在家等你。"难得，陈森如今也有时间陪女儿玩了？从前他总是很忙呀！

239

"妈妈，我们就在家楼下的餐馆，你也一起下来吃吧！"楚楚又说道。

和陈森一起吃饭？这是这两年还没有过的事呢。

"妈妈，你下来吗？"楚楚的声音里充满了期盼。

"好，我换下衣服就下来。"她觉得一起吃个饭并没有什么大不了，他还是楚楚的爸爸，她如今生活安逸，心境平和，早已不在乎从前的那些磕磕绊绊。

陈森给楚楚买了一大堆东西，装了小半车，楚楚一张脸红红的，双眼都在发光。

夏安一进餐馆就笑："看来今天玩得很开心？"

"嗯！妈妈，爸爸比你勇敢！"楚楚笑嘻嘻的，一脸骄傲，"带着我玩了好多好玩的，你以前都不敢！"

夏安坐下来笑，摸摸女儿的头发："看你玩得满头大汗。"

"妈妈一向都是胆小鬼。"陈森也笑。

夏安一愣，她和陈森真的有很久没有用这样的语气说话了。

陈森也觉得有些突兀，笑容便有些尴尬，马上转移了话题："听说你最近在做APP？"

"嗯，对。想做个自己的平台，还有几个设计师也想加盟，我们做设计师自己的平台。"说起工作，她觉得自然多了。

只有楚楚，并不了解大人之间的尴尬，犹自在爸爸那句"妈妈一向就是胆小鬼"的玩笑里乐。

"有什么需要帮忙的可以跟我说。"他在这方面还是算得上专家的。

"进展挺顺利的，谢谢。"她说着打了个哈欠。

陈森看见，欲言又止。

"你最近还好吧？"干坐着多尴尬，她没话找话说。

"挺好！"他笑，"还跟从前一样，在一家公司做老本行，职位都一样，挺安稳的。"

他新找的工作，她知道。浩子曾经来找她说明，所有的事都是他做的，陈森根本不知道，是他找的营销号爆料，是他编造的各种所谓同学证词。浩子希望她原谅陈森，还说陈森离婚后夜夜买醉。

其实她和陈森之间的根本问题并不在爆料这件事上，没有这件事，最后他们还是会走到这一步，不过，既然已经离了，过往种种，也就烟消云散了，她会用双手给自己挣一个更好的明天，也希望陈森能过得更好。所以，她应浩子的要求，回原来的家见了陈森一面。

那一面，真让她难以想象，她不敢相信那个瘦骨嶙峋、一脸颓废的人是他，而且，那时候，他胃病复发，正捂着胃在沙发上硬扛。

她给他找了药，倒水喂他吃了。

他拉着她的手久久不肯放……

后来，她对他说，楚楚不会希望看到这样一个爸爸，希望他找份工作，好好生活……

"夏安？"

"嗯？"走神儿的她被他唤醒，一时找不到话。

夏安本想问下他的经济情况的，毕竟离婚的时候他已经接近赤贫了，那时候她只希望快点儿从混乱的婚姻状况里解脱出来，所以愿意给他钱，只要他答应离婚。后来，他倒是答应了，但是没有要钱。原本他要将房子也留给她的，她坚持不要才作罢。

她明白，他的自尊不允许他拿她的钱。所以，这个时候问他的收入，大概也会挫伤他的自尊吧，她就没有问。

"你新家不错呀！"陈森找到了话题。

"嗯……还行！虽然小了点儿，但是很温馨，主要楚楚上学方便。"其实新家对于她的意义在于，这个世界上终于有了一个真正属于她的地方，从此以后再多的累，再多的苦，她都不会再害怕。

然后，他们又没了话……

正好上菜，两人照顾着楚楚吃饭，一旦有事情可做，倒也不那么尴尬了，说话也只跟楚楚说就是。

吃完后，楚楚问："爸爸，你觉得这儿的菜好吃吗？"

"还行。"陈森说道，末了又看了夏安一眼，"没你妈做的好吃。"

夏安正端着杯子准备喝茶呢，差点儿打翻茶杯。

"嗯！我也觉得妈妈做的菜最好吃！"楚楚马上跟着拍妈妈的马屁。

"那你还说你干爹做的最好吃？"夏安对女儿说道。

楚楚捂着嘴嘻嘻直笑。

"陶奇？"陈森插言，"他是跟熊梓迦在一起了吗？"

"谁知道呢！"夏安也的确是不知道，这俩人说没在一起吧，又长期住在一个屋檐下；说在一起了吧，俩人又谁也没宣布。

"陶奇这个人其实还挺好的……"陈森说了一半，打住不说了。

夏安惊得眼睛都瞪大了，差点儿想说，你忘了你跟陶奇打起来的事了？

他自己也觉得有些尴尬，其实有些事，有些人，距离太近反而不容易看真切，隔远了，反而更清醒，也看得更明白："算了，我就不说别人了！每个人想法不同，熊梓迦有她不婚的自由，但我觉得，一个人在这世上还是找个伴好。你呢？被她的想法同化了？"

说她和罗嘉楠好吧，两年了，这俩人也没什么动静，所以，当年陈森真的是被嫉妒冲昏了头，被事业失败的自卑摧毁了理智，这样去伤害她，或许罗嘉楠的确对她有点儿心思，但夏安，不是朝秦暮楚的人呀！人，为什么总是要退出了才看得明白？

夏安不欲谈这些，随意敷衍："没准儿，这种事吧……得遇，遇到合意的，也没准儿。"

陈森低头，笑了笑："那就祝你找到合意的，至少……是比我好的。"

夏安觉得这气氛实在很奇怪，陈森把她们母女俩送回家转身走了以后，她看着他的背影仍然觉得奇怪，曾经那么亲密的两个人，竟然也可以随意说着"祝你找到更好的"这样的话……

无端的，夏安心中还是有些不是滋味。无关其他，只叹世事无常，时间无情。无论是十年前校园里如漆似胶的他们，还是后来一地鸡毛、彼此厌弃的他们，一定都不会想到有这样一天。

陈森一个人回到家里时天已经黑了。

他开了灯，空旷的房间，死一般的静。

两年了，他已经习惯了这样的安静，却又永远也不会习惯。

离婚以后，他过了一段很颓废的日子，百事不管，终日借酒消愁，哪怕胃病复发了也照喝不误，终于有一天疼得倒在家里起不来。

没想到，就是那一天，夏安回来了。她开门进来看到的就是他最狼狈的样子。

家里自她离去后就再也没有收拾，地板、桌面积了厚厚一层灰，餐桌上一桌面的外卖盒，衣服更是到处都是，他已经分不清哪些是脏的，哪些是干净的了，反正洗了澡随便拎一件穿上就是，哦，不，有时候他还好几天不洗澡……

当时他无比后悔她离开以后锁里还保留着她的指纹，可又无比庆幸，还有她的指纹。

她熟门熟路地找药给他吃，一如他们还在一起的时候；她转身就收拾屋子、洗衣服，差不多花了大半天时间，家里才又恢复了干净、整洁。

那时，吃过药的他，胃已经没那么疼了，她走过来问他好不好。他当时抓住她的手点头，眼眶涩得发疼，他不想再松开她的手，那一刻，他终于明白，和她在一起的那几年，她将他照顾得多好……

可是，她终究是要走的，他们已经不是夫妻了，是他亲手把她推开的……

她对他说："陈森，楚楚不会希望看到这样一个爸爸。就算为了楚楚，也请你振作起来，找份工作，从头开始，好好生活，失败不算什么，我相信你能再站起来，在我心里，我始终佩服当年大学校园里那个天之骄子陈森。"

这一次，他听了她的话，重新找了工作，一天一天踏踏实实地过，一点儿一点儿慢慢地存钱。生活总算上了正轨，可他仍然会去喝酒，长夜漫漫，没有酒精的麻醉他该怎么过？他仍然靠外卖度日，除了外卖他还能吃什么？一个人，又能吃什么呢？

他盯着餐桌上昨天的外卖盒苦笑。

他还是陈森，夏安却真的不是夏安了。不是校园里那个美丽娇气、洋娃娃般可爱的小公主；也不是不修边幅、终日絮絮叨叨，有时甚至让他厌烦的家庭主妇；她如同破茧而出的蝴蝶，如同换羽而飞的天鹅，美丽、自信、优雅、从容，居高临下的时候，像无所畏惧的女王。

31

疼。

夏安睡觉的时候就觉得肚子疼，她觉得过不了多久就要天亮了，勉强撑了下来。到了早晨，疼得更厉害了，她强撑着给楚楚做了早餐，便再也撑不住了，蹲在地上站不起来。

楚楚吓坏了，哭着问妈妈怎么了。

"把妈妈的手机拿来……"她疼得话都不想多说了。

楚楚跑进房间找手机，却没给夏安，而是给陈森打了个电话。

陈森正准备去上班，看到夏安来电吓了一跳，这可是离婚两年后没有发生过的事。

他一接，那边传来女儿震耳欲聋的声音："爸爸！爸爸你快来！爸爸——"

"怎么了？楚楚？怎么回事？妈妈呢？"他整个人都慌了。

"妈妈肚子疼！好疼好疼！爸爸你快来！"楚楚大哭。

"楚楚！楚楚你别怕！听着呀！爸爸现在就打急救电话，等会儿救护车会比爸爸先到，会有医生到家里来接妈妈去医院，爸爸直接去医院找你们！听清楚了吗？医生来了给医生开门！"陈森急速却又字字清晰地嘱咐女儿。

"听清楚了！我知道！给医生开门！"楚楚拼命忍住不哭，用力点头，好像爸爸在那头能看见一样。

夏安知道女儿在给陈森打电话，她不想，可是也无力阻止了，而后救护车来，一团忙乱之后，她被送进了医院。

夏安得了急性阑尾炎，需要手术。

不是大手术，可是夏安却十分忧心，她怎么能住院？她住院了楚楚怎么办？公司怎么办？开学季要上新，APP正在研发，一大堆事等着她。

"手术！"陈森却给她拍了板，"楚楚有我！至于公司其他事，先放一放，医生说了你这个情况不能耽误，你如果想以后能更好地工作就听医生的话。"

"你……带楚楚？你行吗？"夏安是持怀疑态度的。

"放心，我是她爸爸，平时也不是没带过！"陈森对自己很有信心。

夏安不想，也没力气提醒他，平时带着玩，和正儿八经带孩子是两码事。

既然要手术就需要家属签字，陈森主动问："那我能签吗？"

"你是病人什么人？"护士问。

"……前夫……"

夏安躺在病床上，觉得那一刻脸被他丢没了！

夏安顺利手术了，而陈森却第一次尝试既当爹又当妈的生活。

他本以为很容易，从前看夏安做起来有条不紊也不难，没想到，整个过程只能用"鸡飞狗跳"这个词来形容。

白天，他在医院陪夏安，到放学时间就去接楚楚，带着楚楚在外面吃晚饭，回家后陪楚楚写作业，然后楚楚自己洗澡，他得帮楚楚把衣服洗了。洗衣服这件事，他大概有十来年没做了吧，他自己的衣服，如今都是一周打包一次扔去洗衣店，但楚楚的衣服不行呀！

接着就是给楚楚讲睡前故事，这个习惯夏安在楚楚两三岁的时候就给养成了。

等她睡着以后，他便去医院继续陪夏安，直到第二天一大早回去叫楚楚起床，并送她上学。

前几天还好，最大的挑战只是给楚楚梳头发，把楚楚整得哇哇直叫，最后好歹也能顶着个乱七八糟的丸子去上学，至于医院、家里两边跑，他一个大男人请假专门照顾前妻，他还吃得消，几天后，夏安能吃流食了，他才陷入兵荒马乱的状态。

他要煮饭！

这件事他真的一辈子也没做过！

他还要去市场买菜！

他虽然出生在农村，但他真的连菜都不认识！

偏偏楚楚对爸爸做饭这件事十分期待，还给出了菜单。

夏安其实是不希望跟陈森过多纠缠的，在她住院这几天，她仅仅

245

也只想让他把楚楚带好就行，结果他非要一天天地守在这里，赶他走他也不走，还振振有词地说道："夏安，我和你一样，在这个城市都是举目无亲的，咱俩虽说不是夫妻了，但这么多年情分还是有过的，不成夫妻，成半个亲戚，有困难了相互帮助难道不是应该的？我病的时候你不也去看我了吗？"

"不用你！真不用你！"她当时拒绝得很坚决，"小熊会来照顾我的，而且我也能请特护！"

"这能一样吗？熊梓迦不用工作了，像我这样成天陪着你？没错，你们是姐妹，那你就更得为她着想呀，总不能事事都麻烦她吧！再说了，特护又怎样？比咱俩关系还近？不管怎样，我们之间还有一个楚楚呢，就比这世上任何人都亲！说白了吧，夏安，我不放心你！我这里……"他指了指自己的心口，"我不信你不懂，我从来没有放下过你，你过得好，我自然不来打扰你，但你有事了，要我袖手旁观，我做不到。"

就这样，陈森就一直待在医院陪她，现在还要亲自熬粥给她吃，说外面买的不干净。既然知道外面买的不干净，他自己为什么吃了两年外卖？

那天陈森天没亮就从医院离开了，去买菜……

然后那个早上，就十分精彩。

他煮粥，煮煳了三锅！

他一心一意在厨房战斗，楚楚在房间里披头散发地急得大叫："要迟到了！"

他扔下第四锅粥去给女儿梳头发、找衣服，等他再回到厨房，第四锅又煳了！而女儿要吃的早餐还没开始弄！

他决定暂时放弃粥，简单给女儿煮个面条好了。结果在他一边盖着锅盖煮面，一边洗菜的时候，锅里一阵响，回身一看，面锅里的水全溢出来了，冲得锅盖一起一伏的，火苗在锅底直蹿。

他顿时扔了菜，手忙脚乱地去端锅，谁知没端稳，面锅啪一下掉落下来，开水溅了他满身、满脚。

他忽然想起最初，夏安也是不会做饭的，不是割到手，就是被油烫了，也有烫到手指头的时候，那时候她会娇滴滴地跑到他跟前求安慰，举着葱白似的手指要他吹。那会儿他还愿意吹，吹着吹着就含住她的手指，那时候的他们，真的很好……

后来，他渐渐疲于这样的游戏，她做饭也越来越熟练……

"爸爸！"楚楚的惊叫声把他从回忆里拉回。

"哦，楚楚。"他看着满地狼藉，有些头疼，"楚楚，来不及了，爸爸带你去外面吃早餐！咱们先上学！"

他把楚楚送去学校后，着急夏安还没早餐吃，买了一份粥，急速赶往医院，结果，夏安已经喝了牛奶。

"牛奶是凉的，好像还不容易代谢，喝了到底好不好呀？"他纠结着，又很自责地说道，"都是我不好。"他也没脸说自己熬了四锅粥全煳了。

早上、中午夏安的饮食都是混过去的，他愈加不安，立志晚上要给她熬鸡汤。

鉴于早上熬粥的经验，他晚上守着鸡汤熬，待他熬好，已经快七点了，他拎着汤煲就往医院跑，对女儿说道："楚楚，爸爸先给妈妈送饭，回来再给你做，你饿了就先吃点儿零食垫着！"

"哦……"楚楚觉得很迷惑，吃饭前妈妈是绝对不准她吃零食的，怎么爸爸反着来？

于是楚楚这顿晚饭等到十点还没吃着，她直接趴在桌子上睡着了。

当陈森做好晚饭出来叫女儿时，女儿已经睡得脸上印了铅笔印。

他也顾不得女儿没洗澡了，把她抱上床，自己还有一大堆事呢！早上的战场都还没打扫，他赶时间，回来后就只是简单收拾了一下，还要重新拖地，再一想，好像自从夏安住院，这个家就没打扫过了。鉴于这不是他自己的家，所以，等主人回来的时候总得给她好印象吧？所以，他抡起拖把就开始打扫卫生。

他以为就跟学校大扫除似的，几分钟就能完事，谁知等他全部清扫完，已经半夜了，这个时候去医院也不合适了……

家庭煮男第一天，以他腰酸背疼躺上床而告终。

他自己都不明白，不过才多了做饭这一件事，为什么劳动量被乘以

247

X，关键是，他做了X倍劳动，老婆、孩子都还没吃上他做的饭！

对，他下意识里还是叫夏安老婆的。

他总算有点儿明白夏安从前的生活也不是那么容易了，更何况，那时候她还带着个奶娃娃……

煮男第三天，一大早他终于提着自己熬的粥去给夏安尝了。对于这种带着淡淡糊味的类似于洗米水的玩意儿，夏安给了个评价："还行，适合现在的我。"稠了她不能吃了不是？

陈森还是有自知之明的："我会再接再厉的！"

夏安嗤笑，这是陈森？十指不沾阳春水的陈森？酱油瓶倒了也不扶的陈森？

而此时，夏安的电话响了。

夏安一看，是公司打来的。

"夏总，我们APP的开发出现问题了！"

"什么？"夏安惊得差点儿扯出针头。

"负责开发的工程师，出事了！好像是有什么经济问题，跑了，不辞而别！他整个团队都散了！"

"那怎么办？我们下个月要上线的，预热都做过了，宣发也搞得热火朝天，上线庆祝活动都设计好了，嘉宾也请了，广告投放的日子都预约好了，现在砸锅了？"

员工那边已经不能回答她的问题了。

她焦急地挂了电话，开始查号码，一个一个拨出去，结果却都不乐观，基本证实员工给她汇报的是千真万确，她这几个月付出的努力很有可能都要白费了。

她掀开被子就要下床，针头还没拔！然后被陈森压住了双脚："干什么呢？"

"我要去公司，平台出问题了！"她焦急地说。

"你去了就能把人找回来了？你是神探吗？"陈森把她的脚塞回去，"到底什么情况，你跟我说呀！"

夏安猛然想起，她身边这位就是大佬呀！

"陈森！对！我差点儿把你忘了！"可她想起他一向不赞成自己闯时尚行业，就又犹豫了，他会不会再坑她一把呀？

陈森从她的眼神里看出她在想什么了，有些无语："夏安，我陈森在你眼里就是这样的人？"

"不是……"

"安安，我们分开的这两年我想了很多事情。我没有忘记当初我给你的承诺，我说过，要给你幸福，要为你遮风挡雨，要让你做最快乐的公主。其实我一直都想努力去做到，但我也不知道为什么，走着走着，就走偏了。安安，现在你就是最快乐的公主了，虽然是你自己做到的，但也是我的初衷。这两年，我把我的初衷淦回来了，安安，只要你快乐就好。"

32

一个月以后。

夏安的公司召开了发布会，宣告网上商城自有平台正式上线。

这一个月里，陈森进入夏安的公司，日夜奋战，全力以赴，终于将别人撂下的工程完成了。

发布会那天，公司员工都起哄，要夏安发给陈森薪水和奖金。

陈森看着她笑。

夏安最近常常看到他这样的笑容，不同于年少时的意气风发，也不同于他们关系恶化时的敷衍和充满戾气，反而有一种在他身上从不曾出现过的平和，就好像走过千山万水，历经风云变幻，回眸只剩云淡风轻的感觉。

"行呀！双倍奖励技术组！"她大方地答应。

当晚的庆功宴，陈森带着楚楚先行离开。

熊梓迦颇感惊奇："你什么时候又和陈森搅在一起了？"

夏安便把自己住院以后发生的事都跟熊梓迦说了。

熊梓迦恼了："你住院都不告诉我，你什么意思呀？姐妹就是这样做的呀？"

"不是什么大毛病，何必兴师动众呢。"夏安那双笑眼在熊梓迦和陶奇之间来回转悠，"而且……那段时间好像你们出去旅游了吧？"

她也是后来才知道，这俩人又"私奔"了一次。

熊梓迦转过头来瞪陶奇："都是你，我说了不去你非要去！"熊梓迦骂完陶奇，又追着夏安问她和陈森的八卦。

夏安沉思："我觉得，他跟从前任何时候都不同了。"

"哟，看样子要死灰复燃呀。"熊梓迦臭她。

夏安暂时不想谈自己，反过来笑熊梓迦："我看你们才是要干柴烈火呢！"

"别胡说！我烦着呢！"熊梓迦摆摆手，一脸苦恼。

"怎么了？他还敢惹你烦？"

"怎么不敢？你说吧，我以前交过的男朋友，都是说分手就分得彻彻底底，江湖永不再见，可这个人，怎么就跟狗皮膏药似的，走哪儿黏哪儿呢？"

"你承认他是你男朋友了？不是姐妹了？"夏安一下抓住了她话里的漏洞。

熊梓迦是个坦率人："是又怎样？我又不是没有过男朋友！只不过，对别人，分手从来不拖泥带水，也不会伤心难过，对他，我狠不下这个心，可是，如果不对他狠心，就是对我自己狠心呀。难道我要把自己丢进婚姻的牢笼？"

夏安觉得时间真是个有趣的东西，不知不觉之间用它细致而锋利的笔将每一个人慢慢雕琢，慢慢改变，有的人越变越成熟，比如陈森；有的人越变越沉着，比如她自己；而有的人则越变越孩子气，比如熊梓迦。

当一个女人变得孩子气的时候，她就是真的在恋爱了……

她笑："小熊，你已经做了选择，我支持你，不管怎样，我们都是要往前走的呀，人生最大的魅力就是你永远也不知道前方等着你的是什么，可是我们不能因为害怕就停滞不前呀！无论它是什么，那都会是我们人生中不可替代也不可重来的一页，来日方长，它值得珍藏。"

熊梓迦捏捏她的鼻子："现在角色互换了？轮到你教训我了？"

夏安哈哈一笑，看向远方的陶奇，冲他挤了挤眼。

庆功会结束后，夏安的司机送她回家。

她打开门，明显感觉到了男人的气息，玄关处的鞋证实了她的直觉。

"回来了？"陈森的声音响起。

"你不是……回家睡觉了吗？"她对一陈森大半夜出现在她家里，还有些接受不了。

"陪楚楚睡，一觉睡到这时候。"他眼睛里泛着红血丝，是这个月加班的证据。

他倒了两杯水，一杯给她，一杯给他自己，很有几分喧宾夺主的样子，且大喇喇地坐进了沙发。

"谢谢，我晚上不喝水。"她有些不自然。

他笑："这时候跟我客气了？在医院术后那几天，我帮你……"

"不许说！"她嗔道。那几天是她术后不方便，他又厚脸皮，非要给她擦身。

"好，不说。"他端着杯子仰视着她 "夏安，我不想走了。"

"……不行！"她厉声道。

他笑了，起身放下杯子："还真有些总裁的样子。我的意思是，我不想离开你的公司了，不如我辞职来你的公司应聘吧？"

所以呢，男人就是这样，给点儿颜色就能开染坊！她就不该对他和颜悦色的！但是说到应聘，技术这一块倒是真没有谁比他更让人放心的了，可是，他一个大工程师来给她当技术维护？不屈才？她用公事公办的语气说道，"要求职就投简历，走人事部。"

"好。那我先回去了。"他居然很爽快地走了，到门口时，他忽然回身，放下一封信，"这是我的求职信。夏有凉风冬有雪，安然人间好时节。安安，我没有忘，来日方长，我们慢慢走，这一次，再也不慌张。"

他搁下信就走了。夏安好奇，二前拆开信一看，这是什么求职信呀，岂有此理！

她的耳边响起他刚刚说的话：夏有凉风冬有雪，安然人间好时节。

这真是很久很久的记忆了……

251